WARRIORS

貓戰士

新預言

二部曲之VI

日落和平

Sunset

晨星出版

特別感謝基立・鮑德卓。

樺掌：淺棕色公虎斑貓。導師：灰毛。

貓后　（正在懷孕或照顧幼貓的母貓）

蕨雲：綠眼睛、身上有深色斑點的淺灰色母貓。

栗尾：琥珀色眼睛、玳瑁色加白色的母貓。

黛西：乳黃色的長毛母貓，來自湖邊的馬場。

長老　（退休的戰士和退位的貓后）

金花：淡薑黃色的毛，也是最年長的貓后。

長尾：蒼白帶有暗黑色條紋的公虎斑貓，因視力退化而提前從戰士退休。

鼠毛：嬌小的暗棕色母貓。

本集各族成員

雷族 *Thunderclan*

族長　火星：有火焰般毛色的薑黃色公貓。

副手　灰紋：灰色的長毛公貓。

巫醫　葉池：琥珀色眼睛、白色腳掌、嬌小的淺褐色母虎斑貓。

戰士　（公貓，以及沒有年幼子女的母貓）

塵皮：黑棕色的公虎斑貓。

沙暴：淡薑黃色的母貓。

雲尾：白色的長毛公貓。

蕨毛：金棕色的公虎斑貓。見習生：白掌。

刺爪：金棕色的公虎斑貓。

亮心：白色帶薑黃色斑點的母貓。

棘爪：琥珀色眼睛、暗棕色的公虎斑貓。

灰毛：深藍色眼睛、灰白色帶深色斑點的公貓。見習生：樺掌。

雨鬚：藍眼睛的深灰色公貓。

松鼠飛：綠眼睛的暗薑色母貓。

蛛足：琥珀色眼睛、四肢修長、肚子是棕色的黑色公貓。

見習生　（六個月大以上的貓，正在接受戰士訓練）

白掌：綠眼睛的白色母貓。導師：蕨毛。

風族 *Windclan*

族長　**一星**：棕色的公虎斑貓。

副手　**灰足**：灰色母貓。

巫醫　**吠臉**：尾巴很短的棕色公貓。

戰士　**網足**：暗灰色的公虎斑貓。

裂耳：公虎斑貓。

鴉羽：藍眼睛的灰黑色公貓。

鼬毛：有白掌的薑黃色公貓。

影族 *Shadowclan*

族長　**黑星**：白色大公貓，腳掌巨大黑亮。

副手　**枯毛**：暗薑黃色的母貓。

巫醫　**小雲**：非常嬌小的公虎斑貓。

戰士　**橡毛**：嬌小的棕色公貓。

褐皮：綠色眼睛的母玳瑁貓。

花楸爪：薑黃色公貓。

杉心：暗灰色公貓。

急水部落 *The Tribe of Rushing Water*

溪兒：棕色的母虎斑貓。

暴毛：琥珀色眼睛的深灰色公貓。之前是河族貓。

族外的貓 *cats outside clans*

小灰：灰白相間的公貓，出生在附近的馬廄裡。

絲兒：瘦小的灰白母貓，和小灰住在一起。

大麥：黑白花色公貓，住在離森林很近的農場裡。

烏掌：烏亮的黑貓，和大麥一起住在農場上。

其他動物 *other animals*

午夜：一隻懂占卜的母獾，住在海邊。

河族 *Riverclan*

族長　**豹星**：帶有少見斑點的金色母虎斑貓。

副手　**霧足**：藍眼睛的暗灰色母貓。

巫醫　**蛾翅**：琥珀色眼睛、漂亮的金色母虎斑貓。見習生：柳掌。

戰士　**黑爪**：煙黑色的公貓。

鷹霜：藍眼睛、肚子是白色、肩膀很寬的深棕公貓。

田鼠齒：嬌小的棕色公虎斑貓。

見習生

柳掌：導師：蛾翅。

長老　**沉步**：強壯的公虎斑貓。

被遺棄的兩腳獸窩
月池
雷族小徑
雷族營地
空地
風族營地
斷半橋
兩腳獸地盤
馬兒地盤
轟雷路
雷族
河族
影族
風族
星族

綠葉
兩腳獸地盤
兩腳獸窩
空地
兩腳獸小徑
兩腳獸小徑
影族營地
半橋
小轟雷路
綠葉
兩腳獸地盤
半橋
小島
小河
河族營地

被遺棄的
人小屋
採石路
礦場
兔丘林
水晶池
兔丘
域湖
兔丘馬廄場
樹叢
兔丘路
落葉林區
松樹林
沼澤
湖
小路
北

觀兔露營區
聖域農場
塞德勒森林區
小松路
小松乘船中心
小松島
艾柏河
魏特喬奇路

序章

夜沉重地降臨在樹林裡。沒有一絲風吹動小徑旁的蕨葉或長草，小徑上有隻身形龐大的虎斑貓在陰影中大步走過。他停下來豎起雙耳，瞇起琥珀色的雙眼。頭上的天空裡沒有月亮也沒有星星，長滿蕈菇的樹幹在他腳下的裸地投下詭異的光暈。

這隻大公貓張開嘴吸了口氣，卻並不期待會嗅到獵物的氣息。他早知道蕨葉裡的響動其實什麼也不是，而眼角瞥到的幾抹閃爍著的黑暗也會在他踩踏而過時像霧一樣消失。這個地方沒有飢餓，但他卻很想念在一場成功狩獵後，爪子插進獵物體內，在溫熱的身體上咬下第一口的那種興奮感。

一股新的氣味飄過，他頸部和肩上的毛豎了起來：是貓的氣味，但卻不是他剛才見過的那兩隻。這是另一隻貓，一隻他很久以前曾經認識的貓。他跟著那股氣味往前走，樹木逐漸稀疏，最後他站在一塊空地邊緣，隱身在完全看不到他的黯淡光線裡。另一隻貓跳著走過空地來見他，雙耳攤平，眼神恐懼而狂野。

「虎星！」他倒吸了口氣立刻止步，畏縮地把肚子貼上了地面。「你從哪裡來的？我以為只有我單獨在這裡。」

「暗紋，站起來。」這隻虎斑公貓的語氣充滿了厭惡。「少像隻嚇壞了的小貓那樣卑躬屈膝的。」

暗紋站了起來，迅速在身上舔了幾下。他那身毛皮曾經柔順光滑，現在卻稀疏雜亂，還混雜著樹皮。「我真搞不懂這個地方，」他說。「這是哪裡？星族在哪裡？」

「星族不在這裡走動的。」

暗紋睜大了眼睛。「為什麼？還有這裡為什麼總是一片漆黑？月亮到哪去了？」他打了一個顫。「我以為我們會在天上跟戰士祖先們一起打獵，從上面觀看我們的族貓呢。」

虎星發出一聲輕哼。「那才不是我們的作風。我也不需要星光替我指引道路。如果星族以為可以忘掉我們，那就大錯特錯了……」

他轉身背對暗紋，肩膀起伏著穿過蕨葉，完全沒停下來看看另一隻貓有沒有跟上。

「等一下，」暗紋邊喘氣邊手忙腳亂地跟上。「把你的意思說明白些。」

這隻大虎斑貓回望了一眼，琥珀色的眼睛反射著蒼白的光。「火星以為鞭子奪去了我的九條命。真是個傻瓜。我們之間的過節還沒完呢。」

「可是你現在又能對火星怎麼樣？」暗紋反問。「你離不開這座樹林。我知道的——因為我試過。無論我走多遠，樹林都沒有盡頭，而且到處都看不到光。」

虎星並沒有立刻回答。他在樹叢間走過，暗紋緊跟在後。每次蕨葉裡傳出窸窣聲，或路上落下一片陰影，這隻體型較小的貓就會嚇一跳。然後他會停下來，雙眼直視，張大了嘴嚐嚐空氣。

「我聞到碎星了！」他大聲宣布。「他也在這裡嗎？碎星，你在哪裡？」

虎星停下來回頭看。「省點力氣吧。碎星不會回答你的。你在這裡可以聞到很多貓的氣味，但卻很少能夠與他們面對面。我們或許都被困在同一個地方，但我們卻都是孤獨的。」

「那你怎麼能夠對付火星呢？」暗紋問。「他甚至不會在這樹林走動。」

「我不對付他。」虎星粗暴的話聲雖輕，卻充滿了威脅。「我的兒子們會。鷹霜和棘爪會讓火星知道，那場戰爭他根本沒有贏。」

暗紋看著這位前任族長然後又移開視線。「可是你要如何讓鷹霜和棘爪聽你的話呢？」

虎星尾巴猛揮了一下示意他閉嘴。他的爪子屈伸著，把地上刮出一條條痕跡。「我已經知道怎樣走進他們的夢裡，」他發出噓聲。「而且我有時間，有的是時間。等他們摧毀那隻低賤的寵物貓，我就會讓他們分別當上各族的族長，並告訴他們什麼才是真正的權力。」

暗紋縮回蕨叢下。「他們有位最好的老師。」他低下頭說。

「他們會學到最厲害的打鬥技巧，」彷彿另一隻貓完全沒說話似的，虎星又繼續說。「還會學習不要對任何反抗他們的貓慈悲寬容。然後，他們會平分整片湖畔領域。」

「但向來就有四族——」

「很快就會只剩下兩個。兩個由純種戰士所領導，而沒有被寵物貓和混血貓拖垮的部族。

那隻來自馬場的沒用毛球和她幾隻愛嗚嗚叫的小貓咪們，已經被火星納入族裡了。這算什麼領導貓族的作風？」

暗紋彎下頭，攤平雙耳表示同意。

「鷹霜勇敢得很，」虎星讚許地低吼道。「他把一隻獾趕出河族領域，就證明了這一點。他又幫助他妹妹成為巫醫，也顯現出他的大智慧。他清楚知道妹妹的支持能讓他順利走上族長之路。他知道權力只會降臨在最想要的人身上。」

「對，他不愧是你兒子。」這話從暗紋口中說出就像捲曲的葉片中滴落的雨水，即使虎星聽出了話裡的尖銳涵意，他也沒多加理會。

「至於棘爪嘛……」虎星瞇起了眼。「他也很有勇氣，可是對那蠢火星的效忠卻擾亂了他的心。他一定要學會不讓任何事──包括他的族長、戰士守則，甚至星族本身──阻擋他的路。他成功走到太陽沉沒之地並帶領四族抵達新家時，已經贏得了每一隻貓的尊重，光是這份聲譽應該就能輕易讓他取得掌控權。」他直起身，肩膀上強壯的肌肉抖擻著。「我會教他怎麼做。」

「我可以幫你。」暗紋毛遂自薦。

虎星轉向他，一臉冷漠的輕蔑。「我不需要幫忙。難道你沒聽見我說在這片黑暗樹林裡的每隻貓都是孤獨的嗎？」

暗紋打了個顫。「可是這裡什麼都沒有，又靜悄悄的……虎星，讓我跟你一起走。」

「不行。」虎星的語氣裡有一絲遺憾，卻毫不遲疑。「你別想跟著我。這裡的貓沒有朋友也不結盟。他們必須在陰影之路上單獨行走。」

暗紋坐起身，尾巴捲上了前腳。「你現在要去哪裡？」

「去見兒子。」他跳著走下小徑，尾巴豎得筆直，身上的毛在淡黃的光下閃閃發亮。暗紋被留在後頭，蜷伏在蕨葉影子裡。

就在虎星即將消失在樹林裡時，又回頭看了一眼，作出了最後的承諾。「我會讓火星知道，我的時代還沒結束。他或許還有七條命可用，但我會利用兒子們對付他，直到那七條命一條都不剩。這場戰爭他絕對贏不了。」

第一章

棘爪站在空地中央，凝視著殘破的雷族營地。一彎細如貓爪的弦月飄移在山谷的樹林上方。黯淡的月光照亮被蹂躪了的窩、營地入口的荊棘圍籬已然殘破而被扔在一旁，雷族受傷的貓兒緩緩從陰影裡悄聲爬出，身上的毛豎起，眼睛因驚嚇而睜得老大。棘爪還可以聽到獾群吃力地離開時的踩地聲。牠們走過入口外顫動著的樹叢，被及時趕來協助雷族的一星和風族戰士們趕走。

但讓棘爪全身刺痛、四腳無法動彈的卻不是這幅慘遭蹂躪後的景象。他絲毫不想再見到正小心翼翼地穿過入口圍籬處凌亂荊棘的兩隻貓。他們毫髮未傷，毛色光滑，眼裡閃著警戒。

「暴毛！你在這裡做什麼？」

這隻強壯的灰色公貓走上前與棘爪碰了碰鼻子。「見到你真好，」他說。「我……我想看看你找到地方住了沒。但這是怎麼回事？」

「是獾。」棘爪簡短地回答。沒時間多做

解釋了。他環顧四周，心想怎麼幫助那些傷痕累累又飽受驚嚇的族貓們。

在他身邊是那隻跟暴毛同來、棕色而苗條的虎斑母貓，她的尾巴掃過棘爪肩上一道長長的刮痕。「你受傷了。」她說。

棘爪抽動耳朵。「那不算什麼。溪兒，歡迎來到雷族。真抱歉你們走了這麼遠，看到的卻是這幅景象。」他頓了頓，輪流看著他們倆。「急水部落那裡一切都好嗎？真沒想到你們這麼快就跟來了。」

暴毛瞥了溪兒一眼，速度快得棘爪差點捕捉不到。「都很好，」他說。「我們只想確定你找到新的地方生活，就像星族答應過的那樣。」

棘爪掃視著被蹂躪的營地。負傷的貓兒跌跌撞撞地在他們殘破不堪的家園上走動。「是的，我們找到了。」他低聲說。

「你剛才說被獾攻擊？」溪兒突然問道，很困惑的樣子。

「牠們是蓄意的，」棘爪解釋。「誰知道牠們從哪來的，我從沒見過這麼多隻獾。如果不是風族及時出現，我們早就被殺死了。」他的腳顫抖著，必須把血跡斑斑的爪子插進土裡才能讓腳保持穩定。

暴毛的尾巴輕輕掃過棘爪的嘴。「你不必現在就告訴我們一切。我們能幫什麼忙？」

棘爪暗暗感謝星族，選擇在這一刻把他的老朋友送回貓族。他和暴毛在第一次前往太陽沉沒的地方的旅途中經歷了許多許多事，他也想不出還有哪幾隻貓能比這隻前河族戰士和他的新伴侶更讓他想和他們待在一起。

從山谷邊緣傳來一聲微弱的哀嚎，棘爪應聲轉頭望去。「我們得去找所有受重傷的貓。有些即將加入星族了，」他警告著，看了溪兒一眼。「獾群是來屠殺的，不是來趕走我們。」

溪兒堅定地迎向他的目光。「不管牠們做什麼，我都想幫忙。尖牙以前也讓我看過這種野蠻的景象，記得嗎？」

「我們會盡全力的，」暴毛保證。「只要告訴我們該做什麼事。你現在是雷族的副族長了嗎？」

棘爪研究著卡在他前掌裡的苔蘚。「不是，」他承認道。「火星決定暫時不任命新的副族長。他想給灰紋更多時間回來。」

「難為你了。」暴毛語氣中帶著同情使棘爪瑟縮了一下。他沒當上副族長這件事並不需要任何貓的同情。

溪兒突然愣住。「你不是說獾群都走了嗎？」她發出噓聲。

棘爪轉過身，看到有著黑白條紋尖臉的熟悉身影正穿過一叢枯蕨葉便鬆了口氣。

暴毛用尾巴輕碰溪兒的肩。「那是午夜，」他說。「她絕對不會是來傷害貓兒的。」他跳上前會見這隻年長的獾。

午夜睜著近視眼看著暴毛，然後微微點頭。「旅途中的貓，」她聲音低沉。「再次見到你真好。這位是山區部落來的吧？」她用口鼻朝溪兒指了指，又問。

「沒錯，」暴毛說。「這是溪兒，急水部落的狩獵者。」他用尾巴示意溪兒上前。好像還不太相信這是隻友善的獾似的，溪兒勉強走了過去。棘爪很了解這種感受，他雖然對午夜就像跟其他貓兒一樣熟，可是看著她龐大的身軀卻總是難免會想起那張合的大嘴、可怕閃亮的雙眼，那雙能把貓身輕易撕裂的利爪……

沉重的腳步聲響起，他抬頭看見午夜站在他身邊，閃亮的眼中閃爍著悲痛和憤怒。「警告來得太遲，」她發出刺耳的聲音。「我做得還不夠。」

棘爪搖搖頭。「妳帶了風族來幫助我們。沒有妳，我們就全族覆滅了。」

午夜低下頭，鼻子上的那道白條紋在蒼白月光下閃爍著。「我替親戚們感到羞恥。」

「每隻貓都知道這場攻擊跟妳完全沒有關係，」棘爪告訴她。「我們族裡永遠都歡迎妳。」

午夜仍然一臉苦惱。在她身後，棘爪瞥見族長就在空地中央附近，跟一星和風族戰士在一起。他走了過去，用尾巴示意暴毛和溪兒跟上。火星需要知道來了願意幫助雷族的訪客。在一個狐狸身長外的荊棘叢下，葉池正在檢查灰毛虛軟的身體；有一個心跳的時間，棘爪還以為這隻灰毛戰士已經死了，直到他看見灰毛的尾巴抽動了一下。**星族今晚不該把我們所有的戰士都帶走**，他堅定地想。

火星的胸腔仍因剛才奮力打鬥而起伏著。一身火紅的皮毛上傷痕累累，身側一道長刮痕還滲出血液。棘爪感到一陣擔憂。他的族長是否又損失了一條命？無論有沒有，他的確傷得很重。**只要還有一口氣在，我就要輔佐他**，棘爪暗暗發誓。**只要團結，我們就能度過危難，使雷族比以前更壯大。**

雖然身受重傷，火星的雙眼依舊明亮，他直立坐起面對著風族族長一星。「我代表全雷族感謝你。」他說。

「我想獾群不會再來了，」一星回答。「但如果你願意，我會留幾隻戰士在這裡幫忙巡守。」

「不，謝謝，我想我們不需要。」火星眼裡的溫暖顯露出這兩隻貓之間的長久友誼，棘爪暗暗感謝星族，自從一星當上風族族長以來的緊張關係似乎總算結束了。「你們的戰士在走之前是否需要我們巫醫的協助？」雷族族長又說。「如果他們受了重傷，歡迎他們多留幾天。」

棘爪瞥了葉池一眼，她仍蜷伏在灰毛身旁。聽見火星提到巫醫時，她抬起頭，視線越過空地看著風族戰士們。她的視線尋找著戰士中特定的一位，棘爪感到一陣同情的刺痛。兩天前，鴉羽和葉池離棄了各自的部族只求彼此能在一起，但獾群攻擊的消息卻把他們又帶回來。棘爪不知道葉池是否會永遠留下；有許多貓都在獾群攻擊下受傷，雷族比以前更需要她了。

鴉羽的目光注視著自己的腳掌，好像有意要避開葉池迫切的凝視。他身側那道寬刮痕上的毛已脫落，但傷口已停止流血，他把重量放在四隻腳掌上站著。網足一隻耳朵裂了，風族副族長灰足的肩膀也在流血，但這些傷口看來都沒有嚴重到無法讓風族戰士回去。

「感謝星族，我想我們都還走得動，」一星回答雷族族長。「如果你確定不需要我們的幫助，我們就要回去了。」

鴉羽抬起頭來，絕望地看了葉池一眼。她立刻站起，離開灰毛走到這位風族戰士面前。他們在距離其他貓兒稍遠處站著，頭緊靠著頭。站在陰影下的棘爪沒辦法裝作沒聽見他們的對話，但他也不想因為移動而驚擾他們。

「鴉羽，再見，」葉池低聲說，聲音裡哽著痛苦。「我們……我們最好不要再見了。」

鴉羽的雙眼閃了一下，有一陣子棘爪還以為他要出言反對。但他卻搖了搖頭。「妳說的對，」他說。「我們永遠不會成功的。我對妳的意義永遠不夠多。」

葉池把爪子插進地裡。「你對我的意義，遠比你所知道的還多。」

鴉羽黑色的尾巴梢不安地抽動著。「妳是巫醫。現在我了解那是什麼意思了。願星族保佑妳，葉池。我永遠不會忘記妳。」

他和葉池碰了碰鼻子，接觸時間比一個心跳還短。然後鴉羽轉身走回他族貓那邊。葉池看著他走遠，眼裡瀰漫著迷失的雲霧。

網足不屑地看了鴉羽一眼，鼬毛還故意背對著他，但一星什麼也沒說，只一揮尾巴召集所有戰士，然後帶著他們走出營地。

「再次謝謝你！」火星喊著。「願星族指引你們的路途。」

葉池動也不動地站著，直到鴉羽灰黑色的身影消失在樹林的陰影間，然後她走過空地朝煤皮的窩前進。在半路上她揮動尾巴招來了亮心，亮心以前曾幫煤皮做過不少巫醫職務。

「妳確定？」亮心遲疑地問。

「我當然確定。」葉池的聲音因疲憊和悲痛而沙啞。「族裡每隻貓都受傷了，我會很高興有妳來幫忙。」

亮心的雙眼閃爍著，她跟著葉池往巫醫窩裡走去時似乎連自己的疲勞都抖落了不少。

「那是暴毛和溪兒嗎？」

一個沙啞的聲音在棘爪耳邊響起，他嚇了一跳。在他身邊的是松鼠飛，她薑黃色的毛因染著血跡而顯得黯淡，一隻耳朵的尖端也裂開了。

「難道妳看不出來嗎？」棘爪回答後才發覺自己的語氣多麼魯莽。「對不起——」他開口。

松鼠飛上前一步讓她的身體擦過他，用尾巴尖端輕觸他的嘴要他別再說。「笨毛球。」她輕柔地說。

棘爪一陣緊張，心裡懷疑她綠色眼眸裡的深情是否只是自己的想像。棘爪的眼光越過松鼠飛，看到灰毛正瞇起眼瞪視著他。

松鼠飛完全沒注意到灰毛。她一跛一跛地繞過棘爪，跟暴毛和溪兒碰了碰鼻子。「感謝星族你們來了，」她的話回應著棘爪的祈禱。「現在我們需要所有的朋友。」

光是想到有多少事情得做，棘爪的肩膀就在疲勞中垮了下去。待治療的傷、待重建的窩、要蒐集的獵物……「我們會跟火星談談，然後就開始行動。」

他們朝族長走去時，刺爪蹣跚地走向他們，眼睛上方一道很深的傷口正在滴血。「暴毛？」他小聲地說，一邊困惑地搖頭。「不，不可能呀。」這隻金棕色的戰士癱在地上喘氣。

松鼠飛的尾巴短暫放在他肩上，要他靜靜躺著等待傷口受到治療，而棘爪帶領暴毛和溪兒來到火星面前。

這位族長驚喜地睜大眼睛。「暴毛……和溪兒！你們來這裡做什麼？」

「晚點再說吧，」暴毛說。「至於現在，火星，請派工作給我們。」

火星掃視著空地，好像也不確定該從哪裡開始。「我們一定要把戰士窩整理好，好讓傷得最重的貓有地方睡覺……但我們也得重建入口的圍籬。」

整個營地都被蹂躪了，雷族沒有幾隻貓還有力氣開始重建工作。灰毛平躺在地上，從身側到前腳都流著血。葉池再度現身，正把蜘蛛網輕拍上他的傷口。雲尾一跛一跛地朝她走去，一隻前腳抬離地面，鮮血從撕開的爪子流出。「嗨，暴毛。」他經過時這麼說，在這驚險的一夜裡，看到久未謀面的朋友已經不是什麼大事。「葉池，能不能也給我一點蜘蛛網？」

沙暴緊跟在他身後，相較之下沒受傷多少，但她的頭因疲勞而低垂著，尾巴也拖在泥地上。她看到葉池時陡然停步，然後一個轉身面對火星，綠色的眼眸中閃著疑問。

「葉池在這裡？」她說。「這是怎麼回事？」

火星搖了搖頭要她閉嘴。「我們等會再跟她談，」他答應著。「可是現在她回家了，這才是最重要的。」

「火星！」空地另一頭傳來一聲嚎叫。「火星，那些專吃烏鴉食物的傢伙們走了嗎？」

棘爪轉頭看到鼠毛、金花和長尾三位長老，他們在黑暗中小心翼翼地踩著落石走下來，來到山谷半空的岩塊上，也就是火星的窩。在下方仍在混戰時他們在這裡躲避。發出嚎叫的是鼠毛，她一邊肩上已掉了幾塊毛，長尾的尾巴也在淌血，而金花身體一側也有道深深的刮痕。她用尾巴環繞長尾的肩，帶領著他，而長尾雖比其他長老還年輕，卻已喪失視力而不能履行任何戰士職務。

「你們沒事吧？」棘爪邊問邊走上前。

「沒事，」鼠毛粗暴地說。「有隻獾想爬上擎天架，但我們把牠踢了下去。」

「要是牠們又回來怎麼辦？」金花的語氣頗為煩惱。

「最好不要回來。」長尾伸出爪子，棘爪看到他爪子裡有一束深色的獾毛。「不需要看我也能跟獾打鬥。就憑牠們那股噁心的臭味就找得到牠們。」

「最好讓葉池看看那些刮痕。」火星說。

「葉池？」鼠毛的語氣尖銳，轉身凝視著這隻巫醫。「她回來了是吧？是永久呢……還是一等那位風族戰士開始到處嗅聞就又要走？」

棘爪用力咬著脣不讓自己出言反駁。他知道鼠毛說話這麼刻薄只因為她太過震驚且受傷。

「這又是誰？」鼠毛走向暴毛，瞇著眼打量他。「是暴毛嗎？他在這裡做什麼？」

「只是來拜訪。」在這隻棕色精瘦的長老懷疑的語調下，暴毛的聲音很不自然。

鼠毛不滿地哼了一聲，好像完全不信暴毛是友非敵。「在你離開我們之前，是河族的戰士。為什麼你不去那裡，而是來這裡？」

「鼠毛，別這麼不知感激！」松鼠飛憤慨地說。「我們需要所有願意幫忙的貓。何況，難道妳忘了，暴毛也算半隻雷族貓嗎？」暴毛的父親是灰紋，也就是在大遷移之前被兩腳獸抓走的雷族副族長。

鼠毛憤怒地對松鼠飛豎起全身的毛，但來不及做出回應就被蕨雲發出的一聲喊叫打斷，蕨雲正從山谷入口處散落滿地的碎荊棘中奔來。「塵皮，你在哪裡？」

棘爪朝她跳了過去，她就停在入口內側，眼光掃視著黑暗的營地，一邊呼喊著她伴侶的名字。

「棘爪，你看到塵皮了嗎？」她質問。

「不，沒有，」他承認。「來，我幫妳去找。」

「我真該跟他一起留下的！」蕨雲嚎哭著。「我根本就不該離開營地！」

「但黛西需要妳，」棘爪提醒她。「沒有戰士的照顧，她不可能應付得來，而且你們躲藏在營地外頭也比較安全。別忘了，黛西來到這裡才沒多久，她還沒辦法好好捍衛她自己和孩子們。」

蕨雲搖著頭，心思根本不在這上面。「塵皮不可能會死，」她說。「他不會就這樣拋下我們的，對吧？」

「我們會找到他的。」棘爪答應她。暗地裡他卻希望今晚星族並沒有選這位戰士加入祂們的行列。他從散落一地的坍塌入口圍籬間來回尋找，並慢慢走回營地中央。當他聞到塵皮的氣息時，緊張得一口氣卡在喉嚨裡，差點被躺在石牆陰影裡的一團虎斑毛絆倒。塵皮的眼睛緊閉，但當棘爪凝視著他時，他抽動雙耳，打了一個噴嚏。

「蕨雲——到這裡來！」棘爪喊道。

「塵皮！塵皮！」

聽見伴侶的聲音，塵皮睜開眼睛掙扎著要站起來。蕨雲撲到他身邊，用身體摩擦著他，一面不斷舔著。塵皮發出一陣不穩的呼嚕聲。

棘爪心想，如果塵皮能夠站起來，就可以撐到煤皮或葉池來看他。於是他回頭往空地走，焦急地想快點開始重建殘破的營地，卻看到樺掌跟著蕨雲走進山谷。這位年輕見習生腰臀部上的毛全都沒了，一隻眼睛也緊閉著。他緊張地用那隻完好的眼睛左右看著，彷彿還會再見到入侵的獾充斥整個營地。

在他身後的是黛西，她正踩著荊棘走來，她的三個孩子連滾帶爬地跟在身後。他們個個睜大眼睛看著毀壞的窩和疲累受傷的貓兒們。看到站在陰影下的午夜，乳白色的公貓小莓縮起嘴脣想要吼叫。他往前踏了一步，四腳僵直，全身的毛都豎了起來。

黛西警告地吱吱叫了一聲，衝到他身旁。「小莓！你在幹什麼？在獾傷害你之前快走開。」

「小東西，不用害怕。」午夜溫柔地說。

黛西只瞪視著她，用尾巴捲住小莓，使他靠近其他貓兒。棘爪這才發覺她完全不曉得午夜是誰。

「沒關係的！」他喊。

葉池比他先趕到這隻馬場來的貓身前。「別擔心，黛西，」她說。「午夜是朋友。鴉羽和我在山區裡遇到她，她告訴我們她親戚們要展開攻擊，並且帶了風族戰士來幫助我們。」

「但她是獾呀！」黛西喊著。

棘爪走過去開始幫葉池解釋。「我們第一次遇見午夜是在前往太陽沉沒的地方的旅途中，當時她要我們非得離開舊家園不可。沒有她的警訊，樹林裡的每隻貓現在早就死了。她不會傷害我們的。」

「沒什麼好怕的，」小莓安慰他母親。「我會照顧妳。」

「我也知道你會。」雲尾一跛一跛地上前，溫柔地用尾巴梢拂過小莓的耳朵。「成年的貓都需要鼓起勇氣才敢面對獾。你將來一定會成為偉大的戰士。」

小莓的尾巴在驕傲中豎得筆直。「我們比賽看誰先跑到育兒室！」他對弟妹們喊。

「不——等一下！」雲尾在三隻小貓咪身後喊道。「你們還不能進去。」

「為什麼？」黛西困惑地問。「我的孩子們需要休息啊。」

「煤皮的屍體還在裡面，」葉池小聲地說。「在她替栗尾接生時，有隻獾闖進去了。」她的聲音開始顫抖，她困難地吞咽著。「我想盡辦法要救她，但她已經加入星族了。」

棘爪不可置信地凝視著她。

煤皮死了？

第二章

棘爪感覺體內的每一滴血都化成了冰。今晚無論任何一位戰士加入星族就已經夠糟了，但失去族裡的巫醫卻是個殘酷的打擊。他這才明白葉池為什麼要請亮心幫她治療受傷的戰士。

「煤皮死了？」暴毛聽到葉池的話，跳過來加入他們。「那真是太慘了！」

鼠毛發出震驚的嚎叫。「她還那麼年輕！還有好長一輩子等著她呢！」

松鼠飛走上前，臉龐擦過棘爪的肩。「我們都不會忘了她。」她低聲說。

棘爪點點頭，震驚得說不出話來。葉池低垂著頭站了一會兒，就推了推刺爪要他站起。「到我窩裡來。」她的聲音微弱，彷彿她一直奮力壓抑著。「我那裡還有一些蜘蛛網。」她走開了，只回頭看了一眼確定刺爪有跟上。

棘爪注意到山谷邊緣的黑暗裡似乎有東西在移動，他轉身看到蛛足和白掌正緩緩向這裡走來。蛛足用尾巴示意他過去，於是棘爪勉強移動麻痺的四隻腳走向他們。

「怎麼了？」他問。

「來看就知道了。」蛛足領先往山谷石牆走去，就在黛西和孩子們往上爬去的藏身脫逃小徑旁。一團虛軟的灰黑色毛躺在陰影中。

「是黑毛，」白掌低聲說。「我想他已經死了。」

棘爪的肚子絞扭起來。即使心裡害怕白掌恐怕說對了，他仍用鼻子頂了頂那位年輕戰士的身體，只希望能把他弄醒。黑毛動也不動，無神的雙眼凝視著空虛之處。

「願星族引導他的路途。」棘爪低聲說。黑毛的妹妹栗尾才剛生下孩子，怎能承受失去哥哥這件事？

這兩位年輕貓兒都凝視著棘爪，好像在等他下達指示。棘爪花了很大的力氣才迫使自己開始思考。

「把他背到營地中央，準備做守靈儀式，」他說。「我會去找雨鬚。」這件事必須要通知黑毛的弟弟，也許他能夠幫妹妹栗尾度過悲痛。

棘爪等到蛛足和白掌抬起了黑毛的屍體，才開始搜尋。打鬥結束後他就不記得有看過雨鬚。焦慮如利爪插進他體內；雨鬚不會也死了吧？

然後他看到一隻灰毛戰士，半個身子埋在亂七八糟的荊棘樹枝裡，那些樹枝原本是作為戰士窩屏障用的。他動也不動地躺著，但當棘爪把一根樹枝抽離他身子，他卻勉強抬起了頭。

「獾群——都走了嗎？」他聲音沙啞地問。

「都結束了，」棘爪回答。「但你必須看一樣東西。你能站起來嗎？」

雨鬚咕噥了一聲撐起四腳，在橫七豎八的樹枝裡亂扒一陣才終於讓自己站起來。他搖搖晃晃地用三隻腳站立，第四隻腳則以怪異的角度垂著，棘爪擔心那隻腿已經斷了。他用肩膀支持雨鬚站好，領他走向有黑毛躺著的營地中央。火星、松鼠飛和其他幾隻貓兒站在他身邊，個個垂下了頭。

看到他哥哥的屍體，雨鬚發出不敢相信的嚎叫。他一跛一跛地上前，低下頭用鼻子頂著那渾身是血的灰黑色毛。他動也不動地站了好一會兒，然後抬眼上看，眼裡充滿了悲痛。

「我要告訴栗尾。」他說。

火星抽動著尾巴阻止他。「你的腳必須先檢查一下。就讓其他貓——」

「不，」雨鬚頑固的打斷他的話。「讓我去吧。黑毛是我們的哥哥，她會希望這件事由我來說。」

族長遲疑了一下，然後點點頭。「好吧，但請你盡快去找煤皮。」

「火星，你是指葉池吧。」沙暴溫柔地糾正伴侶。

火星凝視著她，震驚和疲勞使他感到困倦。「抱歉，」他低聲說。「我還是不敢相信煤皮已經死了。」

一波恐懼如漣漪般傳遍棘爪全身。如果他們的族長無法承受獾群所帶來的死亡和蹂躪，那麼雷族會怎麼樣呢？

其他貓就必須幫忙。棘爪要自己鼓起勇氣。他用尾巴碰了碰松鼠飛的肩，低聲說，「我們去把煤皮的屍體帶到空地來。」

「好，」松鼠飛說。「雨鬚，如果你想跟栗尾說話，最好跟我們一起來。」

這三隻貓一起走向育兒室。緊鄰著山谷石牆生長的那片蕨叢是營地裡被破壞得最少的地方。松鼠飛、灰毛和棘爪在整場打鬥中都待在那裡，在栗尾生小貓時守衛著入口。這裡只有一小部分被那隻殺死煤皮的獾踩踏過，那隻獾當時把蕨毛猛擊到一旁才衝了進來。

黛西和她孩子們就站在入口外。雲尾和蕨雲跟他們在一起，樺掌則伸開四肢躺在他母親身邊的地上。棘爪恐懼地以為這位見習生已經傷重而死，後來才發現他胸膛正在上下急速起伏。蕨雲蜷伏在他身上，溫柔地舔著他肩膀。

葉池和亮心又出現了。葉池嘴裡銜著一束藥草，棘爪走近時她把藥草放下。

「感謝星族，煤皮的窩太小，獾根本進不來，」她說。「她那些藥草和莓子都還在。」她聲音顫抖地加了句，「可否請哪隻貓把她的身體移走，讓我們為她進行守靈儀式？」

「我們就是來做這件事的。」棘爪告訴她。

葉池感激地眨眨眼。「謝謝妳。亮心，」她繼續說，「請替樺掌拿些金盞花，再轉告所有還能走路的貓兒到我窩裡來，在這裡治療他們會容易些。如果有貓兒走不到這裡就請通知我了，我必須先看他們。」

亮心輕快地點點頭離開了。

葉池帶頭走進育兒室，後面跟著棘爪、松鼠飛和雨鬚。蕨叢阻隔了大部分的月光，使育兒室裡陰暗得有如洞穴，棘爪一腳踩上了帶刺的捲鬚，痛得縮了一下。他勉強可以看到側躺在柔軟苔蘚巢穴裡的煤皮，她的尾巴盤在鼻端，看來就像睡得很熟。

棘爪走向她。「煤皮？」有一瞬間他還以為她會抬起頭來回應，但當他的鼻子碰上她的毛，卻只感到完全死寂的寒冷。

栗尾躺在這隻死亡巫醫的另一邊，就在育兒室最遠端的角落。她背向煤皮的屍體蜷起身體，保護她的孩子們。伴侶蕨毛就伏在她身邊，豎起全身的毛，在其他貓兒走進時，他露出牙齒發出怒吼。

「蕨毛，沒事的，」棘爪說。「是我們。沒什麼好害怕的。」

蕨毛鬆了口氣，但仍然一臉警惕，甚至又向栗尾移近了些。葉池擠身走過棘爪，開始小心地用鼻子頂著那隻年輕的玳瑁色貓。棘爪眨著眼，等眼睛習慣裡面的陰暗後，他才看到一團白色模糊的栗尾肚皮，以及盲目躲在她毛裡的四隻小貓咪。栗尾抬眼凝視著葉池，眼眸因驚嚇而顯得茫然。

雨鬚繞到棘爪身邊。「我該怎麼跟她說？」他壓低了聲音。「她已經吃了這麼多苦，讓她知道黑毛的死訊會讓她活不下去的。」

「只要有蕨毛和葉池照顧她，她會沒事的，」棘爪向他保證。「說吧——由你來告訴她，會比讓其他貓兒來說好。」

雨鬚的表情雖然還不太確定，但他點了點頭。「栗尾……」他開口，輕輕拱著妹妹的肩。

「雨鬚，是你嗎？」栗尾邊說邊轉頭看向他。「你受傷了嗎？」

「我沒事，」雨鬚回答。「但是我有個壞消息。是黑毛。他……他死了。」

栗尾凝視著他好一陣子，好像根本沒有聽懂，然後轉過頭去發出一聲高亢的哀嚎。「不！噢，不！」

她的身體因悲痛起了一陣痙攣；棘爪聽到小貓咪們因為被甩離了她肚皮而發出微弱的抗議喵嗚聲。

「栗尾，別傷心！」蕨毛說著靠到她身旁，不斷舔著她的臉和耳，她發著抖把頭埋進他的肩。「栗尾，我在這裡，」她的伴侶說道。「想想小貓咪，妳還得照顧他們。」

「發生什麼事？他是怎麼死的？」栗尾的聲音仍在發抖，但她移動著身體再次把小貓咪們圈進身體裡。小貓咪們爬回原位吸吮起來，用小小的柔軟腳掌按著她肚皮。

「他是被獾殺死的。」雨鬚告訴她。

「黑毛是位勇敢的戰士，」棘爪說。「他現在安全地跟星族在一起了。」

栗尾點點頭，伸長脖子安慰似地舔了雨鬚一下。「謝謝你告訴我。」

葉池把一捲樹葉推向這隻年輕的玳瑁色貓。「這是琉璃苣，」她說。「能讓妳產生足夠的奶水。」她遲疑了一下又說，「如果妳睡不著，我會拿些罌粟籽給妳，但為了小貓們好，最好還是不要吃。」

「沒關係的，我不吃也可以睡。」栗尾彎下身開始咀嚼琉璃苣，那味道使她縮了一下，但仍繼續把樹葉都吞下。

「蕨毛，你去找些獵物回來給她怎麼樣？」葉池建議。「至於雨鬚你呢，你最好留在這裡，讓我看看你的腿。」

蕨毛用鼻子碰了碰栗尾的耳朵，答應她，「我很快就回來。」然後繞過煤皮的屍體離開育兒室。

栗尾的目光追隨著他。「煤皮的死都是我的錯。」她的聲音因悲痛而沙啞。「她可以逃脫那隻獾的魔掌，但她卻留下來幫我。」

「這不是妳的錯。」葉池的語氣異乎尋常地憤怒，棘爪驚訝地看了她一眼。「煤皮是在盡她身為巫醫的職務。那是她的選擇。」

「沒錯，」松鼠飛說。「栗尾，妳想想——如果煤皮當時離開了妳，那隻獾就會把妳和孩子們都殺了。妳不想要那樣吧。」

栗尾搖搖頭，身子發著抖。

「這些小貓咪們真漂亮，」棘爪想要她分神，故意這麼說。這是他第一次仔細看著雷族的新成員。「妳替他們取名字了嗎？」

栗尾點點頭。「這一隻是小鼴，」她用尾巴梢輕碰最大隻小貓咪的頭。「他是唯一的公貓。再來這一隻是小蜜和小罌粟。」她輪流點了點一隻淡蕨葉色毛的虎斑貓和一隻白色與玳瑁色混合的小貓，就像栗尾自己的縮小版。「而這一隻是小煤。」

棘爪聽到松鼠飛發出驚呼。這隻毛茸茸的小灰貓看來異常熟悉，他忍不住不斷回頭看著身後煤皮的屍體。葉池原本正低頭檢視雨鬚受傷的腿，也全身僵硬了一陣。「我想煤皮會很高興的。」她輕聲說完又繼續查看傷口。

「嗯，他們看起來都健康又強壯，」棘爪說。「松鼠飛，來吧，我們還得替煤皮做一件事情。」

在轉身去幫忙棘爪之前，松鼠飛停頓了一會兒，用尾巴梢輕碰葉池的肩。「妳最好早點休息，」她說。「妳看來累慘了。」

「我沒時間休息，」葉池簡短的回答，連看也沒看她一眼。「如果我去睡覺，這些受傷的貓兒要怎麼辦？」

松鼠飛的眼神透露著困惑。「但是我擔心妳啊。我感覺得出來，妳一定覺得難受極了。」這一次葉池沒有回答。棘爪看出她只想獨處並繼續照顧雨鬚，於是碰了碰松鼠飛的肩膀。「走吧，」他重複著，又壓低了聲音加了句，「多給她一點空間。她應付得了的，只是需要時間罷了。」

松鼠飛仍然不太確定的樣子，但她在這小小空間內轉過身，幫忙棘爪抬起煤皮沉重的屍體走出育兒室。黛西和她的小貓咪們仍站在入口處圍成一團，跟雲尾和蕨雲坐在一起。亮心帶來了金盞花，正在治療樺掌的傷口。

「妳不能走，」白毛戰士抗議說。「妳和小貓咪們都屬於這裡。」

黛西搖搖頭，目光落向死去的巫醫時發出一聲呻吟。「我的孩子們可能早被殺死了，」她說。「或者我可能早死了，那麼他們又該怎麼辦？我還是帶他們回馬場比較好。」

她的三隻小貓咪都發出抗議的喵嗚聲。

「那兩腳獸呢？」雲尾追問。「妳當初來這裡是因為擔心牠們會把妳的孩子帶走。」

黛西屈伸著爪子，猶豫不決的神色瀰漫在她眼中。她還來不及回答，亮心就說，「兩腳獸現在也許傷害不了小貓咪。畢竟，他們已經夠大了，有能力捕捉馬廄裡的老鼠。」

「可是我們不想回去那裡，」小莓哀號著。「我們想留下來。」

黛西用尾巴輕輕打他。「你不懂事，別亂說。難道你想要獾過來抓你嗎？」

「可是你們誰也沒受傷，」松鼠飛指出。「雷族確保了你們的安全。」

「請留下吧，」蕨雲鼓動著。「新葉季來臨後，生活會更容易些。」

黛西懷疑地看了她一眼。「妳能向我保證，獾不會再回來嗎？」

「沒有貓能保證這種事，」雲尾回答，「但我可以打賭會有好長一段時間再也看不到牠們。」

黛西搖搖頭，把三隻小貓咪們推到身前走進育兒室。「來吧，經過這麼可怕的一晚，你們都需要休息。」

「可是我們不累呀。」小鼠抱怨。

黛西沒回答，只是用盛滿恐懼與不安的眼神回頭望了雲尾一眼，然後就消失了。

蕨雲跟在她身後。「我去看著她。」

「你知道，黛西可能是對的，」亮心說這話時並沒看著雲尾。「她知道怎樣對孩子最好，也許回到馬場會讓他們都覺得更安全。」

雲尾張嘴想要反駁，卻又閉上了嘴。

「你最好快回葉池的窩去，」亮心好像不想再談馬場的貓似地對他說。「你裂開的爪子又流血了，需要更多蜘蛛網。」

雲尾看了育兒室入口一眼，低聲說，「噢，那我就走了。」

棘爪轉身向著煤皮，凝視著那精瘦的灰色軀體，看那雙迷茫而空洞的藍眼睛，他內心因悲痛而抽動著。松鼠飛低著頭站在他身邊；棘爪看到一陣顫抖傳遍她全身，就朝她靠了過去，並且希望她不會躲開。她果真沒有躲開，於是他又站了一會，閉起眼呼吸著她甜美熟悉的氣味。

「走吧，」他溫柔地說。「這一夜很快就會過去。該準備她的守靈儀式了。」

他和松鼠飛再次抬起煤皮的軀體走過空地，放在黑毛身旁。蛛足和白掌俯伏著，用鼻子輕觸著那灰黑毛戰士的皮毛。「再見，」棘爪喃喃自語，也用鼻子碰了碰煤皮的毛。「星族將以妳為榮。」

「我們都會想念妳，」松鼠飛補充說。「我們永遠都不會忘了妳。」

棘爪很想坐在死去巫醫的身邊，好好為她守靈，但要做的事情實在太多了。他走向仍然跟暴毛和溪兒站在營地中央的火星。

「我想我們應該開始重建戰士窩了。」他開口，但話沒說完，就發現午夜正笨重地朝他們走來。她經過長老們身邊，他們正往扭曲榛樹下的窩裡走進去，金花看到這隻老獾，發出噓聲轉到一側。

「我猜，對大多數貓兒而言，她仍是一隻獾，」暴毛小聲說。「只是另一隻想把他們殺死的動物。」

午夜的目光追隨了長老一陣子，然後轉身向火星低了低頭。「我現在就走，」她宣布。「夜晚趕路很好。」

「可是妳一定跟我們大家一樣很累了，」火星反對。「留下來等睡飽了再走。」

午夜轉著她白條紋的頭，環視著營地。「這裡沒有我的事。我要回到海邊洞穴，聽浪潮在岸邊拍打，聽風吹過野草的沙沙聲。」

「如果不是妳帶風族戰士來幫我們，雷族就全族覆滅了。我們真不知道該怎麼感謝妳。」

「不需要道謝。警告來得太遲。我的親戚們聽不進去和平的勸告。」

「可是為什麼呢？」溪兒問，她睜大了憂愁的雙眼。「在山區，我們與獾之間從沒出過問題。難道牠們都像尖牙，想把貓兒當獵物殺光嗎？」

午夜搖搖頭。「我的親戚不吃貓。可是貓兒把牠們趕出領地，先是被位於湖另一邊的河族趕走，然後又被雷族趕走。牠們要復仇，搶回地盤。」

「我記得鷹霜在大集會時報告過這件事，」火星說。「他就是把獾趕走的河族戰士。」

棘爪猛吸了口氣，準備替他的弟弟說話。他的族貓們難道要把獾群來襲一事怪在鷹霜頭上？

「我們也趕走了一隻獾，」松鼠飛指出。「還有她的小獾。我竟然還覺得對不起她呢！」

「不曉得這是否表示牠們還會回來，」火星若有所思地喃喃自語。「巡邏隊一定要提高警覺。」

「我也會多注意，」午夜也說。「只要一知道有事，我就會過來，或者傳消息過來。但現在我要走了，替我跟其他貓道別。」

「午夜，再見，」暴毛說。「能再見到妳真好。」

午夜那對明亮的小眼在他身上停留了一會兒。「祖靈們會保佑你，」她告訴暴毛。「星族和殺無盡部落也會。你的路途艱難，但一切都還沒結束。」

這隻灰毛戰士低下了頭。「謝謝妳，午夜。」

「真希望妳不要離開，」棘爪對午夜說。看了族長一眼，他又加了句，「妳難道不能在樹林裡築個巢，留下來跟我們在一起嗎？」

「拜託妳！」松鼠飛熱切地喊。

這隻老獾搖搖頭，眼神深沉而有智慧。「這裡不是我家，」她警告說。「但星族會引導我們重逢的。」

「希望如此。」棘爪說。

「那就再見了。」火星向午夜低下頭表示最高的尊敬。「請記得雷族永遠尊敬妳。」他只送她走到入口，好像也捨不得看她離開。塵皮和沙暴原先聚集在被摧毀的入口圍籬荊棘旁，也停下了手邊的工作加入道別行列。

棘爪在松鼠飛和暴毛中間，看著午夜離開山谷，她那寬大扁平的腳掌恍若無物似地踩踏著殘餘的荊棘圍籬。他突然好想像隻小貓咪那樣哀號出聲：**回來吧！**這已經是第二次，雷族需要午夜幫忙才得以存活。現在她遠到太陽沉沒的地方去了，雷族怎麼可能還會安全？棘爪甚至不確定自己還找得到那片沙崖。

我一定要堅強，他告訴自己。**我願意為了這個部族奮不顧身，而雷族比以前更加需要我。**

暴毛轉身背對這隻獾消失的樹林。「好了，」他說。「接下來該做什麼？」

「我想每隻貓都有工作了，葉池和亮心則負責照顧傷貓。但大家都需要休息，」棘爪說。「那表示我們需要整理出睡覺的地方，還要捕捉一些新鮮獵物。」

「溪兒和我明天可以替雷族打獵，」暴毛答應道。「但現在，我要到戰士窩去。我該怎麼走？」

問得好，棘爪心想。他用尾巴指向山谷另一端石牆下被踐踏過的荊棘樹叢。「走這邊，」他說。這裡的樹枝長得低矮且濃密，頗能阻隔禿葉季裡的冷風和大雨。但獾群衝破這道屏障，攻擊躲在裡面的貓，現在這裡已經不像窩了。

暴毛眨眨眼。「好，我過去一下。」他往棘爪所指的方向跳去。

「溪兒，妳可以去看看長老們，」松鼠飛建議道。用尾巴指出方向後，她又加了句，「他們的窩就在扭曲榛樹叢那裡。如果妳需要幫手，就來找我。」

溪兒點點頭，跳進了樹叢中。

棘爪正要跟隨暴毛而去，卻看到灰毛走來。「妳要為黑毛和煤皮守靈嗎？」他問松鼠飛。

「你想去就去吧，」松鼠飛說。「但現在我想幫忙重建貓窩，也許晚點再去替他們守夜。煤皮和黑毛會了解的。」

灰毛對她眨著眼，彷彿把她的拒絕當成蓄意躲他似的，藍色眼眸中透著受傷的神色。「好吧，待會見。」他走了開去，跟其他貓兒一起圍坐在兩隻動也不動的軀體周圍。

松鼠飛的尾巴輕拂過棘爪的耳朵。「你不覺得應該到葉池的窩去檢查一下那些刮傷嗎？」

即使發生了這麼多事，松鼠飛眼中的神情仍讓棘爪忍不住想發出像小貓咪窩在母貓腳掌中的滿足咕嚕聲。「不急，」他告訴她。「葉池要做的事夠多了，還有更多貓兒傷得比我還重呢。我要去幫暴毛重建戰士窩。大家都累了，而且很快就要黃昏了。」

「那我就去找新鮮獵物吧。原本的那一堆已經被弄散了，不過獾群應該沒時間吃我們的獵物。或許我可以找回一部分讓大家撐一陣子，直到我們有能力派出狩獵巡邏隊。如果我找到什麼能吃的東西，就帶點回來給你。」

「謝謝。」棘爪目送這隻薑黃色的戰士走過空地，然後往殘破的戰士窩走去。他身上的每塊肌肉都在發痛，肩上的刮傷也抽痛著，他感覺自己就快累得走不動了。但族貓們需要他。他一定要擠出體力來幫助他們。

戰士們做窩的那株荊棘樹長得很靠近峭壁的最高點，距離通往擎天架的亂石堆不遠。棘爪走近時看到，雖然外圍的樹枝都已斷裂並遭踐踏，但在更裡面靠近樹幹的部分卻似乎沒受到多少損傷。他暗自希望還能找到更多未受損傷的住處，如此戰士們雖然得睡得擠一些，卻只需要撐到新葉季樹木長出新枝為止。

他又靠近了些，好奇地嗅著被摧毀的外圍樹枝。這時暴毛出現了，身後拖著一大叢糾結的荊棘。

「嗨，」他喘著氣，放下那堆荊棘好緩過氣來。他瞇起眼睛又說，「你怎麼不休息呢？你看起來累慘了。」

「大家都累慘了，」棘爪說。「我不能休息；要做的事情太多了。」

暴毛的目光掃了空地一圈。「的確是如此。」

棘爪把尾巴放上暴毛灰色的身側。「我很高興見到你，」他說。「星族選擇了最好的時機把你帶來這裡。」

「嗯……殺無盡部落在保佑我。」

「某個祖先把你派來找我們。不管是誰，我都非常感激。你來這裡有任何特殊理由嗎？」棘爪又問。「部落裡沒有問題吧？」

「沒有，一切都好，」暴毛回答。「我只是一直掛念著你們究竟怎樣了，是否找到了居住的好地方。所以我決定來找你們。」他眼睛發亮。「溪兒堅持要一起來。」

這時松鼠飛走了過來，還帶了幾隻老鼠，老鼠尾巴被她啣在嘴裡。她把獵物放在他們腳前。「給你的，」她對棘爪說。「吃吧。你需要補充體力。」她把第二隻老鼠推向暴毛。「暴毛，你也要吃。」

「不，謝了，」這隻灰毛戰士說。「溪兒和我在來這裡的路上吃過了。我現在不餓。」

「好吧，如果你確定的話，我就把牠帶去給長老。至少獵物堆裡還有不少食物，」她又對棘爪說。「雖然被踩爛了不少，但還足以維持到明天。」她尾巴輕快地一揮，叼起剩下的那隻老鼠往長老窩走去。

暴毛轉身走回窩裡時，棘爪伏身開始吃老鼠。那隻老鼠好像被獾巨大的腳掌踩進泥土地裡一樣，不只扁塌塌而且還沾滿泥土，但他餓得毫不在乎了；他囫圇吞棗地大口吃完，然後去幫暴毛移開被摧毀的荊棘。在他奮力把殘斷的樹枝移開時，鮮血又開始從他肩上的傷口流下；荊棘擦刮著他的身體兩側，在他毛皮上又刮出新傷口，也刺著他的腳掌。

他用力拖著一根特別頑固的樹枝倒退走出窩時，身邊飄來松鼠飛的氣味。他放下樹枝轉身看到她就站在身後，嘴裡叼著一團溼答答的苔蘚。

「我想你可能會想喝水。」她邊說邊把苔蘚放在他面前。

「謝謝。」他舔著苔蘚上的水，心裡暗想這簡直是世上最美味的水了。這水似乎滲進了他全身，給他一股新的力量。

他喝飽了水，松鼠飛又撿起那團苔蘚，輕柔地敷上他肩頭的傷口。她的眼光與棘爪相對，棘爪打了個顫，不敢相信自己與她如此親近。

「松鼠飛，真是對不起——」他開口。

她拂過尾巴梢遮住了他的嘴。「我知道。」她低聲說。

棘爪正想淹沒在她深深的綠色眼眸中，就這樣站著直到永遠，但她身後某樣東西的移動使他分神，他抬頭看到灰毛正瞪著他。

這隻灰毛戰士已結束了守靈儀式，穿過空地走來。不久之後他又轉了個彎，消失在遮擋巫醫窩的蕨叢後。

棘爪後退一步，面對松鼠飛。「那灰毛呢？」他問。無須多做說明——松鼠飛和灰毛在最近這幾個月走得很近，這隻灰毛戰士很有理由感覺棘爪有意觸犯他。

松鼠飛放下苔蘚。「別擔心灰毛。我會跟他說的。」她眼裡有著後悔，卻沒有遲疑。她很快地與棘爪碰了碰鼻子。「我要去替長老們取水了。待會見。」

腦中一片暈眩的棘爪目送她走遠，然後又開始繼續拖著樹枝。他簡直不敢相信一切變化得這麼快，他和松鼠飛竟然只要三言兩語就能心意互通。過去的爭執和他們對彼此的蓄意傷害全都消失了。他們不需要道歉；只要展望前方更長遠的未來。

他最後猛力一拉拉開了那段樹枝，暴毛這時也從窩裡出來，把糾結著苔蘚和荊棘的一團東西推到他面前。

「真高興看到你和松鼠飛仍然處得這麼好。」他說。

「嗯，她是很棒的貓，」棘爪含糊地說，並不想對暴毛說明他與松鼠飛之前那份親近其實已消失了好一段時間。「我們把這些荊棘拿一點去給沙暴作為入口圍籬如何？」

「好。」暴毛臉上有一抹頑皮的神色，好像看得出棘爪有意要轉開關於松鼠飛的話題。「對了，」他說，「我對溪兒的感覺也是這樣哦。」

他叼起長樹枝的一端還沒走上幾步，棘爪就看到那隻年輕的部落母貓正朝他們走來，嘴裡叼著一大團苔蘚。

「長老們不會有事的，」她邊報告邊把嘴裡的東西放在棘爪身邊。「葉池已經在鼠毛的刮傷上敷了蜘蛛網，還讓所有傷貓都吃了些罌粟籽幫助睡眠。松鼠飛去替他們取水了。」

「溪兒，謝謝妳幫忙。」棘爪邊說邊對那球苔蘚點點頭。

「我是從長老窩那裡拿來的，上面沾滿了刺，誰也沒辦法睡在那上頭。你能告訴我在哪裡可以找到更多苔蘚嗎？」

「妳確定妳不累？」棘爪問。「妳今天走了很長一段路耶。」

溪兒的耳朵抽動著。「我的情況比你好多了。而且，我們並沒有趕路，從我們離開部落到現在已經超過一個月了。」

「我們還以為再也找不到你們了。」暴毛說。

「嗯，那後來是怎麼找到的呢？」棘爪問。他被身後突然移動的東西嚇了一跳，原來是蕨毛，嘴裡叼著新鮮獵物經過育兒室。「是殺無盡部落引導你們的嗎？」

暴毛和溪兒互看了對方一眼。

「希望是如此，」暴毛回答。「那我們就會更早抵達了。我們在山區裡到處亂走了像有幾個月那麼久，然後才遇見一隻無賴貓，他跟幾隻與馬兒同住的貓交談過。你認識他們嗎？」

「噢，對，馬場的貓，」棘爪說。「我們見過——事實上有一隻就在這裡呢，還帶著孩子。」

暴毛一臉驚訝。「哦，無賴貓說馬場的貓告訴他，有一大群貓搬進了他們的地區，我們就知道那一定是你們，然後無賴貓又告訴我們怎麼走。」

「所以你們還沒去過河族嘍？」

暴毛搖搖頭，但還沒來得及開口，溪兒就用腳掌戳了一下棘爪的肩。「苔蘚呢？長老還在等呢。」

「噢，對哦。我們把這些荊棘先拿到營地入口，然後我再告訴妳。」

棘爪和暴毛拖著樹枝到沙暴、塵皮和火星重建圍籬的地方，溪兒則帶著那團苔蘚跟在後面。

「走這邊。」棘爪用尾巴指了指樹林。想到獾群眼裡帶著死亡的光芒從陰影中狂呼而來，他渾身就因恐懼而刺痛。「只要直直走，不久就會在樹根處找到很多苔蘚。」

「溪兒，我跟妳一起去，」暴毛說。「搞不好那裡還有獾出沒呢。」

「我派了守衛，」火星在另一頭喊。「應該夠安全的。」他耳朵對著山谷頂端抽動了一下，棘爪只看到那裡有雲尾和刺爪的朦朧身影。

暴毛順著他目光看去，然後轉向溪兒。「我還是要跟妳去。戰士窩也會需要更多苔蘚。」

他和溪兒走進了樹林。棘爪轉身回到營地時，看到葉池剛從窩裡出來。她在煤皮屍體旁停步，低下頭把鼻子按進導師柔軟的毛裡。

「煤皮，原諒我。」就在不遠處的棘爪剛好可以聽見她的喃喃自語。「我也想為妳守靈，但要做的事情太多了。我知道妳會希望我照顧族貓的。」

她抬起頭，似乎已振作起來，然後走向棘爪。「你現在就到我窩裡來吧，」她說。「我需要看看你的傷。」

「可是……」

「棘爪，我不跟你爭辯。照我的話做。」這時候的葉池聽起來就跟松鼠飛一樣咄咄逼人。「如果你的肩膀受到感染，你還能幫忙嗎？」

棘爪嘆口氣。「好吧，我現在就去。」這隻年輕巫醫擦過他身邊時，他把尾巴梢放上她的肩。「葉池，謝謝妳。我是說，謝謝妳回來，雷族真的需要妳。」

葉池迅速瞥了他一眼，眼神卻非常悲傷。然後她走向在營地入口處的父母。「火星！」他聽見她喊，「我還沒空檢查你的傷。」

棘爪向葉池的窩走近，卻瞥見灰毛正從蕨葉屏風後出來。他被扯裂的那隻耳朵用蜘蛛網裹著，身側和前腳也敷著更多蜘蛛網。

「你沒事吧？」灰毛經過時，棘爪這麼問。

灰毛並沒有看他。「很好，謝謝。」他簡短而冷漠地說。

棘爪看著他走過空地前往育兒室，蕨毛和蛛足正在那裡拉扯斷裂的蕨葉捲鬚。灰毛到他們身邊開始工作。

葉池的窩就在石牆的裂縫裡，樺掌蜷伏著躺在裂縫外的蕨葉堆上，一隻腳掌放在鼻端正在睡覺。只是見習生的他在這場戰爭中卻勇敢地奮戰不懈，還幫助他母親蕨雲保護黛西和她孩子逃出山谷。他腰臀上的毛已被扯落，上面的傷口都敷上了金盞花糊；藥草經過咀嚼後的刺鼻氣味使棘爪皺起了鼻子。

裂縫的另一邊則是躺在更多蕨葉裡的雨鬚；棘爪出現在蕨葉屏風旁時，他迷茫地眨眨眼抬起頭。「嗨，棘爪。」滿帶睡意的聲音聽來模糊不清。「一切都好吧？」

「不會有事的。你的腳怎麼樣？」

「感謝星族，我的腳沒斷，只是脫臼。」他發出想睡的咕嚕聲。「葉池已經將骨頭整回原位了。」他又閉上了眼睛，鼻子靠在腳掌。

亮心叼著一嘴的藥草從岩石裂縫裡出現。她對棘爪點點頭，然後彎身查看雨鬚和樺掌，迅速嗅了他們一下。

「他們情況不錯，」叼著藥草的她含糊不清地說。「棘爪，葉池回來時，告訴她我把一些金盞花帶去給蕨毛了，蕨毛正在重建育兒室，所以不會離開栗尾。」

「好。」棘爪同意。

他在兩隻熟睡的貓兒中間坐下。不久葉池就回來了，身後跟著火星。她仔細檢查過棘爪，然後在他肩頭那道深長的傷口上仔細舔著。

「這是唯一的重傷，」她說。「我每天都要查看一次，行嗎？你等一下，我去拿些金盞花給你。」她停了停，凝視著遠方好一陣子，然後深吸了口氣消失在岩石裂縫裡。

「她不會有事吧？」棘爪低聲問火星。「她可沒有其他巫醫照顧。」

「我會叫松鼠飛多注意她。」

葉池帶著金盞花葉回來，開始把葉子咀嚼成糊狀。

「只剩下最後一片了，」她邊說邊抬眼凝視著突出嘴邊的葉子尖端。「明天一早就得再去多採一些。」

「這件事我來辦，」火星一口答應了。「或者——棘爪，不然讓你處理這件事如何？找一隻受傷不嚴重的貓去做。」

棘爪點點頭。「好的，火星。」

離開岩石裂縫時，棘爪看到暴毛在戰士窩旁，正用尾巴向他比著。

「我想今晚的工作已經完成了，」這隻灰毛戰士說。「我們已經移走最嚴重的刺，我還放了一些新鮮苔蘚在這裡。也許擠了些，但現在你們都可以稍微休息一下。」

「你呢？」棘爪問。

「溪兒和我還滿有精神的。今晚就由我們來守夜吧。」

「謝謝。」棘爪忽然感到四條腿開始發軟；可以伏下來睡覺的念頭使他忽然了解到自己有多麼疲累。他用尾巴梢碰了碰暴毛的肩，然後繞過他走進戰士窩。

樹幹附近有塊空地，可以讓不在乎睡覺地點的貓兒在那裡休息。蛛足和灰毛已經睡了；在他們身後，塵皮和蕨雲睡眼惺忪地在嚼舌根。棘爪低聲向他們打了招呼，就趴在一團苔蘚和蕨葉上。睡意在瞬間像一股黑色波浪壓扁了他。

第三章

葉池睜開黏著眼屎的雙眼眨了眨。她蜷伏在石頭山谷中央，就在煤皮屍體旁。她身邊的火星把鼻子深深地埋在死去巫醫的灰毛裡，雙眼瞇成一條縫好像陷入了對這隻曾經是他見習生的思念裡。山谷外，黎明的第一道光使天際轉成一片乳白。

葉池張開嘴想吸進最後一口她最愛的導師氣味，卻只嚐到了死亡。只有在確定所有傷貓都經過治療後，她才能來為煤皮徹夜守靈。但一陣疲累向她襲來，她就睡著了。**我竟然連替妳守夜都做不到**，她絕望地想。

她永遠忘不了在與鴉羽同行的旅程中所做的那個夢，夢裡她聽見那隻獾擊出死亡攻擊時，煤皮那聲驚恐而痛苦的叫喊。**我真該留在這裡的**，她告訴自己，比獾爪還要尖銳的罪惡感撕扯著她。

但就算她現在已回到族裡，她的思緒仍縈繞著鴉羽。當他說他有多麼愛她時琥珀色眼睛裡的光采，當他了解她心繫雷族巫醫而非他自己時聲音裡的痛苦。葉池面對了痛苦的抉擇，但最後她明白這裡才是她想待的地方，就在這個石頭山谷。她放棄了鴉羽，也失去了煤皮，現在只剩下她對雷族的職責。

當她坐起身伸展痲痺的四肢，謹慎地別打擾到守靈中的父親時，看到在戰士窩外守衛的暴毛。跟他一起守著營地的溪兒則坐在入口附近。其他貓兒也開始清醒了；全把頭探出育兒室外，然後又縮了回去。不久，棘爪和塵皮也從戰士窩裡出現。

很快就是由長老扛起煤皮和黑毛的屍體，走出營地埋葬的時間了。葉池對煤皮低下頭，鼻子輕觸她導師的肩，然後在她柔軟的灰毛上拂過。她閉上眼想知道自己能否感覺到煤皮的靈魂，但隨著頭上的天空益發明亮，星族的戰士們也開始消失。

煤皮？告訴我祢仍然和我在一起！

葉池試著想像自己走過群星，銀毛星群在她兩邊身側擦過，但她卻聞不到任何熟悉的煤皮氣味。煤皮是否因為她跟鴉羽離開雷族而從此拒絕了她？她是否再也不會聽見導師的聲音，連夢裡也不會有？

煤皮，對不起，對不起！她哀哭著。**別這樣拋下我一個人。**

「我可以啦，即使看不見我也可以扛起族貓。」

長尾的聲音打斷了葉池絕望的祈禱。她睜開眼看到三位長老正在接近，鼠毛帶頭，金花則引導著長尾。

「是沒錯，」鼠毛同意。「我們一起扛他們，別擔心。」

火星從煤皮身邊站了起來，動作因傷和疲憊而顯得僵硬。白掌悄悄從殘敗的見習生窩裡爬出來，緊張地到處張望，好像想確定不會再有獾出現。曾是黑毛導師的刺爪走向黑毛，最後一次把鼻子按進那灰黑色毛的冰冷身軀。

「你把他教得很好，」葉池溫柔地說，與他一起哀悼這位年輕戰士被殘酷截短的生命。「他為了族貓奮戰而死。」

雨鬚從圍在屍體旁的貓兒中走過。葉池看到他已經能夠把重量放在受傷的那條腿，即使還要過一陣子扯裂的肌肉才能完全復原。

「別太用力，」她警告他。「如果讓那條腿吃力太大，你將來就跛腳了。」

雨鬚迅速對她點了點頭，但他開口時話卻是對鼠毛說的。「拜託，我想幫忙。黑毛是我哥哥。」

鼠毛低下了頭。「那好吧。」

她和雨鬚抬起黑毛的屍體，金花和長尾則扛起了煤皮。帶著沉重的悲痛，葉池後退一步讓他們把她導師帶走。她姊姊的氣味飄過身邊，她感到松鼠飛的皮毛擦過她身側的溫暖。雖然松鼠飛什麼也沒說，靠向她肩膀的葉池卻非常感激她的出現所帶來的安慰。

其他的貓兒們站在一旁，低頭等候長老們走過殘破的荊棘圍籬，進入外面的樹林。等他們消失不見，火星才開始召集巡邏隊。松鼠飛轉向棘爪，這兩隻貓就親熱地貼著身走回戰士窩。

葉池的耳朵一陣刺痛。她以為姊姊和棘爪早已不再是朋友了。她轉頭去找灰毛，看到他也正凝望他們；他眼裡的狂怒使她大為震驚。

對姊姊突如其來的擔憂就像一波冰冷滂沱的大浪向葉池撲倒而來。她想起在那個夢裡，她在一座陰暗而陌生的樹林裡亂走，那裡沒有任何星族的蹤跡。她藏身在空地邊緣，看著虎星訓練他的兩個兒子棘爪和鷹霜，教導他們在各自的部族裡求取權力。棘爪擁有令人生畏的遺傳，葉池不確定他有足夠的意志抗拒他父親要他叛變的慫恿。

該不該把這個夢告訴松鼠飛？她往姊姊那裡跨出一步，然後又停下來。她要做的事情已經夠多了，得照顧受傷的貓，而且介入其他貓兒的友誼非並巫醫的職責。更何況，星族並沒有傳遞什麼夢境，因此她也不能肯定未來就一定會發生不祥的事。

她走向灰毛。「我需要檢查你的傷，」她說。「尤其是被扯裂的那隻耳朵。」

灰毛的雙眼閃爍著憤怒，仍然凝視著松鼠飛的去向。「好吧。」

他毫不畏縮地站起，葉池嗅著他身側和前腳的傷口，仔細檢查過他耳朵。「傷口都在復原，」她告訴他。「你願意的話，我會給你一些罌粟籽幫助睡眠。」

灰毛搖搖頭。「不，謝了。我沒事的。」他朝空地另一端投去憤怒的最後一瞥，就走去加入塵皮和蛛足重建荊棘圍籬的工作。

葉池轉身走向她的窩，卻看到亮心踩著急速的步伐走過石頭山谷，身後緊跟著她女兒白掌。

「葉池，要我去採集藥草嗎？」她提議。「棘爪說我可以帶白掌去幫忙。」

「那真是太好了。」葉池回答。

她對這位見習生友善地點點頭。白掌看來很緊張。**她大概以為樹林裡到處都是張牙舞爪的獾**，葉池猜想。**這也不能怪她**。

「我們最需要的就是金盞花，」她繼續對亮心說。「可以在溪邊找到很多。」

亮心點點頭。「我知道一個好地方。感謝星族，現在是新葉季了。」

葉池對這位族貓突然感到一陣洶湧的感激之情。想起自己曾經對她與煤皮的親近感到憤慨，認為亮心想要取代自己的地位，一股愧疚感讓她瑟縮了一下。「煤皮把妳教得這麼好真是好事，」她說。「現在我真的很需要妳幫忙。」

亮心那隻完好的眼睛發出光彩。「那我們走吧。來，白掌。」她尾巴一揮，縱跳著來到營地入口，見習生則在她身後匆忙追趕。

葉池走回她窩裡。她走過蕨葉屏風時，正在睡覺的樺掌醒來，掙扎著想要站起，然後又跌回蕨叢窩裡。

「還不可以起來，」葉池警告道。「我要看看你的眼睛。」

她對樺掌的擔憂更甚於其他貓兒。他還這麼年輕就得在如此激烈的攻擊中奮戰，而他卻沒有成年貓的體力能從受傷中復原。

樺掌眼睛周圍的刮傷又紅又大，腫起的肉上只有一小道眼睛的光彩。**沒有失去這隻眼睛真是幸運**，葉池暗自想著，她想像一隻獾用圓鈍的爪子劃破這位見習生的臉，就不由得打了個顫。

葉池在儲存藥草的地方悄聲走著，只找到最後兩片金盞花葉。感謝星族有亮心去採更多回來。葉池叼起外部的葉片咀嚼起來，但當她正想把草漿敷上樺掌的眼睛時，他卻躲開了。

「很痛耶。」他抱怨。

「我知道，可是很抱歉，如果傷口發炎還會更痛。來吧。」葉池試著鼓勵他。「你已經不是小貓咪了哦。」

樺掌點點頭，鼓起勇氣時全身都僵硬起來。葉池把更多金盞花草漿敷了上去，看到有療效的草汁滴進他眼裡，她放心地吁了口氣。

「想辦法再睡一下，」她建議，一面檢查他腰臀上的傷。「需要罌粟籽嗎？」

「不，我很好，」樺掌邊說邊盤起身子。「妳會告訴灰毛我今天沒辦法練習的原因吧？」

「當然。」葉池回答。

她一直等到樺掌再度入睡，才帶著更多要給栗尾的琉璃苣走向育兒室。在路上她看到正要回到營地的暴毛和溪兒，嘴裡叼滿了新鮮獵物。她這才發覺自己的肚子正哀號著要吃東西。她簡直不記得上次吃東西是什麼時候了：一定是在她急忙要跟鴉羽從山區趕回來好警告族貓有獾來襲之前。

她匆忙走向暴毛和溪兒。這裡已經有一小堆獵物，顯示出這兩位訪客今天早晨工作得多麼辛苦。

「嗨，」溪兒說。「我正想帶一點食物到妳窩裡去呢。」

「不必了，謝謝，我就在這裡吃吧，」葉池回答，把嘴裡的琉璃苣放下。「只要妳確定這些夠吃就好。栗尾和長老們都吃過了嗎？」

「我現在就拿去給他們，」暴毛說。「葉池，妳就盡量吃吧。食物多得很，而且沙暴和雲尾也出去打獵了。」他叼起幾隻老鼠走向育兒室。

溪兒拿起更多食物去給長老，葉池選了隻田鼠正要蜷伏下來開始吃，蛛足和灰毛靠了過來。

蛛足對葉池迅速瞥了一眼，怪異地低了低頭。「看到妳回來真好。」他低聲說。

他的目光使葉池感到困窘。她並不想對任何貓兒談論她離開雷族的原因。「能回來是很好，」她告訴他，鬆了口氣似地轉向灰毛，告訴他樺掌要轉告的事。「還要再過幾天他才能復原並開始訓練。」她說道。

灰毛點點頭。「我待會過去看他。」他答應著。

葉池迅速把那隻田鼠吃完，然後走向育兒室探望栗尾。陽光穿越山谷頂端的樹木，從點綴著幾片白雲的蔚藍天空裡照射下來。葉池很感激毛皮上感到的暖意，受傷的貓兒可以在等待巢穴被清理出來的同時，在空地上曬曬太陽。

育兒室裡被踩壞的蕨葉昨晚就已拖出來，只剩下幾處深淺不一的洞穴敞在照進來的陽光下。黛西的三個孩子在她身邊玩耍，撲擊著那些明亮的光點。

「要你好看，你這隻可怕的獾！」小莓尖叫。

「滾出我們營地！」小榛怒吼著，小鼠呸地一聲露出牙齒。

「夠了。」黛西揮動尾巴捲住三個孩子，把他們拉到身邊。「如果你們想玩激烈的遊戲，就到外面去。你們吵到栗尾了。別忘了她的孩子還小。」

「對哦，我們再也不是年紀最小的了，」小莓誇耀起來。「我們很快就能當見習生嘍。」

黛西沒有回答，但葉池認為她在這隻馬場來的貓眼中看到不確定的神色。

小莓的頭從黛西保護的尾巴裡探了出來。「嗨，葉池！」他說。「妳到哪裡去了，我們好想妳哦。妳那位風族的朋友也要跟我們一起住嗎？」

「噓，」黛西說，用尾巴梢輕輕彈著小莓的耳朵。「別吵葉池，你看不出來她很忙嗎？」

葉池感激地對黛西低了低頭；嘴裡的琉璃苣正好成了不用回答的最佳藉口，她繼續往育兒室裡面走進去找栗尾。

這隻年輕的玳瑁色貓盤捲在苔蘚和蕨葉做成的巢穴上，她那四隻小貓咪們緊緊依偎在她肚皮上。蕨毛就在她身邊，正跟她一起吃著暴毛帶來的新鮮食物。

「嗨，葉池。」栗尾有些朦朧地眨著眼。「又帶更多琉璃苣了啊？」

「沒錯。」葉池把那些葉片放在她朋友能夠搆著的地方。「妳一定要有足夠的奶水，得餵四隻小貓咪呢。」

「他們簡直比飢餓的狐狸還要糟糕。」蕨毛咕嚕著說，滿臉都是驕傲的光輝看著自己的孩子。葉池很高興看到他現在鎮靜多了，他開始從受到攻擊的驚嚇中恢復過來，更能夠照顧他的伴侶和孩子。

「他們真是又漂亮又健康的小貓咪，」葉池說。「這正是雷族需要的。」

看著栗尾咀嚼琉璃苣，葉池想起她們倆在舊森林裡的那場探險，那時候她還是見習生，而栗尾則是隻無憂無慮的年輕戰士。她們再也不能像那時候那麼親近了。現在栗尾成了母親，葉池則是雷族的巫醫。當她與鴉羽私奔時，曾短暫地想過拋下巫醫職務會是什麼情景——但她的心把她帶回了雷族。

葉池感覺在她和鴉羽之間愈裂愈大的距離就像一道峽谷。她肚子深處一陣疼痛，但她盡量不去想。她已選擇了巫醫的人生；再也不能回頭。

「試著再睡一會兒，」她對栗尾說。「蕨毛，你要確定她有休息。」

蕨毛情意綿綿地在栗尾耳朵上舔了一下。「那當然。」

葉池轉過身慌亂地走入陽光裡，她站在那裡不斷眨眼。她放棄了鴉羽、她的導師已死，而她最要好的朋友也有伴侶和孩子要照顧。就連她姊姊，那曾與葉池分享一切心事的松鼠飛，都再度跟棘爪在一起了。葉池希望姊姊快樂，但她的心卻渴望著再次與她親近。

噢，星族啊！她喃喃自語。**我已放棄了一切奉獻給祢，希望這就是祢要的。**

今日所剩下的時間她都埋首工作。亮心和白掌勤奮不懈地採集各種補給品，等到太陽西沉時藥草和莓子的數量都已補足，葉池也診療了族裡所有貓兒的傷。當病貓們一個個回到各自的窩準備好好休養時，葉池環視著空地，發現這場攻擊所留下的恐怖痕跡已開始消失。塵皮和他的助手們已經在完成一半的新入口圍籬上堆好了荊棘，沙暴和其他狩獵隊的貓兒也帶回許多獵物做成了獵物堆。

葉池簡直累壞了，但她知道自己還睡不著。她沒有回到窩裡，反而走過空地，來到重建了一半的荊棘圍籬外頭。她的腳掌不由自主地帶她走向湖邊，來到樹林邊緣的一片空地上，好讓她能凝視著閃爍星光的水面。

洶湧的回憶把她帶回偷偷離開營地去見鴉羽的那個夜晚。她的腳掌忽然變得如空氣般輕盈，她奔過蕨叢來到他們會面的地方。

這裡的一切都變了。悲痛與失落感有如沉重的石頭壓在她身上。她在一大叢枯葉上坐下，讓目光落在點點星光的湖面上。

沒多久她注意到水面上的星星在動。剛開始她還以為那只是一陣微風吹皺了湖面，但她身邊的空氣卻是靜止的。她感到全身刺痛。她頭上的銀毛星群一如以往般照耀著大地，寒冷、潔白而靜止，但在湖裡卻有幾塊地方是陰暗而空洞的，倒映在湖上的星點閃著光游過水面，最後聚集成兩條狹窄的路徑。

葉池倒吸了口氣。星點這時已變成兩組腳印，交纏著走過深藍色的水面。

這是星族要傳達的訊息嗎？她是不是在作夢？她注意到星點組成的腳印遠端似乎有什麼在移動，於是她凝視著湖面。兩隻貓出現了，正背對著她走遠，更多星點流瀉在他們身後。剛開始這兩隻貓的身形模糊不清；葉池努力想認出他們，希望他們會是星族的戰士。但當影像愈來愈清晰，她看出那是一隻有著寬闊肩膀的暗色虎斑貓，另一隻則體型稍小，有著暗薑黃色皮毛的貓。

葉池的心怦怦跳得更厲害了。那是棘爪和松鼠飛，他們背離著她肩並肩地走遠，皮毛緊鄰著皮毛，互相依偎著到足跡都融成了一條閃爍的道路。他們的腳印愈走愈遠，閃光越過了黑暗的水面。然後他們消失在陰影中，倒映的星點著湖面上散開，再次跟天上的星星吻合。

葉池全身發抖。星族知道她很擔心棘爪，也知道她對他的信任已因那個有關虎星的不祥之夢而動搖。祂們傳送這個徵兆一定是要告訴她，棘爪與松鼠飛的命運緊緊相連，沒有其他貓兒能夠拆散。

那麼這一定表示星族贊同松鼠飛對伴侶的選擇了？如果真是如此，葉池就不需要因為看到虎星訓練他兩個兒子的邪惡景象而擔憂，也不需要警告松鼠飛她與棘爪的關係會有危險。他們的未來已在星族掌握之中。

安慰感有如溫暖的微風向她襲來，她盤伏在沙沙作響的樹葉中，緩緩進入夢鄉。

好像才過了沒多久，她就眨眨眼，並睜開眼睛。她仍躺在山谷裡；一陣微風吹動了山毛櫸的枝幹，樹葉的影子在她身邊舞動起來，她抬頭看見斑葉就坐在一個尾巴之外的樹根上。

「斑葉！」她喊，但明知自己在做夢。她突然想起上次跟這隻美麗的玳瑁色貓的交談，立刻跳了起來，渾身因憤怒而發抖。「祢騙了我！祢要我離開雷族，跟鴉羽私奔。可是煤皮卻因為我離開雷族而死！」

「親愛的，冷靜點。」斑葉輕輕從樹根處跳下，把臉擦過葉池的肩。「我要妳追隨自己的心——而妳的心跟妳的部族在一起。妳到最後還是追隨了自己的心。」

葉池凝視著祂，一臉迷惘。在鴉羽離開她回到風族之前，也曾對她說過完全相同的話。

「那祢為什麼不直接告訴我祢的意思？」她抗議道。

「我說了妳會聽嗎？」斑葉的眼神裡滿是痛苦的愛。「妳有必要做出跟鴉羽一起走的選擇。要讓妳發覺自己所遵循的是錯誤的道路，那是唯一的辦法。」

葉池知道祂是對的。一直到她試著離開雷族以後，她才明白自己是多麼熱愛雷族。「可是煤皮死了！」她難過地重複著。

「煤皮知道會發生什麼事，」斑葉說。「她也知道該來的逃不掉。就連星族也無法扭轉命運。正因如此，煤皮並沒有想要阻止妳走。就算妳留下了，妳以為一切會有任何不同嗎？」

「我知道會的，」葉池堅持說。「要是我早知道，就根本不會離開了。」

「這個負荷妳還會承受一段時間，但我確信妳無論如何也無法阻止發生在煤皮身上的事。」斑葉又向葉池靠近了些。但祂溫暖的安慰和熟悉的氣味仍不足以緩解葉池的傷痛。

「自從她死後，我從沒在夢裡見過祂，」她低聲說。「我從來沒感覺到祂的存在、聞到祂的氣味或聽到祂的聲音。祂一定在生我的氣，不然祂應該會來找我的。」

「不，親愛的。煤皮很愛妳；即使她死了，妳以為她就會拋下妳嗎？但是她現在要走上另一條路。」

嶄新的焦慮湧上葉池體內。她以為自己已經了解巫醫和戰士祖靈之間的關聯。所謂的「另一條路」是什麼意思？難道斑葉是說，煤皮已走進那座葉池曾看到虎星的陰暗森林？

「祢是什麼意思？」她質問，頸上的毛豎立起來。「祂在哪裡？」

「這點我不能告訴妳。但我向妳保證，她很好，而且妳會再見到她。」

斑葉的聲音開始變弱。葉池身旁的觸感化為最輕的風，這隻星族貓一身的玳瑁色毛也幻化在深淺不一的光影裡，直到葉池再也看不見祂，只剩下祂的氣味還短暫地飄在空中。

葉池睜開眼，看到平靜的湖水仍然閃動著無數的倒映星光。一股對煤皮的新悲痛襲上心頭。她為什麼要死？祂為什麼不到葉池身邊，像斑葉那樣在夢裡引導她？葉池真想像隻被拋棄的小貓咪那樣開始哀哭。

但她站起來伸展著身子。「煤皮，不管祢在哪裡，」她大聲說著，「如果祢能聽見，我保證再也不會離開我們這一族。我現在是巫醫了，我會追尋祢的腳步直到我加入星族的那天。」她遲疑了一下，又加了句，「可是如果我在祢心中真的有分量，請來告訴我祢已經原諒了我吧。」

第四章

棘爪感覺一股冷風吹動身上的毛，醒了過來。他張嘴打了個大哈欠，抬頭看了看。曾用來遮擋戰士窩的荊棘枝梗破了個洞，露出一塊蒼白的天空。黎明就要來臨，應該要開始工作了。一場酣暢無夢的好覺過後，棘爪感到更有希望了。

他身邊的其他貓兒也開始清醒。雲尾站了起來，把身體重量放上失去爪子的那隻腳掌時痛得縮了一下。「獾！」他不高興地哼著。「就算再也看不到獾，我也沒關係。」他穿過兩根樹枝走上空地。

棘爪入睡時松鼠飛就趴在他身邊，他鼻中聞到她的香甜。但現在她卻不見了，只剩下一堆被壓平的苔蘚。當他看到灰毛也不見了的時候，他全身僵硬了起來，毛皮刺痛著。他跳了起來，受傷的肩膀抗議似地發出劇烈疼痛，但他還來不及跟隨他們走進空地，就聽到松鼠飛和灰毛的聲音就在外頭；他藏身在樹枝後面站著不動，聆聽著。

「真的，灰毛。」棘爪從松鼠飛的聲音能夠聽出，她正竭力抑制著怒氣。「我真的很珍惜你的友誼，但是我不想超出那個程度。」

「可是我愛妳呀！」灰毛抗議著，又遲疑地加了句，「松鼠飛，我們是很棒的一對，我知道的。」

棘爪替這位灰毛戰士感到一陣同情。當他以為松鼠飛不再喜歡他時，就曾經體會過這種感受。

「很抱歉，」松鼠飛繼續說。「我並不想傷害你，可是棘爪──嗯，我想星族注定要讓我們在一起。」

「真不懂妳怎麼能這麼說！」灰毛的語氣裡帶有一絲咆哮。「妳自己也說過，絕不可能信任棘爪。我知道他很棒，但他是虎星的兒子呀。」

棘爪的同情立刻消失。他伸出長而彎曲的爪子插入地面。別人就不能以他的作為來評斷他，而非得以他的父親來評斷嗎？更糟的是，松鼠飛會不會因為虎星是他父親而無法信任他？

「我會根據棘爪的行為來判斷，」她辛辣地反駁，「才不會根據發生在我還沒出生以前的事情。」

「松鼠飛，我只是為妳著想，」灰毛說。「我可忘不了虎星，他的腳掌沾滿了無辜貓兒的鮮血。要知道是他謀殺了我媽媽斑臉，才把狗群騙進雷族營地的？」

松鼠飛低聲說了什麼，棘爪沒聽清楚，但接著她又更清晰地說，「但這並不表示棘爪也會變得像他父親一樣。」

棘爪身後的響動使他分神，他注意到更多戰士開始清醒。為了不被抓到自己在偷聽，他迅速滑步走過樹枝來到空地。

他一出現松鼠飛就轉向他。「嗨，棘爪！」

光線開始變強，天色也益發明朗，表示待會出現的陽光將驅趕黎明的寒意。但對棘爪來說，再也沒有比松鼠飛眼裡的溫暖更好的了。他走過去與她碰了碰鼻子，盡量不去理會灰毛那冷若冰霜的眼神。

他伸展著要緩解肩上的僵硬感，卻看到火星從擎天架上的窩裡走出，嚐著早晨的空氣。

「火星！」他喊。「黎明的巡邏隊已經出發了嗎？」

「沒有，你要負責領隊嗎？」

棘爪點點頭。「當然。一起來嗎？」他問松鼠飛。

她點點頭。灰毛突然開口，「我去看看樺掌。」沒等他們回答就大步走向葉池的窩去了。

松鼠飛看著他走遠，綠色眼眸裡充滿擔憂。「真遺憾他受傷了，」她說。「我以為他很適合我，結果卻不是。真不知道要怎樣才能讓他了解。」

棘爪知道自己不管說什麼都沒辦法讓她覺得好過點，因此他只是短暫地與她碰碰臉。然而全雷族究竟會站在他這一邊，還是灰毛那邊呢？這隻灰毛戰士受到全族上下的歡迎，棘爪卻只與和他一起前往太陽沉沒的地方的貓兒間建立了穩固的友誼，而除了松鼠飛之外，這些貓兒都是其他族的。

一陣窸窣聲在他身後響起，亮心來到了空地。她往四周看著好像在找雲尾，當她看到雲尾就在育兒室外頭跟黛西說話，而她的三個孩子正試著往他身上爬時，亮心豎起了耳朵。她眼神中悲傷的陰影，使棘爪感到一股憤怒；**雲尾如果看不出自己對那隻馬場的貓的關注已經傷害了亮心，他就是個蠢蛋！**

「嗨，亮心，」他假裝自己什麼也沒注意到地說。「要不要跟我去做黎明巡邏？」

亮心搖搖頭。「謝謝，但我今天早上已經答應要幫忙葉池了。可不可以再請白掌來呢？」

「當然。蕨毛在育兒室裡跟栗尾在一起時，能讓她保持忙碌是個好主意。」

「謝謝。那我去叫她了。」亮心往見習生窩跨出一步，然後又停步回望。「看到你和松鼠飛又在一起了真好。」她溫柔地說。棘爪訝異她竟然會如此有同情心而說不出話來，亮心跳著走開，一面呼喊著白掌。

等不及要出發的棘爪把頭探進樹枝裡看著窩內。塵皮正要起身，把他棕色虎斑毛上的幾塊苔蘚甩掉。

「黎明巡邏？」棘爪說。

塵皮抽動著鬍鬚。「我馬上就好。如果影族聽說了獾的事，他們或許會想到趁我們還沒完全復原，一舉搬進我們營地。」

棘爪也想過完全相同的事。與風族的邊界應該很安全。一星帶來了一批戰士幫忙趕走獾群，應該不至於笑裡藏刀地利用雷族的弱點。可是影族的族長黑星就完全不同了，他一逮到機會就想要擴張領地。

棘爪為了去找蛛足一起巡邏，再次退進了空地。這兩隻貓兒都找到後，他領先走過入口處的一團糾結荊棘，下行前往湖泊。

等到身邊周圍的樹木開始稀疏，太陽已高掛在山谷上。湖面的閃光明亮得讓棘爪幾乎睜不開眼。一陣風吹過水面，弄亂了他身上的毛。當他沿著湖岸走向那條作為雷族與影族邊界的小溪，才理解到再次擁有松鼠飛在身邊感覺有多好。跟她爭執總讓他覺得好像被故意拂亂身上的毛似的。

「你先過去，」他命令蛛足。「一路檢查影族的氣味標記直到枯木那裡。去確定它們都在該在的地方，然後在那裡等我們。」蛛足跑開時，他又對塵皮和松鼠飛說，「我們要重做新的氣味記號，並檢查領域裡有沒有影族的氣味。」

他帶領著一隊貓往上游走，最後來到小溪轉向深入影族領域之處。

塵皮發出噓聲。「我還是不敢相信，我們竟然讓影族在這裡設置他們的記號，」他說話時尾巴不滿地抽動著。「這條溪才是邊界，任何貓都看得出來。」

松鼠飛的尾巴感興趣似地捲了起來。「去跟黑星這麼說呀。搞不好你可以保全兩隻耳朵逃出來唷。」

她的前導師哼了一聲，順著邊界線繼續行走。他們還沒走幾步，棘爪就聽到前方樹林裡傳出貓兒飛奔而過的聲音。他豎起尾巴示意其他貓兒停步，然後嚐了嚐空氣，卻只察覺出雷族的氣味。

一叢蕨葉狂亂地抖動起來，蛛足衝進空地。

看。」

「你在做什麼啦？」棘爪喝叱著。「我要你在枯木那裡等耶。你根本還沒有時間去——」

「我知道，」蛛足插嘴說，胸口上下起伏著。「可是我看到一件怪事，你一定要來看看。」

「又是什麼事啦？」塵皮嘆口氣，轉動著眼珠。「希望不會是更多獾吧？」

「我們惹上影族了嗎？」棘爪尖銳地問。

「不，是兩腳獸的東西，」蛛足喘氣說。「我從來沒看過那種東西。」

他揮動尾巴要他們跟上。棘爪與松鼠飛交換了個眼神，就跟著蛛足走去，一路上還仔細檢查雷族邊界內的影族氣味。除了普通的標記之外，他並沒有聞到任何其他氣味，一直到蛛足把他們帶進一小塊空地。地面幾乎長滿了厚厚一層蕨葉，翠綠的捲鬚在蒼白的陽光下伸展著。

棘爪聞到一股新氣味，感覺肩上的毛都豎了起來。「是狐狸。」他沉聲說。

「不過蠻久了，」松鼠飛開口。「至少在過去幾天內這裡都沒有狐狸出沒。」

棘爪卻還是不放心。他發現蕨葉中有條小徑，狹窄的路上滿佈著許多腳印。那裡的狐狸氣味最濃烈；那惡劣的生物一定常常走這裡。他提醒自己待會要記得檢查附近是否有狐狸窩。

蛛足在狐狸路徑的更遠處停步，就在影族邊界的幾個尾巴長之外。「這就是那個兩腳獸物體。」他邊說邊用尾巴指著。

棘爪穿過蕨葉走向他，以免在狐狸走過之處留下腳印。這位年輕戰士的腳掌附近有樣東西在發光。那是個又薄又亮的長物，捲成一個圈然後固定在一根棍子上，棍子則插在土裡。

「你說的對，這一定是兩腳獸的，」她說。「牠們用這種發亮的東西圍住牠們的羊群。」

「而且這上面到處是兩腳獸的氣味，」塵皮也趕上來加了句。「放在這裡做什麼？有什麼用呢？」

蛛足低下頭想靠近去嗅一嗅，但在他碰上那物體之前，塵皮用肩膀推開了他。「鼠腦袋！」他厲聲說。「你導師沒告訴過你，在知道自己面對的是什麼之前不要探鼻子進去嗎？」

「當然有，鼠毛什麼都教過了。」蛛足反駁，怒視著這隻年紀較長的戰士。

「那就好好記住。」

蛛足站在棘爪身邊，他們兩個一起仔細研究著那個環圈和棍子。

「如果碰它會怎麼樣？」松鼠飛問，好奇地伸出一隻腳。

棘爪用尾巴把她的腳掌推開。「我們沒必要因此讓自己陷入險境。」他警告她。

「可是我們總得做點什麼，」松鼠飛反駁。「這樣吧，我們來試試看。」她用嘴咬起一根長棍子。

「小心點。」棘爪警告著。

松鼠飛對他抽動了一下耳朵，然後小心翼翼地來到那個兩腳獸物體旁，用那根棍子戳進那閃亮的環圈。那環圈立刻緊閉，扣住了棍子末端。蛛足發出驚嚇的尖叫往後跳開，全身的毛都豎了起來，雙耳也攤平了。

棘爪雖然站著沒動，但一陣顫抖卻從耳朵到尾巴梢傳遍他全身。他閉上眼想像一隻在這條路上跳著走的貓兒，完全不知道有危險，直到一頭栽進了環圈裡，然後……「這可以把貓兒的脖子都弄斷。」他說。

「或讓他窒息而死。」塵皮一臉陰鬱地說。

松鼠飛放下那根棍子。「看來不像是衝著我們來的，」她指出。「兩腳獸把這個放在狐狸路徑上，一定是要用來抓狐狸的。」

「可是為什麼呢？」蛛足問。

塵皮聳聳肩。「牠們瘋了。所有的兩腳獸都是瘋子。」

棘爪又看了看那閃亮的狹長物體，那東西比常春藤的捲鬚還細，纏綁在棍子上，緊得把淡綠色的樹皮都壓碎了。「現在已經沒有危險了，」他說，「但可能還有更多這種東西。我們必須向大家報告這件事，確保每隻貓都知道該注意什麼。」

「至少我們知道該怎麼對付這東西。」塵皮對他的前見習生點了點頭。「松鼠飛，那是個好主意。」

松鼠飛的綠眼睛閃著光影；塵皮可不輕易稱讚別人的。

「蛛足也很棒。發現了重要的東西，」棘爪補充說。但想到這隻年輕戰士很可能輕易地就掉進陷阱，他的肚子絞痛起來。「我們最好結束巡邏，」他下命令。「走路的時候大家小心點。樹林裡可能到處都是這種東西。」

ϟϟϟ

回到影族邊界時，棘爪讓塵皮帶頭，他和松鼠飛肩並肩地走在巡邏隊最後。棘爪盡量不讓自己在她的親近下分神，而能夠嚐著空氣並睜大眼睛，注意其他邪惡的閃亮環圈。

「妳想我們有必要警告其他貓族狐狸陷阱的事嗎？」他問她。

松鼠飛看了他一眼，綠眼睛裡帶著警惕。「你是在想鷹霜，對吧？」

「不，不只是河族，」棘爪說，並且盡量不讓頸後的毛豎起。「除了溪對岸的那片林地，風族大概沒什麼好擔心的。但影族領域裡一定還有更多陷阱，我們找到的那個就在邊界上。」

「火星必須決定該不該告訴他們，」松鼠飛指出。「他大概會在下次大集會時宣布這件事。」

棘爪停了腳步面對著她。「松鼠飛，我們可不可以平心靜氣地談清楚這件事？妳是否認為我是因為鷹霜才想要警告河族的？」鷹霜是他同父異母的弟弟，是虎星的孩子，而虎星卻是松鼠飛拒絕信任的。如果他和松鼠飛要永遠在一起，他們就必須一勞永逸地釐清這個問題。

「對，我的確是這麼想。」讓他鬆了口氣的是，松鼠飛說得很坦白，但並沒有生氣。「你知道我對鷹霜的感覺。」

「但他是我弟弟，」棘爪提醒她。「我無法忽視這點，就像我無法忽視褐皮是我姊姊一樣，即使她是影族的戰士。」

他懷疑自己是否完全坦誠。他從來沒有跟褐皮一起夢遊過，不像跟鷹霜那樣，循著彎彎曲曲的小徑會見他們的父親虎星。在這些會面裡，他和鷹霜被教導成為部族中的領袖，而褐皮卻從未參與過。那座黑暗森林和在裡面等待著他的邪惡戰士，他知道他不可能告訴松鼠飛或雷族裡的其他貓兒。

但沒有必要，他與自己爭辯著。**他們永遠不會了解虎星可以教導我，但這並不表示我就會**

像他那樣行事以取得權力。

「褐皮不一樣，」松鼠飛堅稱。「首先，她跟我們一起旅行過，而且她也算半隻雷族貓。」

棘爪忍住想反駁的慾望。他想要的是平息這場爭執，而不是重啟爭端。「這樣想吧，」她開口。「如果葉池跟鴉羽去了風族，妳會因此而少關心她嗎？」

「當然不會！」松鼠飛的眼睛睜得老大。「就算她跟全風族的貓走了，她還是我妹妹。」

「而鷹霜是我弟弟，就像褐皮還是我姊姊一樣。我們永遠都會是兄弟姊妹，即使我們在不同的部族裡。妳很幸運，因為妳和妹妹就在同一族裡，我願拋下一切只求能和親戚在一起。」

松鼠飛用看透一切的綠色眼眸在他臉上搜尋著。「好吧，」她溫柔地說。「我想我可以了解。我只是不喜歡你把鷹霜看得跟你的族貓們一樣重要。」

「不會的，」棘爪立刻回答。「我第一個效忠的對象向來是這個部族。」

「棘爪！」塵皮的聲音打斷了他們。棘爪轉身看到這隻棕色虎斑戰士正擠身穿過一堆蕨叢，蛛足從他身後的蕨葉間張望著。「我們到底是不是在巡邏呀？你要整天站在那裡閒聊嗎？」

「對不起。」棘爪邊說邊跳向塵皮，繼續沿著邊界帶隊去了。

塵皮、蛛足和松鼠飛緊跟在他身後，他希望剛才針對鷹霜所爭論的事能讓松鼠飛信服，同時也說服自己。而且如果必須選擇時，他真的會把雷族看得比他弟弟還重要。

第五章

「所有能夠自行獵食的成年貓到擎天架下集合吧！」

火星的呼喊聲讓正在前往長老窩的葉池停步。她本來要去檢查鼠毛的傷，這隻暗棕毛長老仍在抱怨身體僵硬不堪，即使爪痕已開始痊癒，完全沒有受到感染的跡象。

葉池來到空地邊緣，在火星從高處俯看全族的礁岩下停步。沙暴和刺爪從獵物堆旁起身走了過來，雲尾和雨鬚也放下做了一半的荊棘圍籬工作。不安啃噬著葉池的肚子。黎明巡邏隊才剛回來就直接跟火星談話去了；難道他們發現了更多獾，還是發現了影族準備侵占雷族的跡象？

想要壓抑焦慮的葉池在蕨雲身邊坐下，蕨雲對她打了聲招呼然後焦慮地問，「樺掌怎麼樣了？」

「他不會有事的。」葉池回答。樺掌是蕨雲的孩子，也是同窩兄弟姊妹中唯一在舊森林的飢荒下倖存的貓兒；她能夠理解他母親一定非常擔心。「他眼睛周圍的腫脹已經開始消退，但我想要他多待幾天，直到我確定沒有受到感染為止。」

蕨雲在葉池耳朵上感激地舔了一下。「葉池，妳真是了不起的巫醫。我真高興妳回來了。」

我才沒什麼了不起的，葉池無聲地哀號。**我拋下了我的部族！**

長老們也從窩裡出來，在石牆附近坐定，緊張地互相對望好像覺得會有壞消息。暴毛和溪兒在空地邊緣徘徊著，似乎不太確定他們該不該出現。

葉池用尾巴向他們示意。「過來坐這裡，」她邀請他們。「你們在這裡的時候都歡迎參加。」

暴毛和溪兒感激地點點頭走了過來。黛西帶著三隻小貓咪出來，蕨毛坐在育兒室門口，不僅方便傾聽，也不至於距離栗尾太遠。

棘爪和其他黎明巡邏隊隊員一起站在亂石堆下；葉池看到他們的尾巴都膨脹起來，眼神警惕，彷彿感覺到危險即將來臨。

「雷族眾貓們，」火星開口，「棘爪和黎明巡邏隊發現了一些你們需要知道的事情。棘爪，由你來說明好嗎？」

棘爪跳上其中一塊石頭。「我們在狐狸路徑上發現一個兩腳獸陷阱，」他說。「一個又薄又亮的環圈綁在棍子上，棍子插進地裡。只要一碰環圈就會收緊。如果有貓探頭被卡住，就會因此而喪命。」

他話還沒說完，貓群就響起一陣吃驚的哀號。灰毛蜷伏下來，豎起頸上的毛好像要撲向敵人，白掌則嚇得肚皮貼緊了地面。在她身邊的雲尾猛揮起尾巴，露出牙齒準備咆哮。

鼠毛的聲音壓過了其他聲響。「領域裡到處都是這些陷阱嗎？」

棘爪揮動尾巴要大家安靜好讓他回答問題。葉池覺得站在岩石上的他看來很有威嚴，並不難想像他當上副族長的模樣。**火星抱著灰紋會回來的希望是正確的嗎？要雷族接受他已經走了，並指派一位新的副族長是否會更好？**

「我們只發現一個陷阱，」棘爪正在說。「但如果有更多也很合理。」

「為什麼？」雨鬚質問。「兩腳獸抓狐狸究竟要做什麼呢？」

貓兒面面相覷，困惑地低語著。然後一個顫抖的聲音說話了。「我知道為什麼。」

葉池轉過頭去，看到黛西站了起來。這是第一次這隻馬場來的貓在貓族集會時發言，而她看起來就像獾群攻入營地時一樣害怕。

「妳說吧，黛西。」火星鼓勵地說。

「那些無毛獸……我是說那些兩腳獸……養鳥當食物。不是那種我們常吃的小鳥，而是更大的那種。可是狐狸會去偷，所以兩腳獸要殺狐狸。」她又坐下，不好意思地眨眨眼，用尾巴捲住了腳。

「謝謝妳，黛西，」火星告訴她。「至少現在我們明白是怎麼回事了。」

「但我們該怎麼處理這件事呢？」雲尾問道。

「我們能做什麼？」金花挑釁地問。「兩腳獸要怎麼做沒有貓兒阻止得了。在舊森林我們就已經見識過了，這裡還更糟呢！」

「也不見得。」蕨雲對這位長老輕柔地說。「即使如此，我們也不能回去，那裡現在已經什麼都不剩了。而在這裡我們可以學習新事物，星族不會把我們帶到一個危險、不適合居住的地方。」

「那麼也許星族可以告訴我們對這些陷阱該怎麼辦！」金花怒斥回去。

「這很好辦，」棘爪說。「松鼠飛已經找到辦法了。松鼠飛，到這裡來告訴大家。」

葉池看著她姊姊跳上棘爪身邊的岩石。陽光在她深黃色的毛上閃爍，照耀出一片火焰，剎那間她看來就像她們的父親。「很簡單，」她說。「用一根棍子——隨便怎麼樣的都行——戳進環圈裡。環圈會緊緊夾住棍子，這樣就行了——不會再有問題。」

一股驕傲淹沒了葉池。她們母親沙暴的綠眼睛裡也閃爍著敬佩。

「真正的危險在於，」火星警告道，「貓兒會在不經意中走進這些陷阱。所有巡邏隊都必須保持警覺，找到任何東西都要立刻回報。」

「還有如果我們用棍子解除陷阱，」棘爪補充說，「也應該定時檢查，以免兩腳獸又重新布置。」

「想得很周到，」火星說。「就這麼做。每一隻走到空地外的貓都必須小心腳下並檢查氣味，狐狸和兩腳獸的氣味都意味著危險。」

「那我們要怎麼狩獵？」雨鬚咕噥道。「我們又不能在同一時間裡又要看又要嗅又要追獵物。」

葉池知道他說得也沒錯。想到有隻想替族貓帶回新鮮獵物的貓奔跑而過，卻一頭栽進了那閃亮的環圈，這念頭使她全身發抖。**星族救救我們！**她想。**貓兒遲早會死的。**

擔憂使她短暫地分了神，當她再度開始聆聽時，火星已經在談狩獵巡邏隊的事了。

「暴毛和溪兒，雷族要感謝你們，」他說。「要是沒有你們，在受到攻擊後要找食物就難多了。」

暴毛點頭接受，溪兒則研究起腳掌，似乎對在貓族面前受到讚揚感到難為情。

「我希望所有狀況良好的貓兒去做狩獵巡邏，」火星繼續說。「黃昏前全族都要吃得飽飽的，還需要一大堆新鮮獵物。」

「雲尾和我昨天出去過，」沙暴說著並站起。「我可以再去，但我認為雲尾應該多讓受傷的腳掌休息。我看到你一跛一跛地走，」雲尾跳起來發出反抗的低吼時，她對他如此補充說，「你的肉掌又流血了。我跟你一樣清楚，你的爪子被獾扯掉了。」

雲尾又坐了下來，尾巴尖端抽動著。

「我跟妳去好了。」棘爪自告奮勇。

灰毛立刻站了起來。「我也去。」他對沙暴說，眼睛卻瞪著棘爪。

笨貓！葉池想。她站起來，用尾巴示意火星她有話要說。

「葉池，有事嗎？」她父親說。

「棘爪的肩膀受了重傷，而且他今天已經出去巡邏過了，」葉池解釋說。「而灰毛的傷是族裡數一數二重的。在他們走出營地之前，我要先檢查他們兩位。」

「這倒是，」火星說。「這樣的話，我想棘爪和灰毛都不應該去。葉池，也請妳看看所有其他貓兒。沒有葉池的同意，貓兒都不可以離開營地。沙暴，巡邏的事就由妳負責嘍？」

沙暴點頭同意，會議就結束了。

「嘿，葉池，」刺爪說，「請妳先看看我的傷好嗎？我想去狩獵。」

「還有我的，」蛛足也說，一個箭步衝上前站在朋友旁邊。「妳看，這些刮傷都快癒合了。老實說我真的沒事了。」

「我說你沒事才算真的沒事。」葉池駁斥道。她開始迅速檢查傷口，告訴受傷最重的貓兒必須回她窩裡等候治療，同時沙暴則把健壯的貓兒組成巡邏隊。

最後，兩支巡邏隊離開了營地：刺爪、塵皮和蕨雲一隊，沙暴則帶領松鼠飛和蛛足組成另一隊。

「等等！」火星喊著並從落石堆爬下來，加入空地上的沙暴。「我跟你們一起去。」

沙暴瞇起眼睛打量他。「看來叫你回去窩裡休息是不會有用的嘍？」

「完全沒用，」火星同意道，滿懷愛意地用尾巴輕拂過她的肩。「每隻貓都受傷了，我的刮傷比起來不算什麼。」

「那應該由葉池來決定。」沙暴說，並轉向他們的女兒。

葉池嗅了嗅火星身側和肩上的刮傷。她知道她必須忘記他是父親和族長，並像對待其他受傷貓兒一樣。如果她因為要保障他的安危而堅持要他留在山谷裡，他可不會領情。幸好，他身上雖然滿是刮痕，卻沒一個過深。她已在打鬥後用金盞花治療過，現在已開始癒合。

「你應該沒事了，」她終於開口。「在你走之前先讓我替你多敷點金盞花，如果傷痕又開始流血，你就立刻回來。」

火星表示同意地咕噥了一聲，看來只有星族知道他究竟會不會聽話。

葉池回到窩裡去拿金盞花。當她叼著花葉現身時，看到火星就跟在後面，在她窩外幾個狐狸身長處等著。

「松鼠飛和棘爪在這場打鬥後的樣子妳注意到了？」在她咀嚼著花葉並開始敷上傷口時，他問道。「他們似乎跨越了那些差異。」

葉池繼續忙碌著；她並不是很想這樣討論姊姊，但火星顯然在等待回應。「是的，」她停頓後說。「我想獾的攻擊讓他們了解到什麼才是重要的。」

「灰毛一定很失望。」

「我想是吧。」葉池不知道該不該告訴父親那個關於虎星和他兩個兒子在黑暗樹林裡的夢。這不正是巫醫的責任嗎？要警告族長可能的危險？

「以前我總覺得族裡容不下一隻長得跟虎星一模一樣的貓，」火星繼續說。葉池知道他指的是棘爪。「可是當褐皮離開去加入影族，我才了解她和棘爪生來就屬於雷族。不管他們的父親是誰，這點都不會改變。何況，如果星族不信任棘爪，也不會派他前往太陽沉沒的地方了。」

葉池模糊地同意，在火星身邊移動著，並把有療效的葉汁滴在他身子另一邊的刮傷上。

「我必須信任松鼠飛的判斷，她已經不再是小貓咪了，」火星繼續說。「她看重現在身為戰士的棘爪。如果以他是虎星兒子的身分來判斷他，就跟以我是寵物貓的身分來判斷我一樣不明智。」

「你已經有好幾個季節不是寵物貓了！」葉池抗議。她仍然難以想像她父親竟然曾經吃過乾硬的寵物飼料，並且受到兩腳獸的照顧。

「棘爪也已經有好幾個季節沒見過他父親。」火星也反駁道。

不，你錯了！葉池想這麼說，但話還來不及出口，她父親又更溫柔地繼續說，「葉池，我真高興妳回來了。我認為妳做出了正確的決定，也希望妳會這麼想。煤皮對妳抱有很大的期望。」

「我知道，」葉池謙虛地說。「我要盡我所能成為最棒的巫醫，這是我欠她的。」

她敷好金盞花，火星向她道了謝就走向沙暴，沙暴跟其他的狩獵巡邏隊隊員都在荊棘圍籬附近等著。

葉池沮喪地看他走遠。她無法把那個夢告訴他，也無法訴說她對棘爪的憂慮，那樣只會使族貓以為她是在嫉妒姊姊的愉快關係，因為她自己回到營地時被迫放棄了鴉羽。

她嘆口氣回到窩裡，回到那群等著她去治療的貓兒中間。

⚡⚡⚡

葉池治療完所有傷貓時已幾乎是正午，多數傷貓都已回到自己的窩裡休息。除了樺掌之外，只有雲尾還留著，正伸出一隻腳掌讓葉池把馬尾草糊敷上傷口。

「你必須盡量少活動，」她責罵他。「難怪會一直血流不止。昨天還去打獵簡直是鼠腦袋。」

雲尾反抗地抽動著尾巴。「族裡需要有東西吃。」

「族裡已經有吃的了。你想留在這裡讓我可以隨時注意呢，還是想回戰士窩休息？」

「我要在戰士窩休息，」雲尾嘆口氣答應了。「葉池，謝謝妳，妳做得太棒了。」

「要是有些貓兒擁有他們與生俱來的本能，我的工作就更容易了，」葉池回嘴。「如果再讓我看到你──」

葉池話沒說完，松鼠飛嘴裡叼了隻田鼠走過窩前的蕨葉屏風。

「給妳──新鮮獵物。」她邊說邊把東西放在葉池腳邊。

她正要轉身走開，但葉池卻已看到她眼中的悲傷。她其實並不需要看到，而可以想像暴風雨來臨之前那樣，感覺到姊姊翻騰的情感。

「松鼠飛，等一等。怎麼回事？」她問。

她以為松鼠飛會毫不作答地大步走開，但她姊姊轉過身，迅速瞥了雲尾一眼，壓低了聲音說，「是灰毛啦。我剛才遇見他，我跟他打招呼時他卻像完全沒看到我一樣。雨鬚跟他在一起，」葉池把尾巴安慰地放上她肩頭，她又繼續說，「整族一定都在談我的事！」

「妳不能怪灰毛，」葉池告訴她。「他真的很關心妳。」

「我從來沒想過要傷害他呀！」松鼠飛的聲音雖然低沉卻充滿痛苦，綠眼睛裡也滿載著愧疚。

「他是隻很棒的貓，我也以為跟他在一起會順順利利的。可是棘爪……噢，葉池，妳認為我這樣做是對的嗎？」

葉池向她靠近到皮毛互相摩擦。「昨晚我去了湖邊，」她小心翼翼地說。「星族給了我一個夢：水面上有兩組星光閃閃的腳印，緊密交錯得讓我分不清哪個腳印是屬於誰的。然後我看到妳和棘爪在這條蹤跡末端行走，腳印從你們身後潑灑出來。你們肩並肩地走著，每一步都跟對方配合，最後消失在天際。」

松鼠飛的眼睛睜大了。「真的嗎？星族讓妳看的？那祂們一定知道棘爪和我注定要在一起！」

「沒錯，祂們一定會知道。」葉池盡量讓語氣不帶擔憂。

「太棒了！謝謝妳，葉池。」松鼠飛的尾巴豎得筆直，她屈伸著爪子，一副坐立不安的樣子。「我要去告訴棘爪。那他就會知道完全不需要擔心灰毛，沒有什麼能阻止我們倆在一起，完全沒有！」

她衝了出去，跑過蕨葉屏風時經過亮心和白掌。

「謝謝妳帶食物來！」葉池在她身後喊。

「我剛才看到黛西，」亮心邊說邊放下一束金盞花。「她說她肚子痛。」

「那她需要的是水薄荷。」葉池回答，閃身走進裂縫去拿。

她回來時，雲尾已站了起來，小心地把受傷的那隻腳抬離地面。「如果妳願意，我可以把水薄荷拿去給黛西。」他提議。

葉池正想提醒他要多休息，還沒來得及開口，亮心就駁斥回去，「我倒沒看過你對那些真正有上場打鬥的貓兒那麼熱心。」她背對著雲尾。「來吧，白掌。我們去找松柏莓。」

見習生跟著她出去，臨走時還困惑地瞥了她父親一眼。

雲尾凝視著她們，驚訝得合不攏嘴。「我又說錯了什麼？」

葉池給了他一個白眼。要是他還不知道，就沒必要設法告訴他。何況，她並不想涉入他的三角關係。她猜不透他究竟是真的想和黛西在一起，還是他仍舊愛著亮心，只不過行為太過鼠腦袋。

她把水薄荷放在雲尾面前。「好，你可以把這個拿去給黛西，」她說。「然後你最好休息一下。」

她跟著這隻白毛戰士一直來到蕨葉屏風，看著他一跛一拐地走向育兒室。在空地中央，松鼠飛站在棘爪身邊，正急切地對他說話，尾巴興奮地擺動著。幾個心跳過後棘爪與她碰了碰鼻子，與她交纏著尾巴。

葉池壓抑住一聲嘆息。相混的腳印徵兆再清楚也不過了，但當她看到棘爪跟姊姊在一起，全身卻仍感到恐懼的刺痛。

「噢，星族啊！」她喃喃自語。「告訴她是對的嗎？」

第六章

棘爪頭上的天空依舊黑暗，但小徑上的黯淡光芒引導著他的腳步。成蔭蕨葉裡潮溼黏稠的捲鬚拂過他的毛，他跳躍著走向會面地點時，身上的每根毛都豎立起來。肩上傷口的疼痛已經消失，每個心跳都讓他感覺更強壯也更有力量。

不久小徑變寬，伸展成一塊空地。雖然沒有月光，一道蒼白的光卻落在棘爪同父異母的弟弟鷹霜身上，他蜷伏在一塊岩石旁，那隻龐大的虎斑公貓則坐在岩石上。

自從被獾群攻擊，這是他第一次能夠真正休息的夜晚；但他卻回到了這座陰暗樹林，比以前更飢渴地想知道虎星會教他什麼。棘爪想要忽略讓他刺痛的愧疚感，他無論如何也不能把走入這些夢中小徑並再次會見虎星的事告訴松鼠飛。她絕對不會了解他能夠對部族忠誠，儘管仍去見他父親。

「獾群攻擊了我們營地，」他們並肩走過

空地時，他對鷹霜解釋。

「獾群！」鷹霜頸後的毛豎起。他曾把一隻獾趕出河族領域，所以他很清楚有多麼危險。「有幾隻？」

「夠多了。」棘爪陰鬱地回答。

「你還受了傷。」鷹霜注意到棘爪肩上那道長長的傷口，冰藍色的眼神軟化成擔憂。

「那沒什麼。」接近那塊岩石的棘爪對父親點了點頭。「你好，虎星。」

「你好。」虎星琥珀色的眼神像隻鷹爪盯住棘爪。「你有將近四分之一個月的時間沒來過這裡了。如果你想要權力，就必須全心全意地投入——每一根毛、每個爪子、每一滴血。少一點就是軟弱。」

「我很投入！」棘爪抗議道。他描述起獾的那次攻擊，卻謹記著鷹霜也在聆聽；他可不想對敵貓的戰士清楚揭露那次攻擊有多麼慘烈，也不想說雷族受到怎樣的重創。「那時候起我幾乎沒睡過，」他說完。「要做的事情太多了，重建被摧毀的東西等等。」

「你戰鬥得很有勇氣，」虎星讚賞他。「你準備犧牲生命拯救你的部族，我感到很驕傲。」

棘爪不安地抽動耳朵。他並沒有告訴父親在這場攻擊中他做了什麼事，然而虎星卻好像都知道了。**他一定一直在觀察我**。剛剛軟弱的奚落一定是在試驗我。

「你必須要確定火星記得你打鬥時有多勇敢，以及你一直以來為部族工作得多努力，」虎星繼續說。「等到他要選擇副族長時，這點會很有用。」

棘爪凝視著這隻曾是他父親的貓。他的確曾為了族貓而戰，但卻不是因為那是取得權力的下一步！但他卻無法抗拒那股滿足的內疚感。火星信任他才讓他擔當重要職務，這位族長必須認為他是副族長的好人選。

「我還是沒有見習生，」他提醒虎星。「而在火星確定灰紋已死之前，也不會另選副族長。」

「那你就必須盡可能拖延他做決定的時間，好讓自己有機會得到見習生，」虎星說。「你該怎麼做？鷹霜，你有何意見？」

「讓他認為灰紋還活著，」鷹霜提議。「當然這並不是真的，但這卻是火星想要相信的，所以取信於他並不難。」

棘爪並不喜歡這個算計族長的點子，更何況他明知灰紋在火星心目中的地位。但他也不得不承認鷹霜話裡的道理。火星抓緊灰紋會回來的希望愈久，棘爪就愈有機會在火星任命新副族長之前，調教出最不可或缺的見習生。

虎星讚許地對鷹霜點了點頭；然後目光再次落到棘爪身上。「還有呢？」

「呃……確定我能負責副族長的任務，」棘爪說。「這樣會留給火星好印象，同時也讓他感覺選新副族長還不是很重要。」

「然後呢？」

棘爪腦中的思緒紛至沓來。這就像在沒有聲音或氣味的輔助下去追蹤獵物。

「跟黛西的孩子做朋友，」鷹霜邊說邊用尾巴掃了棘爪一下。「他們會成為下一批見習生，不是嗎？如果他們其中一個要求你當導師，你就省事多了。」

「那當然，」棘爪說。「這我做得到。他們是好貓咪，即使他們的母親不是在部族裡出生的。」

我想要教導小莓，他這麼決定。他可以在這隻頑強又愛冒險的小公貓身上看到優秀戰士的潛能。可是虎星對一隻非貓族出生的貓兒有何感想？

「他們的母親來自馬場，你覺得有關係嗎？」棘爪冒險提問。他記得聽過雷族裡的謠傳，說虎星召來了混血貓殺手，掌控了河族和影族。這些故事難道不是真的？還是他父親從那時起就改變了主意？

「他們的母親應該回到原處，」虎星吼道。「她對任何部族都不會有用。但這些孩子們如果受到適當訓練，可能還蠻不錯的。」

鷹霜抽動著鬍鬚。「別忘了我母親也不是貓族出生的。可以確定的是，河族不會忘記這點，但我不會因此變弱或變笨。」

虎星對他兒子嚴厲地點點頭。「你母親是無賴貓，但只要遵奉戰士守則，你就會跟任何厭惡你的貓一樣優秀。我當上了族長，那族也不是我出生時的部族。而黛西的孩子們年紀太小，最後只會記得是雷族的一分子。」他頓了頓，又接著說，「出生在貓族很重要，但如果你的出生會影響你取得權力的道路，那麼你就可以忽略它——或者是盡量利用它。」

「所以即使是像火星那樣的寵物貓——」棘爪開口。

虎星發出憤怒的噓聲。「火星永遠不會喪失那醜惡的寵物貓氣味！」他吼著。「那只讓他更軟弱。看看他讓那隻抽噎的馬場貓留下的方式就知道。她的孩子長大後會更像貓族的貓，但她卻永遠當不成有用的戰士。現在他還歡迎曾經背棄自己部族的河族貓和他的伴侶，而這位伴侶卻不屬於任何貓族，而且永遠也不會。」

「你是指暴毛嗎？」鷹霜的耳朵豎了起來。「暴毛回來啦？」

棘爪點點頭。「他和溪兒是我們趕走最後一隻獾時出現的，他們留下來幫我們清理營地，但我想他們很快就會離開回到河族去。」

鷹霜瞇起了眼睛，棘爪猜測他在想什麼。不知為什麼，他希望虎星並沒有透露暴毛回來的消息，他突然有股衝動要警告暴毛，但卻弄不清楚自己為什麼覺得鷹霜可能會對他帶來威脅。更何況，他不能把這些夜裡的會面告訴任何雷族貓。

身側的一陣強風把他推入陰暗的空地，他幾乎快被吹起來而使勁地抓住地面。虎星的大爪子按住他，用那雙黃色眼睛憤怒地對他瞪視。

「永遠保持警覺！」他呸著說。「任何時候都可能受到攻擊。如果你忘記這點，要怎麼保護你的部族？」

棘爪喘著氣，用後腳亂扒虎星的肚子。他撐起自己，甩開他父親的重量。虎星瞄準他的耳朵並揮出一爪，但棘爪躲過了這一擊。他掙扎著站起來撲向他父親，撞進他滿是肌肉的虎斑肩膀。虎星有些搖晃但很快穩住，衝向另一側攻擊棘爪，露出牙齒和利爪。棘爪低頭躲過這一擊，想要咬住虎星的脖子。虎星甩開他，退後了一步。

棘爪大口喘氣。這場打鬥比收起爪子的普通訓練還要兇狠，他肩上的傷口在打鬥中又扯裂了。他感覺到鮮血滴在毛上，想把腳放上地面時，痛得從齒間吸氣。

「你應該移動得更快！」虎星吼著，再次向他撲來。

這一次鷹霜跳進他們中間，吼著對虎星的身側猛擊。虎星撲向他，這兩隻公貓滾成一團，只看見腿的互纏和尾巴的揮擊。彷彿世界上所有的獾都等著要攻擊他似的，鷹霜猛烈地奮戰著，正好讓棘爪有機會喘口氣。等這兩隻貓終於分開時，連虎星都有點上氣不接下氣了。

「夠了，」他喘著氣說。「我們明天晚上再見面。」他琥珀色的目光停在棘爪身上。「在那之前，跟其中一隻馬場來的貓咪交談並取得他們的信任。如果你能讓他們其中一個想當你的見習生，你當上副族長的道路就簡單多了。」

即使肩上有傷，棘爪仍然有如四腳乘風般跳著跑過樹林。虎星給他的只有好建議。如果他跟小莓做朋友，負起一族副族長的責任，也還是為雷族服務。他與虎星的會面能讓他成為更優秀、更忠誠的戰士，並擁有能力成為絕佳的領導者。

他在戰士窩裡醒過來，從右耳到肚皮都感到一陣陣疼痛。他轉動著脖子，看到肩上的毛色變深並染上血跡。似乎有隻冰冷的爪子拖過他的脊椎。他跟虎星說話時是在做夢。傷口為什麼會扯裂？他為什麼覺得疲累，好像根本沒睡？

棘爪用舌頭舔著受傷部位，盤在他身邊的松鼠飛抬起了頭。他的動作和鮮血的刺鼻氣味弄醒了她。

「怎麼搞的？」她驚喊，睜大眼睛。

「我……我也不清楚。」棘爪知道他去見虎星的事，在所有貓裡最不能說的就是松鼠飛。尤其她現在又信任他了。「一定是在我睡覺時扯到了樹枝。」

「不小心的毛球。」松鼠飛的尾巴同情地拂過他身體。「你最好去找葉池，要一點蜘蛛網。」

棘爪看了看四周。黎明的光穿過荊棘樹叢的枝椏，其他貓兒也開始清醒。「有人要率領黎明巡邏嗎？」

「是我。」塵皮打了個大哈欠說。他站了起來弓起背做個大伸展。「雲尾和刺爪會跟我一起去。」他用一隻腳戳了戳還在睡的雲尾。「快，起來吧。你以為你是誰，睡鼠啊？」

「如果你的肩膀不舒服，你不去也沒關係。」松鼠飛說。

「沒關係的，」棘爪緊張地回答。「不然我們去打獵怎麼樣？」

松鼠飛瞇眼長長地看了他一眼。「好，」她同意了。「但你要先去找葉池。」

鬆了口氣逃過更多疑問的棘爪滑步穿過樹枝，朝葉池的窩走去。他累得暈頭轉向，四腳有如石頭般沉重。他不想打獵，只想趴在窩裡睡個回籠覺。

他來到她的窩，這隻年輕巫醫正在替趴在藤葉屏風後的樺掌做檢查。棘爪一出現，她就替他拿了一堆蜘蛛網止住傷口的流血。

「其他貓兒會以為你又打架了。」她一邊替他敷上傷口一邊這麼說。

有一個狂亂的剎那棘爪在猜想葉池有沒有可能知道陰暗樹林裡的會面。

「我也不知道怎麼搞的，」他推諉地說。「我可以去打獵嗎？」

「這個嘛……」葉池遲疑了一下，然後點點頭。「只要別動得太厲害就行，如果又開始流血就回來。」

棘爪嘴裡答應著並回到了空地。松鼠飛在戰士窩旁等他，旁邊還有暴毛和溪兒。想到能和老朋友一起打獵，棘爪又振奮了起來。如果他們要離開山谷到河族去，他們能在一起的機會就不多了。

「嗨，」暴毛說。「松鼠飛說你一定在夢裡還跟獾打架。」

棘爪縮了一下。松鼠飛的猜測與真相似乎太接近了。

由松鼠飛帶頭，他們離開了營地。荊棘圍籬現在比以往更厚，有條通道通往樹林。松鼠飛走近時，灰毛出現在入口處，嘴裡叼著一堆苔蘚。

「哈囉。」松鼠飛說。

灰毛冷若冰霜的眼神看了她一眼，完全無視棘爪的存在大步走開了，準備把苔蘚帶去給長老們。

「我想要解釋……」松鼠飛無助地堅持。「我一直嘗試，但他就是不聽。真不懂為什麼我們不能做朋友。」

棘爪懷疑灰毛再也無法自在地和松鼠飛做朋友，但他並沒有大聲說出來。他輕輕地用鼻子碰碰她的臉。「妳已經盡力了。走，去打獵吧。」

他們離開營地時，樹林仍潮溼而滿是霧氣，到處充塞著新葉的刺鼻氣味。太陽升起後，薄霧漸稀而化成攀附在枝椏上的幾縷輕煙。在他們上方，樹木投下了長長的影子，露水在蜘蛛網和草葉上閃閃發亮。棘爪停步讓溫暖滲入毛裡，不少疲憊已一掃而空。

他站著不動，眼角卻瞥到有東西在移動。他一跳轉身，看到一隻老鼠急急忙忙跑過空地；在老鼠還沒走進樹叢掩蔽之前，溪兒撲了過去，用腳上的利爪殺死了老鼠。

「抓得好！」他喊。「妳在樹林中打獵的技術愈來愈好了。」

溪兒搖動著尾巴。「在山區住過之後，打獵還是有點怪，」她坦承。「但我開始慢慢抓到訣竅了。」

在溪兒生長的急水部落裡，貓兒的職務有不同的分配：他們不叫戰士，而是狩獵貓，負責獵取食物——其中包括獵捕俯衝、靈活尖爪的鳥類——還有護穴貓，負責保護他們的部落住民，捍衛他們在瀑布後的家園。棘爪知道溪兒是其中最能幹的狩獵貓之一。她曾經教過他和暴毛如何追蹤老鼠和田鼠，並不是為了要獵捕牠們，而是將牠們用來吸引有翅膀的大型獵物。

暴毛走去加入他們。「幹得好，溪兒，」他說。「但別忘了，光是站著不動和等待，在樹林裡是抓不到多少東西的。這裡能夠隱藏的地方太多了。妳必須要偷偷靠近才行。看——那邊有沒有？」他抽動耳朵指向某處，那裡有隻松鼠正在樹幹間疾奔。「看我的。」

暴毛伏低身子，肚皮幾乎擦上草面，躡手躡腳地走向那隻松鼠，並注意讓自己停留在下風處。但他是河族貓兒，對於在湍急的水流中捕魚比較熟悉，他曾在山區的裸露岩石上追逐獵物，卻忘了樹林地面上有多少斷枝殘葉。腳下有段樹枝被他踩斷，松鼠警覺地坐起身。暴毛發出沮喪的吁聲衝上前，但松鼠動作更快，敏捷地爬上樹幹，吱吱叫了一會兒便消失在樹葉間。

「老鼠屎！」暴毛憤怒地喊。

松鼠飛饒富興味地捲起尾巴。「對，溪兒，這堂課是告訴妳什麼不該做。」

「公平點，」棘爪說。「誰都可能犯這種錯。暴毛和溪兒已經捕到了一大堆獵物。」

「很高興幫得上忙。」溪兒說。

就在松鼠消失的那棵樹後，新生蕨葉捲曲的枝幹間有隻田鼠閃身而過，看到這幕的棘爪停止動作，抽動著鬍鬚。「該我了。」

他輕輕踩出每一步——如果他踩斷樹枝，松鼠飛可不會讓他忘記的——他滑步走過野草，單單揮出一爪就殺死獵物。

「幹得好！」暴毛說。

希望人生也總是如此就好了，棘爪心想。溫暖的陽光、許多獵物、身邊有個朋友陪伴；在這一刻，他們對他的重要性遠超過權力之夢。但即使這思緒只竄過腦間，他都再次感到強大野心的拉扯。他願意為當上副族長放棄一切，不是嗎？然後是族長，將對全族負責。

我究竟要什麼？他疑惑地想，也依舊無法回答。

狩獵巡邏隊滿載著獵物回到營地時，太陽已高掛樹梢。棘爪走出荊棘通道時，看到黎明巡邏隊也正好回來。塵皮、雲尾和刺爪站在空地中央，身邊圍了幾隻貓兒。雨鬚、黛西和她的孩子、鼠毛和沙暴。火星也在那裡，正聆聽著塵皮的報告。

好奇攫住了棘爪，他把獵物放上獵物堆就走過去聽。

「……還有幾個狐狸陷阱，」塵皮正在說。「一個在風族邊界上，另一個在舊兩腳獸巢穴附近。我們把兩個都弄開了。」松鼠飛跳著來到棘爪身邊，他對松鼠飛點點頭。「妳那棍子的點子非常有效。」

「我們聽見湖那邊傳來嗡嗡聲。」刺爪開口。

「嗡嗡聲？是蜜蜂嗎？」雨鬚問。

雲尾抽動著鬍鬚。「不，比蜜蜂的聲音還大，是某種兩腳怪物的聲音。湖上到處都是。」

棘爪的肚子絞動起來。自從貓族抵達湖邊，他們就很少看到兩腳獸的蹤跡；現在聽起來這片寧靜又要被破壞了。兩腳獸破壞舊森林的方式依舊在他心頭纏繞不去；同樣的情形也會發生在這裡嗎？

「牠們在做什麼？」他質問，擠身走到前方，站在火星身旁。

「用某種水上怪物從湖上跑過，」塵皮回答。「所以才發出那種聲音。其他兩腳獸則飄浮在類似往上翻的樹葉上，還有能吃風的白色皮毛。」

「那些是船，」黛西說。「在湖的另一邊有個船塢。天氣好的時候，兩腳獸常常去那裡。」

「什麼？」鼠毛頸上的毛開始豎立。「這表示整個綠葉季都得受牠們干擾了？」

「大概吧。」黛西的語氣有些抱歉。「牠們喜歡駕船航行和游泳。」

「兩腳獸游泳取樂？」沙暴嗤之以鼻。「真是有夠鼠腦袋的！」

塵皮不屑一顧地動了動耳朵。「如果船塢在湖對岸，那就是河族和影族的問題。如果幸運，兩腳獸就不會到這麼遠的對岸來。」

棘爪瞥了松鼠飛一眼，注意到她的綠色眼眸定定注視著他。她是否認為如果河族可能惹上兩腳獸的麻煩，他會替鷹霜擔心？

「所有巡邏隊都應該繼續注意，」火星說。「下次大集會時我們可以跟其他貓族討論這件事。別忘了——影族或河族的問題很可能也會成為我們的問題，尤其如果其他族這樣決定的話。」

第七章

一整天，焦慮都像刺進毛裡的荊棘般困擾著葉池。她忘不掉棘爪來找她要蜘蛛網敷上肩膀傷口時，那副疲累至極的模樣。他是否又跟虎星一起夢遊了呢？

她做完工作，在窩裡坐定準備睡覺時，試著在夢中讓腳步走上虎星的陰暗小徑。那座黑暗的森林和裡面並非發自月亮或星星的慘白光亮讓她害怕，但是她有義務為部族挖掘出棘爪在做什麼事。這不只是為了她姊姊好，這一定也是她身為巫醫的職責之一。

她睜開眼，看到聳立在身邊那些高大無葉的樹木。樹幹間游移著發出沙沙聲的影子，一條小徑在她面前，蜿蜒在厚厚的蕨叢之間。她以跟蹤老鼠的輕巧腳步順著那條小徑走。

還沒走多遠就聞到前方有更多貓兒的氣味。她小心翼翼地滑步躲進蕨葉底下然後繼續往前躡足而行，想到虎星可能會發覺她在監視，葉池就感到渾身刺痛。

不久，她困惑地停步。小徑上站著三隻貓，但他們卻不是虎星和他兩個兒子。星光在祂們腳下和身上閃爍。其中一隻轉過頭來，葉池認出是藍星，也就是在火星之前的前任雷族族長。

「出來吧，葉池，」祂說。「我們正在等妳。」

葉池走出蕨葉，站在這隻藍灰色母貓身前。

「妳動作還真慢。」另一隻星族貓尖聲說；那是前任雷族巫醫黃牙，曾經是煤皮的導師。祂黃色的雙眼在那張淡灰色大臉上瞇了起來，不耐煩地抽動著祂的大尾巴。

葉池認不出第三隻貓，那是隻龐大的黃金色虎斑貓。祂對她點點頭，自我介紹起來。「妳好，葉池。我叫獅心，當妳父親火星第一次來到森林時，我是跟藍星在一起的。」

「很榮幸見到祢，」葉池回答。「但我在哪裡？是祢們帶我來的嗎？」她在夢裡從未到過這個地方，但這裡顯然不是虎星來過之處，因為星族貓都在。

沒有一隻貓回答。藍星只說，「來吧。」就帶頭走入了樹林。

不久他們就來到一片灑滿月光的空地。頭上的月亮在無雲的天際飄著。這座曾經讓人感覺很不吉利的樹林現在美多了，樹下的陰暗地現在充滿了神祕，而不是威脅。

就在樹林最高的枝頭上方，葉池看到三顆小星星聚在一起閃爍著。困惑的她試著回憶自己是否曾看過這幅景象。她凝視著這三顆星，感覺它們愈閃愈亮，似乎要跟月亮一爭光芒。

「藍星，那是什麼？」她問。

藍星沒有回答。祂只是領先走進空地中央，用尾巴示意葉池坐下。這三隻星族戰士聚在她身邊。葉池轉過頭望了最後一眼，但現在卻幾乎看不見那三顆星星了。**我一定是在幻想**，她這麼認定。

「祢有徵兆要給我嗎？」她問，把注意力集中在這三隻星族戰士身上。

「不算有，」藍星說。「但我們想告訴妳，妳的生活將有妳還一無所知的轉變。」

「對。」黃牙的聲音乾澀，但語氣裡有某種東西卻讓葉池非常確定這隻老巫醫隱瞞著什麼事情。「妳將走上前任巫醫們從未走過的路途。」

葉池感到一陣恐懼，她把爪子插進地裡以保持穩定。「什麼意思？」

「妳還會遇見幾隻貓，」藍星告訴她。「他們的腳掌能塑造妳的未來。」

這不是答案呀！葉池想要抗議，但對星族貓的尊敬使她保持沉默。

獅心把尾巴放上她肩頭，祂那勇敢和安慰的氣味飄送過來。「我們是來給妳力量的。」祂說。

「無論發生什麼事，別忘了我們永遠與妳同在。」藍星答應她。

凝視著祂閃亮藍眼睛裡的同情，葉池試著了解藍星的話，但這卻毫無道理。她早就知道自己的一生會怎麼走，她就是雷族的巫醫，直到星族要她在銀毛星群跟祂們一起走為止。她放棄了跟鴉羽在一起生活的所有夢想。

「我不懂，」她抗議。「不能多說一點嗎？」

藍星搖搖頭。「就連星族也不能完全預知未來的事。妳前方的路會消失在陰暗裡——但我們每一步都會跟妳在一起，我答應妳。」

祂的話讓葉池煩惱，但同時也帶給她安慰。她知道她不是孤獨的。星族並沒有如她所擔心的，在她為了愛鴉羽而掙扎時拋棄她。或許這就是她再也走不進虎星那座黑暗森林的原因——因為追隨自己的心，她又回到了星族。

「休息吧，」獅心發出咕嚕聲，低下頭來在她雙耳之間舔了一下。「為了妳的未來，休息一下養好力氣。」

「為了維持妳部族裡的秩序，妳也要休息。」黃牙補充說。

這三隻貓兒的氣味圍繞在葉池周圍。四肢變沉重的她嘆了口氣就蜷伏在空地茂密的雜草上，一陣香甜清涼的微風吹皺她身上的毛。透過糾結的樹枝，她看見那三顆新星比以前更明亮了。「謝謝祢們。」她低語著閉上眼睛。

似乎才過了不到一個心跳之久，葉池又睜開了眼睛。陽光從岩石裂縫中灑進來，她看到外面的樺掌從靠近她窩口的巢穴裡坐起身來。

「我餓死了！」他抱怨著。「我能不能去吃點東西？」

葉池站起來檢查這位見習生的傷口。他腰臀上的傷痕癒合完好，不過要長出毛來可能還需要再過幾天。他眼睛周圍的紅腫幾乎全消失了，上面的抓痕也開始癒合。沒有發炎的跡象。

「我想你今天就可以回見習生窩了。」她這麼宣布。

「太好了！」樺掌的眼睛閃著光，腳掌不耐地搓揉著他的苔蘚巢穴。「我也可以開始受訓了嗎？整天這樣坐著真是無聊死了。」

他身體復原得會感到無聊了，葉池感到安慰。「好吧，」她告訴他。「但只能做點輕鬆的，不准做打鬥訓練。無論如何，灰毛受的傷也很重，還需要一陣子才能完全復原。」

「我去看看有沒有什麼事情我可以幫得上忙。」樺掌答應了，然後在葉池還來不及改變主意之前，就跑得不見蹤影了。

「我每天都要檢查你的傷口！」她在他身後喊。

那個夢給了她安慰和力量，但對棘爪的擔憂仍然存在。她確定他仍然繼續跟鷹霜和虎星會面，也發現自己密切注意他有無顯露任何徵兆，表現他清醒後的行為會受到夢境影響。在雷族從那場獾群攻擊中恢復的同時，棘爪的行為怎麼看都像是個忠心而熱誠的戰士。但在虎星背叛的蠱惑下，有哪隻貓能夠保持真正的忠心呢？

又過了兩晚，葉池因為到荒棄的兩腳獸巢穴附近採集貓薄荷，很晚才回到營地。月亮已經高掛天空，多數貓兒也都回到各自的窩裡。當她擠身穿過荊棘圍籬時，負責守衛入口處的蛛足對她點了點頭。葉池把藥草帶回窩裡，然後滑步走到獵物堆旁，準備在睡前吃點東西。

她趴下來準備吃一隻黑鳥時，聽見戰士窩傳來一陣窸窣聲。樹枝分開，棘爪那虎斑的強壯身體出現了。他沒注意到葉池，逕自走過空地，對蛛足短短說了句什麼，就消失在荊棘通道裡。

他想做什麼？那麼大模大樣地離開營地，好像完全不在乎被看到。但他為什麼要在其他戰士都還在睡的時候單獨出去？他是去見鷹霜嗎？

葉池三兩口把那隻黑鳥囫圇吞下，站起來跟了過去。

「妳今天工作得很晚嘛。」她再次經過蛛足時，他這麼說。

「有些藥草在月光下採集最好。」葉池回答，這並不全是謊話，但此時此刻採集藥草卻是她最不關心的事。

當她從荊棘中走出，棘爪已經消失了，但葉池輕易就追蹤到他的氣味。發覺棘爪正循著自己從前在風族邊界上私會鴉羽的那條石頭路徑走，她全身一陣刺痛。

但棘爪卻不是走向風族。葉池已經可以聽見作為邊界那條小溪的微弱流水聲，卻發覺這隻虎斑戰士的氣味蹤跡已經轉離小徑走進樹林，朝湖而去。葉池跟了過去，張開著嘴好在一大堆獵物氣味中分辨出他的來。

蕨葉擦過她身體，她爬到了陡坡頂端，從樹林中走出來，看到棘爪就在幾個尾巴之外背對著她坐著，凝視著湖面。葉池動也不敢動，擔心自己魯莽的接近已經洩漏蹤跡。但棘爪並沒有移動。

葉池往後退了幾步，走入糾結樹根的掩蔽下。這是否就是棘爪與鷹霜會面的地點？對河族貓兒來說，這是很遠的路程。

天上的月亮從一邊移到了另一邊，葉池仍然等待著、觀察著，但卻沒有鷹霜或任何貓兒的蹤跡。棘爪動也不動地坐著，目光定定注視著星光點點的湖面。葉池真希望自己知道他現在在想什麼。

他和族裡其他包括火星在內的貓兒似乎都相信麻煩已經結束。想像中都應該不會有比獾群襲擊更糟的事。在風族的幫助下，他們撐過了這一劫，傷口也都漸漸癒合。但葉池卻擺脫不了那股不安定感，尤其現在單獨和棘爪在一起，那感覺更強烈了。在她最近有星族的夢裡，藍星、獅心和黃牙曾警告她會有連祂們也無法掌控的黑暗未來。那會是什麼麻煩呢？坐在她前方那隻深色皮毛的貓是否與此有關？

夜更深沉了，疲倦襲上葉池全身。她點起頭又猛然驚醒，然後閉上了眼睛，在兩個樹根間的苔蘚地蜷伏下來。在夢裡她又醒了過來，爬起來卻看到棘爪已經消失。而在他曾經坐著的那個地方，湖水變得濃稠且呈猩紅色，有如一波波血浪拍打著岸邊。

在和平降臨之前，血，依舊要濺血，湖水將染成血紅一片。

葉池嚇得吸了口氣，轉身要跑。她一頭撞上了一個堅硬物體，爪子在樹幹上亂扒。**她被困住了！**掙扎著要回到清醒狀態的她，發覺自己絆到樹根並撞上了身邊的樹幹。她頭上方的晨光透過樹枝，在草葉上留下陰影斑點。

「誰在那裡？」一個尖銳的聲音質問。

葉池還來不及回答，棘爪就跳上了樹幹，從上方凝視著她。他的眼神深幽而憤怒。「妳在這裡做什麼？妳在偷看我嗎？」

「才沒有！」葉池憤憤不平地回嘴，又因為自己的確正在監視他而感到一陣愧疚。「我昨天深夜去採集藥草，一定在半路上睡著了，就這樣。」

恐懼在她肚裡翻攪。**他不會傷害我的**，她告訴自己。**看在星族份上，他是我的族貓啊！松鼠飛都信任他。**如果星族相信他和松鼠飛會在一起，棘爪就絕不可能遵循一條鮮血陰影之路。

但在棘爪無言的凝視下，她仍然感到不安。她重新拾起尊嚴，站起來大步走開；四腳雖然急著想逃，她卻強迫自己慢慢地走過空地，往蕨葉隱蔽處走去。

樹林後方的湖水反映出蒼白的晨光。但在這個時刻，那令人窒息的紅潮黏稠地拍打岸邊的景象，卻遠比她腳下幾乎毫不起波紋的淡灰色湖水還要真實……

在和平降臨之前，血，依舊要濺血，湖水將染成血紅一片。

第八章

棘爪嘆口氣，將腳掌收到身下，再次凝視著湖水。自從他在夢中回到虎星的樹林起，他就無法安穩地睡覺。他睡覺時不停抽動已打擾到松鼠飛和其他戰士，他們都擠在那次獾群攻擊後挽救回來的窩裡。因此他漸漸開始在晚上溜到湖邊守望，好讓族貓們有機會休息。

葉池的驚擾嚇了他一跳。這隻年輕巫醫再怎麼不承認，他都相信她是在跟蹤他。這是否表示她也知道他在夢中都去了哪裡？就像她姊姊一樣，她也不會了解他可以探望虎星卻仍對雷族忠誠。他試著告訴自己，與虎星的見面對任何貓兒都不會造成傷害，但他卻開始懷疑自己該不該繼續拜訪那座陰暗的森林。他怕葉池可能已經知道了，卻更怕她會告訴松鼠飛。這對姊妹非常親密，要說葉池會對姊姊隱瞞什麼祕密實在令人難以相信。

棘爪瞇起眼睛注視著湖面。在晨光下他依稀能看到兩腳獸的船聚在另一邊的半橋附近，就在河族和影族邊界上。正如黛西所說，目前兩腳獸都待在那裡，但棘爪忍不住擔心牠們遲早會入侵雷族領域。

益發強烈的日光使湖面波光粼粼。他想到松鼠飛曾告訴過他，說葉池曾預見他倆交纏的足印，他全身的毛都豎了起來。他真希望能夠擁有巫醫的能力，能在湖上看見未來，可惜星光的反射對他而言只不過是深藍水面上毫無意義的光點：是很美麗，但卻什麼也不會告訴他。**我的未來真的掌握在星族手中嗎？**他猜測著。沒有星光戰士走上虎星森林的小徑。他去探望父親，是否表示背棄了星族戰士們？祂們都知道嗎？

不久他又打起盹來，然後在鳥鳴聲中清醒。太陽升到風族外的山丘上方。棘爪跳了起來，他無意在外逗留這麼久。一隻想當副族長的貓不該在夜裡漫遊在山谷中！

他往營地走去，途中不時停下來打獵，等他來到了荊棘圍籬時，嘴裡已叼滿了食物。他正想走進通道，營地裡卻傳來一陣怪異的哀號，使棘爪僵在當地。獾又回來了嗎？

他動腦一想就知道不可能。自從那次攻擊之後，巡邏隊在領域中並沒有發現任何獾的蹤跡，眼前的荊棘也未受損壞。哀號聲又響起了，這次更為清晰。

「我的孩子！我的孩子呢？」

棘爪擠身穿過通道走進營地。黛西站在育兒室外，全身的毛都豎了起來。雲尾在她身邊，她的另外兩個孩子則從門口往外凝望，圓睜的眼裡充滿警戒。葉池從窩裡匆忙趕到空地，亮心緊跟在她身後。棘爪把食物放上獵物堆，也跳了過去。

「我到處都找過了！」黛西哀嚎著。「都沒看到他。噢，小莓，你在哪裡？」

焦慮刺上棘爪心頭。小莓是這窩貓咪中最活潑的一個，也最有可能惹出麻煩。實在不難想像他會躡手躡腳地走出營地展開探險。

「妳上次看到他是什麼時候？」雲尾問黛西。

「昨天晚上。我今天早上起來時，他就已經不見了。我不斷地找，但他卻不在營地裡！」

「冷靜點，」亮心說。「那樣哭號一點用也沒有，反而會讓栗尾緊張。我們會找到小莓的。」

黛西不理她。「他被獾吃掉了！一定是這樣。」

亮心翻了個白眼，連葉池都不耐地抽動著鬍鬚。「黛西，妳明知道這附近已經好幾天都沒有獾的蹤跡了。小莓可能跑到別處去了，但我們會追蹤他並把他帶回來的。」

這時已有愈來愈多貓兒出現，他們都是從各自的窩裡被黛西的喊聲引了出來。火星從擎天架跳下落石堆，向棘爪走來。

「怎麼回事？」

棘爪迅速解釋完畢。

「派巡邏隊出去，」火星決定。「雲尾，由你來領隊。另外選兩三隻貓一起立刻出發。」

「噢，不，不！」黛西用尾巴捲住雲尾的脖子。「我要你留下來陪我。要是其他的孩子也不見了怎麼辦？」

亮心發出不滿的噓聲轉過頭去。棘爪並不怪她。小榛和小鼠看來嚇得不敢踏出育兒室一步，更別提離開營地了。他可以理解黛西感覺有多沮喪，但是她沒必要把事情弄得這麼複雜。

雲尾一臉困窘，卻沒想到要告訴黛西沒有貓兒能反抗族長的命令。

「小榛和小鼠哪裡也不會去，」葉池冷靜地說。「雲尾，帶黛西回育兒室。我去拿些罌粟籽讓她鎮定下來。」

「我來率領巡邏隊吧。」棘爪自告奮勇。

火星點點頭，看著雲尾脫開黛西的尾巴環繞，把她推回育兒室。棘爪對正在一個尾巴外、跟暴毛和溪兒在一起的松鼠飛示意。

「我們走，」他說。「等我們找到這小子，我要把他的皮給扒下來，竟然這樣騷擾整個營地。」

「不，你不會的。」松鼠飛的尾巴拂過他肩頭。「你也跟我們大家一樣擔心他受了驚嚇或受了傷。」

棘爪不悅地哼了一聲。雖然口出恫嚇之言，他卻不得不承認心底有一絲佩服小莓的這場越軌行動。一隻小貓冒險單獨走進森林，尤其在看過獾群的攻擊之後，需要絕大的勇氣。「愈快讓他當上見習生愈好。」他低語，暗自加了句，**我會很高興當他導師**。

第一個在通道末端幾個尾巴外嗅到這隻小貓氣味的是松鼠飛。「他往那邊走了。」她邊說邊用尾巴指著影族邊界的方向。

「那我們最好快點找到他，」暴毛說。「要是影族在他們領域裡發現一隻陌生小貓咪，我想他們不會太高興。」

小莓的氣味蹤跡幾乎是筆直朝邊界而去，偶爾這隻小貓也會繞過去檢查某個樹根或岩石下的沙洞。溪兒在一個池塘旁的軟泥濘裡發現幾個小腳印，似乎這隻小貓停下來舔了幾口水。再過去一點的地上有幾道淺淺的刮痕。

「偉大的狩獵家！」松鼠飛說，尾巴在興奮中捲了起來。「他一定是假裝要把獵物埋起來。」

「妳是說像那樣嗎？」暴毛的尾巴指著一隻正緩緩在蕨葉捲鬚上攀爬的甲蟲。如果那就是小莓選定的獵物，那麼他已經撐過了這一劫。

「你小時候不也是這樣嗎，」溪兒輕柔地責怪他。「至少我們知道小莓在這裡時並沒有出事。」

「但影族邊界已不遠了。」松鼠飛說。

她還在說話，棘爪卻認為自己聽到了上方傳來某個聲音。他用尾巴示意大家安靜。有一陣子除了風吹過林間的窸窣聲和鳥鳴，他什麼也沒聽到。然後那聲音又出現了：那聲刺耳的驚喊就像貓爪下的獵物會發出的聲音。

松鼠飛轉向他，睜大的眼裡滿是警戒。「可能是小莓！」

棘爪嚐了嚐空氣。在他聞來，這隻小貓的氣味非常濃烈，還混雜著另一個熟悉卻令人討厭的氣味。

「影族！」他喊。「大家快點！」

棘爪穿過樹林朝那聲音奔去，其他三隻貓亦步亦趨地跟著。那隻鼠腦袋的小貓一定走過了邊界，被影族的巡邏隊發現了。**如果他們敢動他一根毛……**棘爪想著，憤怒使他頸上和肩上的毛都豎了起來。

他繞過一處藤堆，走進影族邊界上那株枯木旁的空地。「小莓！」他得到一聲痛苦的微弱哀號作為回應。往聲音來源處看去，棘爪看到小莓在一堆蕨叢下的地上翻滾扭動。他身邊沒有其他貓兒。一開始棘爪以為這隻小貓傷勢重得無法起身，然後才看到貓咪尾巴上纏了個閃亮的銀色捲鬚。小莓被狐狸陷阱困住了！

松鼠飛發出長長的噓聲。瞪視著邊界外的那塊地，她頸上的毛豎了起來。順著她的目光，棘爪看出有三隻影族貓兒在榛樹叢下的陰影中蜷伏著：副族長枯毛、橡毛和杉心。從這景象看來，他們在這裡觀察小莓在極端痛苦中掙扎已有一段時間了。

「吃烏鴉食物的！」松鼠飛對他們呸著。「你們為什麼不幫他？」

枯毛站起，停下來在肩上緩緩舔了幾下。「大家都知道雷族並不在乎邊界，」她說。「但影族卻恪遵戰士守則。而且這是一隻寵物貓，影族跟寵物貓一點關係也沒有。」

松鼠飛又發出噓聲；棘爪看得出，她已經氣得說不出話。「算了，」他低聲說。「我們必須幫助小莓。」

松鼠飛的爪子屈伸著，好像只想把它們插進影族戰士的毛裡。但她仍然轉過身，跟著棘爪走過空地來到小莓身邊。

暴毛和溪兒已經在小貓身旁彎下身來；溪兒舔著小莓耳朵表示安慰，暴毛則嗅著緊卡住他尾巴的閃亮物體。小莓四周的地面全都布滿了他小而絕望的刮痕，看來他是想讓自己脫困。他的哀號已轉成了驚恐的喵嗚聲。

「對……對不起，」他抽噎著。「我只是想獵一點食物然後——」

「你讓你媽媽擔驚受怕，驚動了整族，」棘爪嚴肅地說。「不要亂動，我們很快會救你脫困。」

但當他仔細看過小莓的尾巴，卻已不確定這件事會這麼容易了。這隻小貓的腰臀部染滿了鮮血，在他掙扎著要脫困時尾巴也糾纏成一團。他尾巴被那閃亮的捲鬚緊緊捆起，並捲伸到埋在土裡的棍子上。棘爪試著拉了一下，那東西絲毫沒動，但捲鬚被這麼猛地一扯卻讓小莓發出痛苦的尖叫。

「你弄痛他了，」松鼠飛驚喊。「讓我試試看把它咬斷。」

她在小莓身邊趴下，但棘爪看出捲鬚在他毛裡嵌得太深，她的牙齒根本搆不著。結果小莓又發出哀號。「妳咬到我了！」

「對不起。」松鼠飛喘著氣退後一步，鼻子上有一抹血跡。

棘爪低頭凝視這隻受困的小貓咪。他們是否非得咬斷他尾巴才能助他脫困呢？他正準備鼓起勇氣提出這個建議，溪兒對著纏有捲鬚的棍子抽動耳朵。

「如果我們挖出那根棍子，線圈應該會鬆掉。」她說。

棘爪與松鼠飛困惑地互看一眼。

「線圈綁在棍子上，」溪兒解釋說。「但如果棍子沒插在地裡，就無法纏得那麼緊。」

「溪兒，妳真是太聰明了！」松鼠飛撲向棍子，開始猛烈地挖起來。溪兒也從另一邊下手，在松鼠飛拋出大把泥土時用力把棍子拉鬆。棍子每次的移動都讓小莓痛苦地尖叫；暴毛在他身邊伏下，安慰地舔著他耳朵，同時擋住他的視線，不讓他看見自己尾巴成了什麼模樣。

松鼠飛愈挖愈深，棘爪發現捲鬚開始變鬆了。

「現在感覺怎麼樣？」他問小莓。

「好一點，」小貓咪說。「沒那麼緊了。」

「盡量別動，」棘爪告訴他。「應該就快了。」

「快退後！」松鼠飛喊。「就快挖出來了。」她咬住棍子用力拉扯，四腳奮力一撐，棍子就彈出了地面。小莓感到自己脫困後滾向前，受傷的尾巴還拖著那根棍子。

「別動！」暴毛說。「先讓這東西鬆開再說。」

現在棍子已經離開地面，捲鬚也鬆多了。棘爪小心謹慎地把一隻腳掌伸到下面，然後用牙齒繼續把它弄鬆。「把尾巴拉出來試試看。」他告訴小莓。

這隻小貓把尾巴從閃亮環圈裡移開時，棘爪從耳朵到尾巴梢都鬆懈下來。小莓搖搖晃晃地想站起來，又側著跌了下去，閉上了眼睛。

「休息一下吧，」溪兒說。「我們幫你把尾巴弄乾淨一點。」

她在小莓身邊伏下，開始舔著他受傷的尾巴。松鼠飛也用舌頭迅速地舔著幫忙。看到小莓被扯裂的血肉和傷口中淌下的鮮血，棘爪不禁瑟縮了一下。他蒐集來一大腳掌的樹葉，把它們壓在流血最多的傷口上——這些樹葉並不如蜘蛛網那麼有效，但現在卻沒時間找別的了。

「只要一回到營地，葉池就會照顧你。」他答應著。

小莓沒有回答，眼睛仍然閉著；棘爪懷疑這隻小貓究竟有沒有聽到他的話。

此時暴毛朝影族巡邏隊走上幾步，他們仍然在榛樹叢下凝視著。「看夠了嗎？」他怒吼。「至少你們從雷族學到該如何對付狐狸陷阱的一堂課。」

「謝了，影族知道怎麼對付狐狸陷阱，」枯毛一揮尾巴作出回答。「你們一定是很驕傲吧，我看得出來，你們真是兇悍的戰士啊。」

橡毛喉嚨裡發出吼聲，站了起來。「你再靠近邊界一步，就讓你看看我們有多兇悍——你這個叛徒！」

暴毛頸上的毛豎了起來。「前往太陽沉沒的地方，其中貓兒也包括我在內。我幫助貓族找到新家。告訴你——我這麼做並不是要讓四族分開這麼遠，結果他們連受傷的小貓都不願意救助。」

「但那可不是族裡的小貓，」杉心輕哼著走上前站在暴毛旁邊。「看來你在山區裡待得太久，把戰士守則都忘了。搞不好你從一開始就不知道它是什麼，混血貓。」

暴毛伸出爪子，棘爪知道這句侮辱之言將引發一場大戰。那可不是他現在想處理的事，尤其他們還得把小莓帶回營地。

他跳到暴毛身邊推了他一下。「不要惹事，」他在他耳邊悄聲說。「不值得跟他們爭。算了吧。」

暴毛緊盯著他，藍色眼睛裡燃燒著熊熊怒火。然後他深深吸了口氣，肩上的毛也漸漸攤平。「你說的沒錯，」他同意。「但說他們是吃烏鴉食物的還算抬舉他們了。」

他們轉頭走回小莓身邊。影族戰士發出輕蔑的鼓譟，但棘爪和暴毛都沒有回頭。

來到小莓身邊時，棘爪還以為他仍然不省人事，但他低下頭來嗅他時，這隻小貓的雙眼卻張開了。「謝謝，」他微弱地說。「我真的很抱歉。」

「沒關係。」松鼠飛說。

「火星還會讓我當見習生嗎？」

棘爪安慰地在小莓肩頭舔了一下。「告訴你一個祕密，」他說。「在火星還是見習生的時候，也惹出數不盡的麻煩——對不對啊，松鼠飛？」

松鼠飛嚴肅地點點頭。「那根本不是祕密！全族都知道。」

小莓眨起眼。「火星？真的嗎？」

「真的，」棘爪再次肯定。「你所做的事情自然不對，但是也很勇敢。火星會了解的。」

小莓放心地嘆了口氣，又閉上了眼睛。

「走吧，」棘爪看著他的同伴說。「把他帶回營地去。」

棘爪和暴毛把小莓虛弱的身體扛在中間，拖著腳走過荊棘通道。他那糾結成一團的尾巴仍在淌血。棘爪只能從他胸口微弱的起伏得知這隻小貓還活著，他迫切需要葉池在星族帶走他之前好好照顧他。

松鼠飛跟在這兩隻公貓身後走進營地，立刻衝向妹妹的窩，溪兒則跟在後頭。「我去告訴黛西。」她邊說邊往育兒室走去。

棘爪和暴毛扛著小莓走過空地時，身後突然傳來一聲尖厲的號叫。棘爪轉頭看到黛西衝出育兒室，雲尾緊跟在她後頭，嘴裡說著，「黛西，等等！」

這隻乳白色的母貓在棘爪面前止步，睜大的雙眼裡充滿恐懼。「小莓！噢，他死了，他死了！」

滿嘴都是這隻貓毛的棘爪無法回答。

「他沒死，」雲尾喘著氣衝上前。「溪兒說他沒死，記得嗎？妳看，他在呼吸呢。」

黛西只是呆呆地凝視小莓，好像完全不懂這隻白毛戰士在說什麼。然後她撲了過去，熱切地在她孩子身上亂舔。棘爪不耐煩地抽動耳朵。這隻鼠腦袋的寵物貓難道不明白自己擋了路？她無法了解現在最重要的就是讓孩子快點去見巫醫嗎？

「來。」雲尾把尾巴輕輕放在黛西肩頭。「讓他們把小莓帶去找葉池。跟我一起去告訴小鼠和小榛他不會有事。他們一定也很擔心。」

黛西懷疑地看了他一眼，然後就被他拉著走回育兒室。

棘爪和暴毛還在半路上，葉池就衝了出來見他們。「可憐的小東西！」她喊，在受傷的尾巴上迅速地嗅著。「請直接帶他進去。亮心已經替他做了個窩。」

棘爪和暴毛帶著小貓咪繞過藤葉屏風，把他放在葉池窩外的苔蘚和蕨葉窩裡。他側躺著動也不動。亮心用一腳輕柔地撫摸他，松鼠飛則擔憂地看著。

「我最好去告訴火星。」一會兒之後她低聲說，並走開了。

葉池矮身鑽進裂縫走進自己窩裡，不一會兒就帶著一腳掌的蜘蛛網出現。「我們必須先止血，」她邊說邊把蜘蛛網綁在小莓尾巴鋸齒狀的傷口。棘爪原先放上去的樹葉早在長途跋涉中掉落了。「然後再給他一點金盞花以免傷口發炎。」

「他不會有事吧？」棘爪低聲問。

葉池抬頭看他，她琥珀色的雙眼蒙著陰影。「希望如此，但我也不確定，」她老實回答。「我會盡我所能，剩下的就要看星族了。」

棘爪離開葉池的窩，注意到塵皮和刺爪正準備要去巡邏。他跳過去加入他們，希望能暫時把對小莓的擔憂拋在腦後。但沿著風族邊界的小溪行走時，他卻怎樣也忘不了那小貓咪虛弱的身形，動也不動地躺著。如果他死了，黛西或許會把另外兩個孩子一起都帶回馬場，正如她已經威脅著要做的那樣。這麼一來，在栗尾的孩子長大以前都不會有見習生了。那還有六個月之久耶！

棘爪猛揮了一下尾巴，對自己的思緒感到生氣。他是為了小莓好，才關心著這隻聰明又不聽話的小貓咪，而不是因為自己需要有見習生。但不管他怎麼努力，都無法阻止自己不去想要當副族長、以及該怎麼做才能達成目標的事。

剛過正午就回到營地的棘爪原本想要立刻去看小莓，可是看到暴毛和溪兒跟火星和松鼠飛一起走過空地，他就停了步。

暴毛揮動尾巴向他打招呼，拋下另外三隻貓衝上前來見棘爪。「嗨，」他說。「我們在等你。」

「為什麼？」看到他朋友眼中閃過一絲悔意，他的肚子絞扭起來。又出什麼事了？

暴毛用鼻子碰了碰棘爪的肩膀。「溪兒和我要走了。」

「現在？」棘爪失望地把爪子插進地裡。有暴毛在身邊的感覺多麼舒服自在，儘管棘爪明知他和溪兒總有一天會離開，但這一刻卻似乎來得太快了。「你們也得回山裡去吧，」他嘆口氣。「可是我真希望你們能多待幾天。」

暴毛遲疑了一下。「不，不是回山裡，」他說。「是回河族。那些影族貓兒是對的，如果我們想留在這裡，我們就必須遵守戰士守則，那就表示要對河族忠誠。」

棘爪凝視他。「你要走，就只為了這個嗎？就因為那些吃烏鴉食物的卑劣貓所說的話？」

「不，」溪兒說著並來到暴毛身邊。松鼠飛跟在一旁。「我保證，你還會再見到我們的。我們想永遠留在湖邊，抵達河族後我要接受訓練，成為戰士。」

棘爪驚訝地看著她。他們想永遠留下？那表示他們並不只是過來確認貓族找到了新家而已。暴毛和溪兒究竟為什麼要離開山區？而他們又為什麼不想回去？但他並沒開口問。如果暴毛想告訴他，一定早就說了。想到這個朋友對他的信任顯然不足以對他坦白，棘爪心裡就好像被利爪刺了一下。

「你們要留下，那真是太好了。」他強迫自己發出咕嚕聲。「至少我們在大集會時還會再見面。」

「對，我們要聽河族的八卦消息，」松鼠飛說，先跟暴毛碰碰臉，然後換溪兒。她壓低聲音又說，「我們誰也不會忘記那次的旅程。永遠都會並肩同行。」

火星在幾個尾巴外，等候這群朋友們互相道別。「我們不會忘記你們在獾群攻擊後所做的一切，」他對這兩位訪客說。「雷族會永遠感激你們。你們的恩惠我們實在無以為報。」

暴毛低下了頭。「我們也很感激你讓我們逗留了這麼久。」

暴毛身後跟著溪兒，轉身走進荊棘通道。棘爪和松鼠飛跟出去，肩並肩地看著這兩隻貓走進樹叢。

「願星族為你們指路！」棘爪在他們身後喊。

暴毛停步回頭，捲起尾巴表示告別，然後就跟溪兒消失在蕨葉間。

第九章

月亮飄在環繞山谷的樹上方，但小莓所躺的窩卻在陰暗的深處。葉池伏在這隻小貓身邊，鼻子與他的鼻子相碰。小莓的鼻子因高燒感覺又熱又乾，他閉著眼睛抽噎著。自從棘爪昨天清早把他帶回營地以後，他還沒有恢復意識。

從那時起，葉池就一直不眠不休地守著他。在盡力用蜘蛛網和金盞花糊覆上傷口後，她不得不承認自己無法救回整條糾結成一團的尾巴。那天下午，她咬斷最後幾根連接尾巴尖端的肌腱，小莓的四肢猛抽著發出痛苦的尖喊，但仍然沒有醒過來。葉池在新傷口上敷了更多蜘蛛網，把小莓的尾巴尖端交給亮心去埋在營地外頭。

現在她從儲藥區拿來琉璃苣葉在口中嚼碎，把小莓的嘴撐開，滴進少許汁液。如果星族保佑，那應該能緩解他的高燒。月亮的影子悄悄爬過空地時她還繼續守了一會兒，但她實在太累，最後還是閉上了眼睛，進入不安的睡眠。

她站在湖岸，頭上是閃亮的銀毛皮星群。湖遠端有個陰暗的身影吸引了她的目光：有隻貓正迅速朝她走來。祂走近時她認出那是河族的前任巫醫泥毛，在貓族遷徙到湖畔之前就已在舊家園死亡。現在祂的身體強壯而輕盈，毛上閃爍著星光。

葉池低下頭，說，「泥毛，祢好。有消息要給我嗎？」

「是的，」這隻前任巫醫回答。「我需要妳帶個口信給蛾翅。」

葉池感覺全身一陣僵硬。河族的現任巫醫蛾翅不信星族，因此她戰士祖先的靈魂無法在夢裡跟她聯繫。以前有一次葉池曾把羽尾的消息帶給蛾翅，警告她河族領域裡有兩腳獸的毒物。但對接管蛾翅職務中最重要的部分，她總覺得很不安。尤其現在她對自己這一族許下新承諾後，她更躊躇了。

「一位河族長老患了綠咳症，」泥毛繼續說。「需要貓薄荷來做治療，但蛾翅卻找不到。」他眼裡盛滿焦慮。「選擇蛾翅成為我族巫醫是不是錯誤的呢？當時我窩外的飛蛾翅膀徵兆看來是如此明顯……」祂遲疑著不知道該怎麼繼續。「葉池，求求妳確保河族不會因為我的不良判斷而受害。」

「祢要我帶些貓薄荷給她嗎？」葉池問，她記得在荒棄的兩腳獸巢穴附近有一大叢。

「不。在她自己的領域外就有一大堆，只要蛾翅知道去哪裡找，」泥毛說。「她必須走到領域邊緣的小轟雷路，順著道路走離湖邊就會看到一排有花園的兩腳獸巢穴。那裡有許多貓薄荷。葉池，能請妳告訴她嗎？」

祂張開嘴，發出微弱的低泣。葉池緊張地看著這隻老巫醫逐漸消失，耳邊仍迴盪著那個聲音。她眨了眨睜開眼睛，看到小莓在她巢穴裡扭動著。「好痛！我的尾巴好痛！」他哀嚎。

葉池把一隻腳掌放在他胸口使他鎮靜，又把更多琉璃苣汁滴進他嘴裡。她撫摸著他的毛，在他耳邊做出安慰的咕嚕聲，同時想起泥毛告訴她那可怕的綠咳症時眼中的焦慮。

月亮已然不見蹤影，黎明的第一道光芒正要浮現天際；葉池可以看見前方樹林的陰暗輪廓。

「我怎麼能去河族呢？」她自言自語。

以前火星曾經准許她去幫助河族，但現在她得為這隻生病的小貓咪多想想。如果她沒好好照顧小莓，他可能會死；更何況，如果她再次消失，族貓們又會怎麼想？就算她告訴他們她是去幫忙蛾翅，對於她對別族表現忠誠他們也不會同情。

如果蛾翅仔細去找，就會有辦法找到貓薄荷。幸好今晚就是四分之一月了，我會跟她在月池見面。到時候可以把泥毛的口信傳給她，這樣就不需要離開雷族了。

可是在她繼續照顧小莓的同時，卻無法不去想有這隻老巫醫的夢。達到祂的要求是否也是她職務的一部分呢？她的職責究竟只針對雷族，還是也有星族，因此也包括所有星族拂照下的貓兒呢？

「也許我不該去。」葉池焦慮地說。

太陽開始下沉，血紅的光芒射進了空地。葉池站在自己的窩外，低頭凝視著小莓。現在他在巢穴裡盤起身體，睡得很安穩了。他的高燒逐漸消退，但她仍不認為他的傷會復原良好。

這麼長時間都沒熟睡的葉池現在簡直累得沒辦法走遠路到月池去。何況，想到要會見其他巫醫並告訴他們煤皮已死，她就感到畏怯。

「妳必須去，」亮心告訴她，尾巴掃過她肩頭。「把小莓交給我吧。如果他醒來，我知道該讓他吃什麼。」

葉池知道她是對的。亮心是很有效率的助手，所有可能需要的藥草也有。而且泥毛還有口信要給蛾翅。

「好吧，」她說。「我會去。但我會盡快回來。」

「妳放心吧，」亮心向她保證。

再次檢查小莓後，葉池來到空地走向荊棘通道，對正在負責守衛職務的刺爪道聲晚安。展開這趟旅程身邊卻沒有煤皮的感覺很陌生，葉池往四周看著，好像以為會看到那熟悉的灰色身影，一跛一拐地在她身邊走過蕨葉。她好渴望感到身邊有煤皮的靈魂，可是這裡既沒有熟悉的氣味飄過，也沒有柔軟的灰毛拂過。葉池從沒有感覺這麼孤獨過。

她走向風族邊界，沿著小溪走上山丘時，太陽已沉到地平線下方。綠葉季的氣味包圍著她，森林裡樹影幢幢，腳下肉趾沾著冰涼的露水。想到能趴下來舔著星光池裡的水，跟星族貓兒們共享夢境，她的疲勞消失了。身邊有其他巫醫，還能跟星族戰士們談天，她就不會感到那麼孤獨。

走近風族領域時，她看到風族的巫醫吠臉就在前方，還有影族的小雲。他們一定聞到了她，因為他們停步等她爬上最後一段山坡，然後才一起走進山丘。

「妳好，葉池，」吠臉低聲說。「又看到妳真好。請節哀順變，煤皮如此年輕就加入星族，實在是很傷心的事。」

「什麼？」小雲身體一陣僵硬，豎起頸上的毛。「煤皮死了？」

葉池知道這位影族巫醫還沒聽過這個消息。她點點頭。「我們營地受到獾群攻擊。一星率領風族戰士來幫忙，但還是來不及救煤皮。」**我來得太遲了。**

小雲低下了頭。「她是偉大的巫醫。我的命是她救的。」

葉池曾聽過在好幾個月以前，影族在舊家園遭到疾病侵襲時，煤皮曾違抗命令去幫忙小雲和他的一位族貓。小雲總說就是那件事使他決意要成為巫醫。

她在想不知道是否該告訴他們事情的真相——煤皮是因為她背棄族貓和巫醫職責時而死的。他們會不會怪她造成煤皮的死，像她責怪自己那麼多呢？

然後她注意到吠臉和小雲眼中除了同情，沒有其他神色。她沒必要卸下自己的負擔，卻只加深了他們的悲痛。

「妳一定非常思念她，」吠臉低語。「但妳會是出色的繼承者。」

「希望如此，」葉池緊繃地回答，喉嚨哽著幾乎說不出話來。「我永遠不會忘記她，不會忘記所有她教過的事。」

他們愈爬愈深入山裡，兩隻巫醫一左一右地與她同行，一起承擔她的傷痛，同時也帶給她力量。葉池全心全意地希望煤皮也能在這裡。

她很想問吠臉鴉羽怎麼樣了，卻知道自己不能問。**妳得停止想他！**

夜晚已經降臨。葉池在沼地隆起的頂端停步，回頭看到一彎弦月照在遠方湖上。這裡沒有蛾翅的蹤影，空氣裡也沒有她的氣味。

「你有沒有在路上看到蛾翅？」她問其他巫醫。

吠臉搖搖頭。

「我也沒看到她，不過她向來不會從影族過來，」小雲說。「不過別擔心，她以前也遲到過。」

葉池知道這話沒錯，但她也比他們更清楚河族所發生的事情。她猜想蛾翅是否因為無法抽身離開那位患綠咳症的長老而無法前來，也許那場病已經開始傳染，他們卻沒有貓薄荷可以治療病貓。

葉池和其他貓兒來到流水滾滾的溪邊時，仍沒有蛾翅的蹤跡。葉池跳到閃爍著星光的水旁，擠身穿過圍繞在山谷外的樹叢，暗暗希望她朋友已經在裡面了。

瀑布的水濺落在一排岩石上，這塊流動的銀色水幕把下方的池水攪動得好像灑滿了跳動的月光。可是卻沒有那熟悉的金色虎斑身影來向葉池打招呼，也嗅不到熟悉的氣味。山谷裡空無貓蹤。

吠臉領先走下螺旋狀的小徑來到池邊。葉池跟了過去，感覺腳滑進了幾世貓兒所留下的足印裡。但她頭一次感覺不到每次來這裡時身邊環繞著的那份寧靜。她太擔心蛾翅和河族了，也怕如果又在夢裡遇見泥毛，祂會怪她沒把口信帶出去。

她不能把這件事告訴另外兩隻巫醫，只好在他們身旁伏下，撐起脖子舔著冰涼的水。那股寒意彷彿流遍她全身，緊抓著她的身體使她感覺好像全身都變成了冰。她的目光被翻騰的水面吸引住，水面漸漸平靜下來，葉池隱約看見無數隻貓的倒影，一排排站滿了她身邊的山谷。

她抬頭。一左一右在她身邊的吠臉和小雲動也不動，深深地沉睡在各自的夢境裡。池邊，和直到那圈樹叢的山谷兩側，都是星族戰士們閃爍的身影。

一隻藍毛貓原本坐在水面突出的苔蘚石塊上，這時站了起來。葉池認出是藍星。

「歡迎，」這隻前任雷族族長說。「星族歡迎妳成為雷族的新巫醫。」

池邊這群星光閃閃的陣容中響起一片低沉的歡迎聲。葉池瞥見羽尾就坐在一隻美麗的銀毛母貓身旁，這隻銀毛母貓一定是羽尾的母親了。更靠近水邊的是蕨雲的孩子潑掌、小葉松和小冬青，祂們死於舊家園的那場飢荒。前任風族族長高星也坐在不遠處。葉池感覺自己正從祂們明亮的眼睛裡得到力量。

「謝謝，」她回答。「我會盡力為族貓服務的，我保證。」

她在水池對岸看到一群前任巫醫：與她親近的守護者斑葉、黃牙和泥毛。雖然山谷上方的月亮懸掛在清朗無雲的天上，祂們身上卻似乎籠罩著一片陰影。泥毛的目光定定注視著祂自己的腳；想到不知祂是否有意迴避自己，葉池的心就抽痛起來。

她盯著那片陰影瞧，迫切希望看到煤皮。不管斑葉以前怎麼說，葉池仍害怕她去世的導師責怪自己棄族離去。祂是否因為葉池袖手不顧祂的死而心存嫌隙？

「噢，不，」她悄聲說。「拜託，煤皮……」她轉向藍星，問道，「藍星，煤皮在哪——？」

但星族戰士們的身影已漸漸隱沒，皮毛上的光點愈來愈暗，穿透祂們的身體，葉池能看到山谷兩側。有一個心跳的時間，祂們像層薄薄的冰在石面上閃爍，然後就消失了，葉池眨著眼從池邊清醒。

她坐起來伸展身體緩解寒意和痲痺的肢體。在她身邊的小雲也坐起身，正用一隻腳掌抹臉，吠臉迅速梳理著身上亂七八糟的毛。沒有人提起他們在夢裡見到了什麼。

「我昨天出去時，發現一大叢水薄荷，就在階石上方，」他們從小徑爬出山谷時，吠臉對葉池說。「也許妳會想採一點——那數量夠我們兩個用的。」

「謝謝，」葉池說。「治療肚子痛，那是最棒的藥草了。」

「有一天我發現有隻黃白相間的貓在採金盞花，」吠臉領先走下山坡，一邊繼續說。「是亮心對吧？看起來她忙得很——根本都沒注意到我。」

「是的，她幫了很大的忙，」葉池承認。「被獾群攻擊之後，我們需要大量金盞花來做治療。」

小雲點點頭。「感謝星族，我們影族領域裡還沒有獾的蹤跡，」他說。「雷族都恢復元氣了嗎？需不需要幫什麼忙？」

剎那間葉池懷疑影族族長黑星對小雲要幫助敵族的提議會作何回答，她還不如現在就清清楚楚地回絕。「不，謝了，我們很好，」她回答。「我們的傷口都快癒合了。」

這場月池集會結束得比往常都迅速，連山丘上方的天際都尚未透出曙光。葉池想到可以趁這個機會把泥毛的口信帶給蛾翅。但如果在那裡受到耽擱使得回山谷時遲到，會留給族貓們怎樣的印象？她已經離棄過他們一次，現在他們需要見證她全心全意的投入。何況，她愈早回去檢查小莓愈好。

沿著小溪回到雷族領域的她拒絕往左右兩邊看風族的沼地。她不要試著找鴉羽。她生命中的那部分已經結束了，也絕不會走回頭路。她是巫醫，有著與星族同行的能力。也有充分的理由她絕對無法跟任何其他的貓兒親近——她走上了截然不同的道路，而且還會繼續走下去。只要她專心地盡本分，她的感情就會消退，到時候鴉羽也就不過是一位普通的戰士罷了。

第十章

棘爪離開新鮮獵物堆時，看見灰毛一跛一拐地走出葉池的窩。他前腳那道長傷口上還敷了新換上的蜘蛛網。他正要往戰士窩走去，但還沒走到樺掌就朝他跳了過去。

「嗨，灰毛！」他說。「蕨毛要帶白掌去做訓練。我們能不能跟他們一起去？」

「不行。」他導師的語氣是兇暴的怒吼。「我從岩石上掉下來，這傷口又裂開了。葉池說今天我不能離開營地。」

樺掌的尾巴垂了下來，轉過頭哀悼似地看著蕨毛和他的見習生白掌從荊棘通道走遠。白掌有些遲疑，回頭要等樺掌，然後像是被導師叫走了似地轉過身消失了。

棘爪朝灰毛和樺掌走去，用尾巴點這位見習生。「高興點。」又對灰毛說，「我正要去巡邏，如果可以，我想帶樺掌一起去。」

樺掌的尾巴立刻在空中伸得筆直，鬍鬚都興奮地顫抖起來。「拜託嘛，灰毛！」他祈求著。

灰毛張開嘴；棘爪很確定他準備拒絕，但另一個聲音從棘爪身後響起。「好主意。樺掌受傷後已錯過了很多訓練，不應該再錯過了。」

棘爪轉身看到他的族長正從擎天架跳下石塊。「我想到影族邊界附近，」他說。「翻新氣味記號，然後檢查狐狸陷阱。」

火星點點頭，但灰毛仍然瞇眼瞪視棘爪。他一句話也不說地轉過身，大步走向戰士窩。

「那就走吧，」火星對樺掌說。「照棘爪說的話做，特別提防那些陷阱。你可不想像小莓那樣喪失一條尾巴。」

「我會小心的。」樺掌滿口答應。

棘爪把頭探進戰士窩的樹枝裡，呼叫沙暴和刺爪加入巡邏。坐在苔蘚床上的灰毛對他毫不理睬。

天空烏雲密布，潮溼的風表示不久就會下雨。獵物的氣味都變淡了，好像牠們都躲回各自的洞穴裡，除了頭上樹枝的窸窣聲，這裡一片寂靜。

樺掌依舊興奮得抖個不住，棘爪看得出來他正努力控制自己，以便能安靜地走在其他巡邏隊隊員身邊。

「你要不要先跑到前面，看看能不能發現影族的氣味記號？」他提議。「找到以後就回來告訴我們。」

「好，棘爪！」樺掌的眼睛發光，尾巴豎得筆直跳了開去。

看著他剛開始要長毛的毛茸茸後半身，棘爪忍住心裡的一陣焦慮。樺掌能夠逃過那隻獾的攻擊實在很走運，但是他無法永遠受到族貓保護。他必須學習生存的技巧，而加入巡邏隊正是練習這些技巧的好方法。「小心狐狸陷阱！」他在他身後喊。

「也該讓他多跑跑了，」這位見習生消失後，沙暴說道。「自從被獾攻擊，一下他受傷一下灰毛受傷，他簡直還沒離開過營地呢。」

「也許火星會讓你代為訓練他，直到灰毛康復。」刺爪建議。

「也許吧。」棘爪點頭，不願表現出這點子多麼讓他欣喜。他很享受教導別人的感覺，四個腳掌也因想擁有專屬見習生的急切而發痛。

他仍然希望火星能選他當小莓的導師，這隻小貓咪的勇氣、甚至惹出麻煩的極度好奇本性都令他敬佩。小莓是黛西的孩子裡年紀最長也最健壯的一位，擁有成為優良戰士的潛力。

棘爪跳過橡樹盤根錯節的樹根，看到樺掌站在幾個尾巴之外的一處藤叢旁，正張大嘴吸入氣味。

「棘爪，我找到氣味記號了。」他報告。

「什麼?不可能吧。」灰毛完全沒有訓練樺掌嗎？「我們距離影族邊界還遠得很呢。」

樺掌臉上是受傷的表情。「可是我很確定……」他開口。

沙暴穿過蕨葉來到樺掌停步嚐空氣的地方，不久之後她又回來，綠色的眼裡充滿憤怒。

「樺掌是對的，」她說。「影族竟然在那些藤叢外設下了氣味記號。」

刺爪發出憤怒的噓聲。「那裡是雷族的領域呀！」

棘爪感到一陣怒吼在喉間升起。他帶領著巡邏隊隊員，大步走過空地，繞過藤叢。走了幾個尾巴遠之後，影族氣味記號的惡臭就襲上鼻端。

「這些還是新的，」他低聲說。「如果我們跟過去，應該能夠趕上巡邏隊，問問他們在幹什麼好事。」轉過身，他又加了句，「樺掌，你趕快跑回營地，告訴火星怎麼回事，並多帶些幫手來。」

見習生肚皮緊貼著地面，沿著來路疾奔，尾巴在身後翹得老高。

棘爪檢查這些氣味記號，查出影族巡邏隊往哪個方向離開，然後就跳著追過去，沙暴和刺爪緊跟在後。影族的氣味愈來愈濃，最後棘爪來到一處緩坡頂端，看到影族巡邏隊正在山谷另一邊設下更多記號。

他的毛在憤怒中豎起，稍作停頓以估計敵方巡邏隊的貓數。有四隻影族貓兒：枯毛、橡毛和杉心——也就是當小莓在狐狸陷阱中掙扎時作壁上觀的那三隻貓——還有花楸爪。雷族貓兒的數量不足以為抗，但棘爪知道已經沒有時間等幫手到來了。

「枯毛！」他喊著影族副族長。「你們在這裡做什麼？」

影族四隻貓兒全都轉頭面對雷族巡邏隊。

「你看不出來嗎？」枯毛無禮地說。

「看來妳想竊取我們領域。」刺爪發出噓聲。

「各族的邊界都經過大家同意，」棘爪提醒他們。「每隻貓都知道自己的邊界在哪裡。」

「那是以前的事。」杉心說。

「影族需要更多空間。」枯毛對棘爪瞇起眼睛。「反正自從獾群攻破你們營地起，雷族就虛弱得捍衛不了自己。」

「獾群的事你們知道了多少？」沙暴邊說邊往前踏出一步。

「夠多了，」枯毛回答。她尾巴尖端抽動著。「我們知道你們傷重得沒辦法與我們對抗，忙著修建營地以守住邊界，而且還少了隻巫醫。」

有一個心跳的時間，棘爪簡直困惑極了。影族怎麼可能已經知道獾群攻擊的事？然後他想起就在三個晚上以前，葉池去了她每半個月一次的月池聚會。一定是她把雷族的事當八卦告訴了小雲。

他的爪子陷進地裡。現在沒時間想那個了。「滾出我們領域，」他對枯毛吼。「否則就讓妳體會我們傷得有多重。」

枯毛縮起嘴脣。「我可不這麼想。」

棘爪發出一聲嚇人的嚎叫，飛身撲進山谷。他這一個衝刺降落在枯毛身上，爪子揮過她肩膀。她想咬住他喉嚨，但他在她胸前一掌把她推開。她從他身下滾過，眼裡燃燒著憤怒。

棘爪瞥見沙暴正與橡毛纏鬥，她的後腳對著他肚皮猛揮；花楸爪和杉心則一邊一個地把刺爪按在地上。棘爪對準枯毛又揮出一擊，就跳過去幫忙刺爪，跳開時感到後半身被枯毛抓了一爪。

樺掌，快點呀！

他跳到杉心身上，牙齒緊咬住這隻深灰色公貓頸上的毛。枯毛咬住他尾巴，他用力踢出後腿把她擊開。他在一堆毛和混合群貓氣味的地上翻滾，簡直不知道哪隻貓才是敵人。

然後他聽到遠方的一陣吼聲，那聲音迅速變大。把臉逼到他面前的枯毛一爪揮向他脖子，呸聲說，「狐狸屎！」然後就跳開了。杉心也從他齒間滑脫。棘爪搖搖晃晃地站起來，看到火星正率領一隊雷族戰士衝進山谷中。

火星跳向枯毛，吼叫著要與她對決，然後一口咬住她喉嚨。枯毛朝火星肩膀揮出一擊，但卻無法逃脫掌握。松鼠飛對著杉心直衝而去，把他撞倒然後按在地上。她身後的塵皮跳上花楸爪身上，爪子深深陷進這位影族戰士的毛裡。橡毛看到蛛足和雨鬚穿過藤葉向他衝來，發出驚恐的尖叫。沙暴對準他後半身最後一擊，他倉皇跑過樹根穿過藤葉，往影族邊界跑走了。

「退後！」枯毛吼道。她勉強站了起來，火星嘴裡和爪子裡還留著她的斷毛。她一步一步退後時，脖子上還滴著血。

火星一揮尾巴，命令他的戰士們讓影族貓兒離開。松鼠飛在杉心耳朵上用力一咬，然後從他連續揮打的腳下跳開。塵皮滾離花楸爪身邊，怒吼著站起身來。這兩位影族戰士都轉身逃開，只有枯毛仍在當地站著。

「火星，別以為你贏了，」她呸了一口，身側起伏著。「影族會設下一個新邊界。」

「不會是在雷族這裡，」火星反駁。「現在回到自己領域去。」

雙眼帶著燃燒的仇恨，枯毛發出憤怒的噓聲，然後轉身跟在她族貓身後逃逸。蛛足和雨鬚緊追在後，發出嚇人的嚎叫聲把這些入侵者趕了回去。

「謝謝，」火星抖了抖身上亂七八糟的毛走到棘爪身邊，棘爪喘著氣對他說。「還有你，樺掌，」他加了句；這位年輕見習生雙眼發亮，喘著氣站在族長身旁。「你跑得很快，把幫手及時帶到。」

他迅速對火星解釋樺掌在邊界很裡面的地方發現影族氣味記號的經過，以及他和其餘巡邏隊隊員逮到還想竊取更多土地的影族戰士。「他們以為經過獾群攻擊後，我們就衰弱得阻止不了他們。」他說。

「你受傷了嗎？」松鼠飛衝到棘爪身邊問。她的眼睛裡滿是擔憂，身體倚靠著他替他檢查傷口。

棘爪花了點時間檢查大家的傷。幸好，他受傷的肩膀情況沒有更糟，只是身側掉了幾塊毛，尾巴倒是很痛，好像枯毛出盡全力想把它咬斷似的。沙暴的肩膀有個爪痕，刺爪脖子上的刮傷也在淌血。

「你們最好都回營地，讓葉池看看你們。」火星說。

「我沒事，」棘爪堅持。「我們必須在邊界設下氣味記號，以免讓影族又有機可乘。」

「我也沒事，」沙暴也插嘴。「不過刺爪，我想你該回去，你喉嚨上的傷看來不太妙。」

刺爪點點頭；看來沒有力氣爭執了。

「那我跟你們去吧，」松鼠飛對棘爪說，她伸出爪子時雙眼閃著光。「如果影族貓兒敢越過我們邊界一根鬍鬚，我就要讓他們知道，他們犯了這輩子最大的錯誤！」

重設好氣味記號的棘爪和巡邏隊隊員回到營地，石頭山谷中傳來極度憤怒的吼聲使他豎起雙耳。他走進荊棘通道，看見火星站在擎天架上，其餘族貓則集合在下方。

「我們應該攻擊他們營地！」鼠毛大吼。

火星抽動尾巴示意大家安靜。「我們不會發動攻擊，」他說。「妳我都很清楚，獾群入侵後我們尚未恢復元氣。如果我們發動戰爭結果卻輸了，會變成一場災難。」

說得沒錯，棘爪心想。雷族有太多貓兒身上仍帶著獾的爪印。

「但從現在起，」火星繼續說，「所有巡邏隊都要注意領域裡是否有影族戰士出沒。」

棘爪猜測他即將宣布集會結束，於是走上前。「火星，我想說一件事。」

火星點點頭，邀請他開口。

棘爪的目光繞了一圈停在葉池身上，葉池就坐在她窩口不遠處。「葉池，妳是否把獾群攻擊的事告訴了小雲？」他問。

葉池一臉困惑。「是的，我們在月池見面時我告訴了他。」

「妳難道沒想到他會告訴黑星嗎？要是妳知道何時該閉嘴，我們就不會有這種麻煩。」

巫醫站了起來，琥珀色眼睛燃燒著。「我必須告訴小雲煤皮是怎麼死的！」她喊。「你以為他不會想知道她出了什麼事嗎？」

棘爪知道自己太兇了。但是與影族的打鬥震撼了他；而葉池應該是族裡最清楚不該讓全族冒險的貓！

「妳把一切都告訴那些巫醫了嗎？」

「吠臉已經知道了，」葉池回答。「而且蛾翅也沒有到月池去。」雙眼仍然閃動著怒火的她又加了句，「棘爪，我對其他巫醫說了什麼都不關你的事。」

「如果妳無法決定該對誰效忠，這就關我的事，」他反駁。「妳既是雷族貓兒也是巫醫。」

葉池張嘴想要回答，但一句話也沒說出口。她看來大受打擊，棘爪這才明白自己不該在大庭廣眾下指責她不忠誠。

「你怎麼可以說這種話？」松鼠飛狠狠瞪了他一眼，眼神裡的憤怒足以把他的毛燒光。「這麼重要的消息，葉池當然會告訴其他巫醫。看在星族份上，她導師死了耶！那跟所有巫醫都有關，不只是雷族而已。」

「我知道，可是——」棘爪想插嘴，但松鼠飛仍滔滔不絕。

「黑星和他的戰士蠢得認為他們能夠入侵雷族並不是葉池的錯，也不是小雲的。何況，我們已經讓他們見識到這樣是錯的了。」

棘爪無法面對她燃燒著的目光。「對不起，」他低語。「葉池，對不起。」

「松鼠飛說得沒錯，」火星在擎天架上說。「應該責怪黑星放任他的戰士違犯大家的協定。但有一件事是肯定的：下次大集會時我會與他對質。」他的眼神變深，露出牙齒準備怒吼。「如果他想與雷族開戰，他會知道我們早已蓄勢待發。」

第十一章

滿月高掛在天空，棘爪從樹橋末端一跳上了小島。他身邊混雜了許多貓兒的氣味，並發覺雷族戰士是最後抵達大集會的。火星已迅速跑離岸邊，用尾巴示意戰士們跟上。

棘爪縱跳在他身後，旁邊還有松鼠飛和塵皮以及其他雷族貓兒。他讓身子貼緊地面，全速衝過厚厚的樹叢圍籬，奔進月光照耀的空地，空地滿是大橡樹蔓生枝椏的樹影。

這棵樹現在已經長滿葉子；棘爪注意到黑星半隱半現地在樹枝上伏著的地方有幾塊白毛，也看到豹星凝視下方貓兒的明亮眼神。火星走上樹根，對一星點了點頭，然後這兩位族長爬上樹幹，在樹枝間找到位置坐下。

幾乎從一踏進這塊空地起，棘爪就感覺到身邊有種怪異的緊張感。其他族的貓兒都凝視著雷族戰士，好像正用新的眼光打量著他們；他聽到幾句低語，談論他們身上看得見的傷口。

棘爪往四周看了看，希望會看到暴毛和溪兒。他瞥見了河族副族長霧足，就繞過一群興奮的見習生去坐在她身邊。「哈囉，」他說。「河族的食物無虞吧？」

「很好呀，」霧足回答。「聽說你們跟獾群有了麻煩？」

棘爪點點頭，並不太想討論那次的攻擊。「暴毛和溪兒呢？他們今晚會來嗎？」

霧足搖搖頭。「豹星並沒選他們過來，不過他們都很好。能再看到暴毛真好。」她的藍色眼睛閃著光；棘爪知道她哥哥石毛曾是暴毛的導師，而霧足則是他妹妹羽尾的導師。「他只會待一陣子真是可惜。」她又說。

棘爪感到一陣僵硬。在他離開雷族之前，暴毛和溪兒曾說想永遠待在河族。他們顯然對河族貓兒換了一套說詞。也許河族對他們的歡迎並不如暴毛期待中那麼熱烈，他們並未獲選參加這場大集會也說明了這點。

「他們很快就要走嗎？」他問。

「我不曉得確切是什麼時候，」霧足說。「但他們最後一定是想回去部落的，不是嗎？」

她對棘爪點了點頭，就走到樹根上挨著影族和風族的副族長枯毛和灰足坐下了。看到她們身邊的空位，棘爪的肚皮一陣發緊，這情形又提醒了他，雷族還沒有副族長能跟她們坐在一起。

「嗨。」

棘爪跳了起來。眼神飢渴地注視其他三位副族長的他，完全沒注意到姊姊褐皮走了過來，在他身邊坐下。

「嗨，」他說。「妳好嗎？」

「我很好——可是你呢？」這隻玳瑁色毛的母貓語氣帶著同情。「聽到你們惹上了獾群，我真的非常遺憾。」

「我好得很，雷族的其他貓兒也一樣。」棘爪的語氣尖銳。褐皮雖然是他姊姊，但她也是影族的戰士，他想清楚點出雷族依舊強壯。「如果葉池沒那麼快就告訴她的巫醫朋友我們惹上了什麼麻煩，我們還會更好呢。」

褐皮露出困惑的樣子。「葉池？」

「在月池聚會時，她告訴了小雲。」

「可是影族並不是從小雲那裡得到消息的。」褐皮說。

「那是從哪聽來的呢？」

「是鷹霜在巡邏河族邊界時，告訴枯毛和杉心的。」褐皮解釋。

棘爪驚訝地瞪著她。如果蛾翅並沒有參加月池的聚會並聽到葉池的報告，鷹霜又是從哪裡得知獾群攻擊的事？然後冰涼的爪子抓住了他：是他自己告訴鷹霜的，跟虎星在陰暗森林裡的時候。罪惡感淹沒了他。更糟的是，他甚至不能因為那項錯誤指控向葉池道歉，因為這樣一來他就得解釋究竟怎麼回事。

「鷹霜說他只是有點擔心，」褐皮繼續說。「他想知道影族戰士們有沒有看到雷族貓兒，以及你們是否受了重傷。他知道獾群一定造成了嚴重傷害。」

棘爪心不在焉地點著頭，他必須好好想一想。鷹霜真的是出於擔憂才這麼問，還是有其他動機好把這消息傳給影族呢?他不會不知道黑星會有何反應。棘爪瞥見鷹霜跟幾位河族戰士坐在一起，他正想跟褐皮道別並走去加入他時，樹上的火星高喊一聲宣布開會。

空地突然寂靜下來，所有貓兒都轉頭面對著大橡樹，眼睛在月光下閃爍著。

「豹星，妳先請吧?」火星提議。

這位河族族長站了起來，毛皮上的斑點在樹葉中若隱若現。「河族爆發了綠咳症，」她開口。「我們長老沉步病發而死，但是感謝星族沒有其他貓兒受到感染。」

一陣同情的嗡嗡聲傳遍空地。棘爪看到葉池就坐在松鼠飛身邊，心裡奇怪這隻年輕巫醫為何看來大受打擊。她應該沒有替河族長老難過的特殊理由呀?

「我還有個好消息，」議論聲消失後豹星繼續說。「我們的巫醫蛾翅已把柳掌收為見習生。」

這隻金色虎斑貓就坐在距離樹根不遠處;棘爪猜想在她身邊的那隻小灰貓一定就是那位新見習生了。柳掌的綠眼睛發出興奮的光芒，在全族呼喊著「柳掌!柳掌!」時生澀地點了點頭。

豹星退後一步，用尾巴示意一星接著發言，這時鷹霜從樹底下站了起來。「請等一下，」他說。「蛾翅有些重要的消息。」

豹星瞇起了雙眼。棘爪看得出來這並不在她的預期當中。然後她點點頭。「很好，蛾翅?」

河族巫醫緩緩站起。棘爪覺得她看來嚇壞了，好像完全沒想到自己會發言。一陣好奇攫住了他。鷹霜現在想幹什麼？

「蛾翅？」巫醫什麼話也沒說，豹星開口提醒。

「是有關徵兆的事，」鷹霜提醒他妹妹，尾巴尖端抽動著。

「噢，對……徵兆。」蛾翅的語氣困惑。「我——我做了一個夢。」

「她怎麼吞吞吐吐的？」褐皮在棘爪耳邊悄聲說。「她不是巫醫嗎？以前一定做過一大堆夢。」

「那就告訴我們那個夢是什麼，」豹星冷冰冰地說。「順便解釋妳為什麼想在大集會時宣布，而不是先知會妳的族長。」

「我沒有，」蛾翅低聲說，聽起來不像巫醫，反而像個不聽話的見習生。「那是鷹霜的主意。」

「聽過那個夢以後你們就會了解的，」鷹霜又說。「快說吧，蛾翅。」

「我——我不確定現在是說這些的好時機，」她結結巴巴地說。「也許是我弄錯了。」

「把星族告訴妳的事弄錯？」鷹霜大為驚訝。「但妳是我們的巫醫，只有妳能詮釋我們戰士祖先傳來的徵兆。」

「對，快說吧。」豹星好像也感興趣了。「讓大家聽聽星族告訴了妳什麼。」

蛾翅怨恨地看了她哥哥一眼，然後才開口。棘爪不懂她為何如此勉強，也注意到葉池簡直像尊雕塑似地坐著，用驚慌的目光凝視著蛾翅。她知道蛾翅想說什麼嗎？他想著不知道巫醫們是否從星族接收到非常可怕的消息，一個他們還不想對其他族透露的消息。

「我做了一個夢，」蛾翅開口，音量低得那幾隻貓都叫了起來，「大聲點！」

她抬起頭，開始更清晰地說話，但棘爪仍能看出她身上每根毛都透露著不願意。

「我夢到我在溪裡抓魚，」她說，「我看到兩塊不該屬於那裡的圓石。它們的顏色和形狀都很突出，且使得溪水起皺並濺出水花，無法順暢地流。然後溪水流動得愈來愈快，而且——而且水流把兩塊圓石沖走，直到我完全看不見它們。溪水看來就跟以前一樣……」她愈說愈小聲，低頭凝視著自己的腳。

她身邊的所有貓兒都困惑極了，紛紛交頭接耳地議論。棘爪不明白葉池驚嚇的眼神為什麼還凝住在蛾翅身上，他不懂這巫醫的夢有什麼可怕的。那顯然不像是針對所有四族的夢。

「所以呢？」當蛾翅的沉默又維持了幾個心跳之久，豹星開口問了。「這個夢是什麼意思？星族想告訴我們什麼？」

蛾翅還沒回答，鷹霜就往前跨了一步。「對我來說，這意思很明顯，」他說。「顯然河族裡有兩樣不屬於我們的東西，兩樣跟其他貓兒不相配的東西。就像那兩顆石頭必須被水沖走，溪水才能像從前那樣地流。」

急切的低語聲再度爆發，河族貓兒的聲音尤其響亮。他們看來都很擔憂。一位年輕戰士田鼠齒的話聲蓋過其他貓兒。「那是指暴毛和溪兒嗎？他們就是我們應該擺脫的兩塊石頭？」

棘爪大大吸了口氣。**星族真的相信暴毛和溪兒不屬於河族？**

他身旁的褐皮把爪子用力插進地裡。她曾跟其他貓兒一起前往太陽沉沒的地方，暴毛也是她朋友。「有哪隻貓敢碰他一下，我就——」

「妳別蹚渾水，」鷹霜喝斥她。「這是河族的事。在我看來，如果我們允許暴毛和溪兒留下，就會惹怒星族。」

「真是荒謬！」霧足從她在橡樹根的座位跳出來。「暴毛是河族的貓！」

「夠了！」蛾翅請求著。「鷹霜，我早說過我不——不完全確定這個夢是什麼意思。請你……」她的聲音在發抖。「請你不要曲解這個夢可能會有的涵意。我會等候星族的其他徵兆……也許下一次會更清楚些。」

鷹霜瞇起藍眼睛瞪視她，那雙眼像冰塊在閃爍。在他們上方樹枝上的豹星看來既困窘又憤怒。棘爪敢拿一整個月的黎明巡邏來打賭，她之後會對蛾翅嚴厲申斥，怪她不該在整個大集會之前表現得如此不肯定。

「對，」豹星簡潔地說，「在妳知道更多之前，我們不會有所行動。蛾翅，下次妳最好先來找我。」

蛾翅低下頭，再度坐下。豹星沒有再說話，只用尾巴示意一星上前。

風族族長從兩根樹枝間的位置上站起。「風族沒什麼好報告的，」他說。「一切都很平靜，我們的食物也很充足。」他又坐下，示意火星接著發言。

看到族長走上前，棘爪感到肚裡一陣緊張。火星是否會提影族想要竊取他們領域的事？黑星又該如何替他手下戰士的行動辯解？

火星先從獾群入侵一事講起，並感謝一星率領風族戰士前來相助。「沒有你，就會有更多貓兒戰死。」他說。

一星揮動尾巴。「沒有我們欠你的多。」

「我難過地向大家報告黑毛已死，」火星繼續說，「以及我們的巫醫煤皮也已死亡。雷族尊敬祂們。」

大多數的貓兒似乎已經聽聞煤皮的死，難過的低語聲像吹過草地的風，在空地上起了漣漪。大家都會非常想念她，因為自從貓族跋涉來到新家起，她就受到每隻貓兒的敬重。

「葉池現在是雷族的巫醫了，」火星繼續說。「她對我們受傷的戰士照顧得非常完善，戰士們都已逐漸康復。我們重建了窩和營地的入口圍籬。獾群並沒使雷族在任何層面受損變弱。」

他話聲稍停，好讓大家理解箇中含意，然後轉向坐在厚厚一簇橡樹葉之間的黑星，語氣變得嚴厲。「但在獾群攻擊我們之後不久，我的戰士們就發現影族巡邏隊在我們領域內部設下氣味記號。黑星，這件事你有什麼話說？」

棘爪忍不住瞥了他姊姊一眼。

「你別怪我，」她屏氣發出噓聲。「我早告訴枯毛她是個蠢毛球，竟然想要入侵雷族，但她有聽話嗎？」

棘爪把尾巴梢輕輕放在她肩上。「沒關係，」他低聲說。「大家都知道妳是備受敬重的戰士。」

黑星站了起來，他巨大的黑爪在狹窄的樹枝上自信滿滿地穩住。火星的指控看來對他毫無影響。「由於天氣愈來愈暖和，」他開口，「兩腳獸把牠們的船和水上怪獸帶到我們領域邊緣的湖上，牠們的孩子在我們森林裡玩耍，嚇走了獵物，那些怪物走小轟雷路，在空氣裡留下惡臭。」

「沒錯，」豹星也同意。「牠們也出現在河族領域裡，把垃圾丟得到處都是。我甚至在這裡看過牠們，就在這小島上。」

「牠們還生火。」霧足補充說。

棘爪全身的毛都豎立，發起抖來。他想到自己小時候那場橫掃舊雷族營地的可怕大火，將大橡樹燒成一堆焦黑易碎的枯枝。要是兩腳獸也在這邊的河岸生火呢？目前為止雷族都很安全，還沒有看到任何兩腳獸在湖的這岸出現，但這情形又能維持多久？

「這跟竊取我們的領域有什麼關係？」松鼠飛喊出聲。

「我們在禿葉季裡規畫領域邊界的時候，」黑星繼續說，「沒有貓兒知道兩腳獸會對我們有何影響，我們並沒想到牠們會大量出現。影族愈來愈難捕捉足夠的獵物——」

「河族也一樣。」豹星說。

黑星對她點點頭。「因此在我看來，唯一的解決之道就是重劃邊界。雷族和風族應該把他們的部分領域讓給影族和河族。」

雷族和風族響起一陣抗議的鼓噪聲，一星一躍而起，脖子上的毛都豎了起來。「不可能！」

火星揮動尾巴要求安靜，但過了好一陣子空地上的鼓噪聲才漸漸止歇。棘爪瞥見雲尾站了起來，對黑星挑釁地發出噓聲，塵皮猛甩尾巴，松鼠飛則發出狂怒的吼叫。風族的鴉羽豎起頸上的毛站著，爪子插進地裡；在他身邊，網足也對黑星憤怒地大吼。棘爪從耳朵到尾巴梢都感到熱辣辣的憤怒，但他強迫自己保持安靜，靜候族長的回答。

「黑星，我們無法同意，」火星等到大家可以聽見他的話聲時才開口。「就現在的邊界來看，每個族都有他們習以為常的領域。你不能叫河族貓兒像風族那樣在寸草不生的山坡上獵食。」

「我們可以學，」鷹霜堅持道。「從我們來到這裡開始已發生過這麼多變化，我們當然可以有新的獵食技巧吧？」

「那你就試試看，」鴉羽毫不留情地反駁。「做起來可沒那麼簡單。我知道風族就認為，像雷族那樣在茂密的樹林裡獵食頗為困難。」

「你當然知道啦。」網足不屑地說。

「夠了。」一星邊發出噓聲邊瞪視網足。

網足忿恨地看了鴉羽一眼，好像他在大庭廣眾之下受到自己族長的斥責都是這位灰毛戰士的錯。棘爪發覺不少鴉羽的族貓們都還沒有原諒他曾經為了雷族的巫醫而存心棄族而去。

「誰都不希望跟別族起衝突，」鷹霜仰頭凝望四位族長說。「可是雷族和風族也要合理一點。如果換成是你們的領域被兩腳獸入侵了呢？」

他說話時，褐皮靠向棘爪並發出不屑的輕哼。「我跟黑星和橡毛一起巡邏時，有一次在邊界碰到鷹霜，」她告訴她弟弟。「他一副超級擔憂兩腳獸的模樣，還說不能改變邊界實在太可惜了。如果就是這句話使黑星有了這個念頭，我一點也不會驚訝。」

棘爪凝視著她。這不會是真的吧？鷹霜總不會鼓勵影族攻擊雷族。他說的話應該只是一位忠誠戰士對族裡食物不足所產生的自然憂慮。而黑星要攻擊其他貓族也絕不需要別人的鼓勵。

「鷹霜才不會那樣。」他反駁，卻只看到褐皮綠眼睛裡閃著不相信的光芒。

「是嗎？那你會說鳥兒也不在樹上築巢了？」她冷淡地回答。

棘爪煩亂地轉開頭去。他錯過了火星的回答，現在又是鷹霜在發言了，他挑釁地抬頭看著雷族族長。

「火星，你對貓族邊界是不是太固執了？我常聽到你說，星族的旨意是森林裡應該有四個貓族。如果有兩族餓死，那怎麼還能成立呢？」

他看了棘爪一眼，好像期待他的哥哥也會幫他說幾句話。棘爪迎上他的目光，然後又轉開了。鷹霜的理論很有說服力，但棘爪卻不相信影族和河族有餓死的危險，尤其在獵物充足的綠葉季裡。再怎麼樣他們都可以過一兩個季節再來討論改變邊界的事，好仔細評估兩腳獸入侵對湖畔領域所帶來的影響。

「鷹霜，在我看來你可沒有快餓死的樣子。」火星說。

「河族需要更多領域！」鷹霜噓聲說。「如果你不肯給，我們就用搶的。」

「鷹霜，你不能代表河族說話！」霧足斥責他。

同一時間風族的裂耳也跳了起來。「如果你想皮開肉綻的話就試試看！」

鷹霜繞著他轉圈，伸出了爪子，他的族貓黑爪還護著他走過群眾，黑爪豎起頸上的毛，尾巴也膨脹成兩倍大。包括鴉羽在內的三四位風族戰士也跳起來準備支援裂耳。

「住手！」霧足命令道，從她坐的樹根處跳了下來。「我們一起旅行過！你們都忘了嗎？」

連鴉羽在內的一兩隻貓退後幾步，但大部分貓兒卻無視這位河族副族長的命令。棘爪看到影族的杉心和花楸爪也伸出爪子站了起來。塵皮和刺爪迎上他們，挑釁地呸了一口。棘爪在驚恐中看著影族貓兒撲上族貓，四隻貓尖叫著在地上滾成一堆亂毛。

「不！」棘爪喊。「別忘了我們的協定！」

他疾奔向前，想衝進纏鬥的貓兒中間，同時也感覺身邊開始有更多打鬥。他一口咬住杉心的肩膀想把他摔離塵皮，但一隻貓卻跳到他背上使他失去重心。正當棘爪跟一大群戰士打鬥時，他聽見火星怒吼的聲音。

「住手！這不是星族的願望！」

第十二章

空地上的戰火一發不可收拾，葉池緊貼著地面，恐懼凍結了她的身體，使她身上的毛根根豎立。她不敢相信竟然有貓兒敢打破星族的協定。然後她想起那有猩紅色的波浪拍擊著湖岸的夢。那是真的！在血濺成河以前，不會寧靜。

空地上滿是齜牙咧嘴、張牙舞爪的貓。葉池徒然地想找鴉羽，怕他會受到重傷。她聽見父親的呼喊，但那些命令卻陷沒在這些敵對貓族的尖叫中。

「星族救救我們！」她祈禱。

彷彿戰士祖先的靈魂聽到了她的祈求，空地上籠罩起一片陰影，銀白色的月光也消失了。葉池抬頭看見有片雲飄到月亮前方，完全遮住了月亮。打鬥的尖叫聲開始消退，或者說是變成了恐懼的驚喊。有些貓停止打鬥，動也不動地蜷伏著瞪視那嚇人的天空。

「看！」天色暗得看不出是哪隻貓在喊，

但葉池認出那是風族巫醫吠臉的聲音。「星族生氣了！這一定是說邊界應該維持不變的徵兆。」

儘管這隻老巫醫話裡帶著權威，仍有幾個抗議的尖叫聲響起。火星用吼聲鎮壓全場。在微弱的星光裡，葉池只能勉強辨識出他的身形站在突出的樹枝上。

「吠臉說得沒錯！」他喊。「星族已彰顯了祂們的願望。邊界應該維持不變，大集會就此結束！」

「河族下一個想發言的貓兒都必須先來找我，」豹星補充說，威風凜凜地站在樹枝上。

「大家都該回家了，現在就走。」

「風族也一樣。」一星說，憤怒的眼神橫掃空地。

黑星發出憤怒的噓聲。「這件事可沒了結。」他吼。

「對，還沒了結！」另一隻貓喊。望進黑暗中的葉池只能隱約辨認出鷹霜那龐大的虎斑身影。「下次大集會我們還要再討論這件事。」

這又不是由你決定，葉池想。鷹霜已經表現得好像自己是族長一樣，她對他的不信任使身上的毛根根豎立，而當她想到他對他的哥哥棘爪會有多大的影響時，那感覺更強烈了。

幸好，最後的打鬥也已終止。貓兒各自分開，舔著身上的傷口怒目瞪視對方。族長們從大橡樹跳下，開始召集各自的族貓。

葉池奮力穿過一大群蜂擁著要回到各自族貓身邊並啟程回家的貓兒。現在她對打鬥的恐懼已經消失，愧疚卻再次湧上心頭。在還沒跟蛾翅說話之前她不能走。

沉步死了！當葉池決定不要把泥毛有關貓薄荷的訊息帶給河族時，她一直安慰自己蛾翅終究會找到貓薄荷，或即使沒有藥草，長老也能康復。**祂的死都是我的錯。**

那麼蛾翅對大家報告的那個夢呢？兩塊石頭在溪水裡的夢？如果她真的開始相信星族並接收到徵兆，泥毛就不需要請葉池傳口信了。祂可以自己告訴蛾翅，但祂卻沒有——那表示蛾翅在大集會全體群眾面前撒了謊。

葉池無法想像她朋友會這麼做。她跟暴毛和溪兒究竟起了什麼爭執，會讓她想把他們趕出河族？葉池記得蛾翅和鷹霜之間的緊張對峙，也記得鷹霜多麼急切地要他妹妹在所有貓兒面前發言。會不會這都是他的主意？如果鷹霜要脅迫蛾翅說謊，她又何必聽話？她是忠誠的巫醫，在此之前還曾經拒絕把任何葉池的夢告訴豹星，就因為她討厭說謊。

奮力擠身穿過兩位風族戰士的葉池，看到蛾翅蜷伏在大橡樹的樹根底下，旁邊是柳掌，那模樣就像在保護這位見習生免於打鬥。但葉池還來不及走過去，鷹霜就出現了；他身上的毛顯得凌亂，但即使葉池看到他兇狠打鬥過，他看來卻不像受到重傷的樣子。

他大步走向他妹妹，眼裡帶著憤怒的殺氣。「妳這鼠腦袋！」他呸著說。「簡直毀掉了一切。」

蛾翅迅速瞥了柳掌一眼。「去找霧足，」她對這位見習生說。「跟她說我馬上過去。」

柳掌跳起身一溜煙地跑走了，臨走時還緊張地回頭望了鷹霜一眼。葉池縮進影子裡，她不喜歡偷聽她朋友的對話，但她非得把事情弄清楚不可。

「妳真讓我失望，」鷹霜沉聲說。「妳答應過要在大集會時說那個夢的。那我們就能夠立刻擺脫那兩個下流的不速之客。以後還有誰會相信妳的話就該偷笑了！」

「他們何必要相信我？」蛾翅站起來面對她哥哥，眼裡充滿了悲傷。「我們都知道那是謊話，我從來沒有做過星族給的夢。」

鷹霜發出憎恨的輕哼聲。「但誰也不知道這點，不是嗎？這只是妳我兩人之間的祕密。如果妳當時沒有像隻小貓咪似地嗚咽著什麼『我不確定……我要更清楚的徵兆！』，他們都會聽妳的話。」他不懷好意地模仿著妹妹的語氣。「我真想把妳的皮給扒下來。」

「我才不在乎呢！」蛾翅反駁。「你要我在大集會群眾面前說謊，那比沒有毛還糟糕。」

葉池全身緊繃，伸出了爪子準備在有需要時撲過去護衛蛾翅。但她看得出來，鷹霜正極力控制自己，他肩上的毛逐漸攤平，繼續說話時語氣也平靜許多。「那並不算說謊。妳也知道如果暴毛離開對大家都好。我應該當副族長，可是如果他留下，霧足絕對會讓他接任的。」

「他是個好戰士——」

「別跟我說這個！」鷹霜噓著說。「他已離棄過族裡一次，我們怎麼知道他會不會再次拋下我們？我一直以來都對河族忠誠不二，我才應該當副族長！妳知道這點，星族也知道，那為什麼不也讓全族都知道呢？」

「因為我的職務是對族效忠，而不是對你。」蛾翅冷靜地回答。

鷹霜縮起了嘴唇，露出牙齒。「這不在我們計劃之中！」他咆哮著。「我可不是為了這個才幫妳當上巫醫的。如果妳珍愛的族貓們得知此事的真相，妳想會怎麼樣？」

這次蛾翅卻瑟縮了，她退後一步轉開頭去。葉池感到自己彷彿踏進了寒流，一股強大的恐懼差點讓她站不住腳。鷹霜怎麼能幫蛾翅成為巫醫？泥毛是在星族的指導下選擇她的。什麼樣的「真相」能迫使蛾翅對她的夢境撒謊？

突然，蛾翅定定地凝視她哥哥的雙眼。「鷹霜，你想怎樣就去做吧，」她說。「我已試著當好巫醫，並盡力為部族服務，但我不能一直撒謊下去。以前霧足被兩腳獸抓住時，你已當過一次副族長，你會再次當上副族長——只要你不做蠢事。」她頓了頓，然後又更尖刻地說，「如果你說出關於我的真相，你自己也好看不到哪裡去，對吧？」

鷹霜抬起一隻前腳，爪子伸了出來。葉池鼓起勇氣要衝出去幫她朋友，但這隻虎斑戰士卻轉過身走開了，那模樣簡直就是葉池在夢中所看到虎星的翻版。

好像全身力氣都流乾似的，蛾翅癱倒在樹下。葉池走向她，用尾巴梢輕碰著她的肩。她不確定該說什麼。她不知道是否該透露自己偷聽到這場爭執的事。葉池還在試著弄清楚她到底知道了什麼。鷹霜顯然知道她妹妹並不相信星族。但葉池也知道這點，而且早就原諒了她。蛾翅對自己缺乏信仰一事極為敏感，即使沒有星族的加持和引導，她仍那麼努力地想要當隻好巫醫。

「蛾翅，是我，」她有些結巴地開口。「沉步死了，我很難過。」

蛾翅抬眼看她，藍色眼睛成了兩個積滿悔恨的深潭。「我一直找貓薄荷，卻怎麼樣也找不到。」她說。

安慰的話語哽在葉池喉嚨間。**我怎麼能替兩個不同的族詮釋徵兆？**

「葉池？」蛾翅瞇起眼睛。「妳是不是有事情沒告訴我？」

句。

「都是我的錯！」葉池哭喊出聲。「泥毛來夢裡找我，告訴我妳可以在哪裡找到貓薄荷。但我當時正在照顧一隻生病的小貓，沒有時間過來。而且，妳大概也不會相信我。」她又加了句。

「噢，我會的，」蛾翅安靜地回答。「我從沒懷疑過妳信仰的力量。」

好奇困擾著葉池，尖銳如她肉趾上的那根刺。「可是如果妳不相信那些夢來自星族，又該怎麼解釋我的夢呢？」

蛾翅停下來想了想。「嗯，也許妳本來就知道貓薄荷的事。又或者棘爪或松鼠飛第一次在湖邊探索時就發現了。可能是他們其中一個告訴了妳，只不過妳忘了自己是怎麼知道的。」

葉池不記得任何有關貓薄荷的對話；何況，他們在新領域的首次探索是在禿葉季，那是寸草不生的時候。「我想不是這樣。」她不安地低語。

「我確定妳沒有說謊，」蛾翅安慰她。「只不過妳清醒時不記得的事又在夢裡想了起來，而妳相信星族，於是記憶也就那樣出現。」

葉池搖搖頭，一臉困惑。「不管了，反正讓我告訴妳貓薄荷在哪裡吧。妳到——」

「蛾翅！」豹星的聲音從空地邊緣響起。葉池凝望進黑暗，只隱約看見她蒼白帶有斑點的毛。「妳要整夜坐在那裡聊八卦嗎？」

「來了！」蛾翅邊喊邊跳了起來。「我得走了。豹星對我已經夠生氣了。」

「沿著遠離湖邊的轟雷路走！」蛾翅走向河族族長時，葉池在她朋友身後喊。

但蛾翅卻不像有聽到她說話的樣子，身影消失在黑暗中。

嘆口氣，葉池站起來跟了過去，在一圈圈樹叢裡摸索著行走，最後來到小島岸邊。群貓已開始走過樹橋，在黑暗中滑步爬行，個個都急切地想離開這場災難似的大集會。其他貓兒聚集在散裂的樹根處等著輪到自己過橋。

葉池一面朝他們走去，一面暗自擔心蛾翅。她還沒機會問這位朋友有關鷹霜怎麼會頂撞她，也還沒找出鷹霜為什麼一副自認蛾翅當上巫醫與他有關的模樣。**或許這樣也好**，她心想。**蛾翅可能不想回答。**

葉池往四周看想找她的族貓。月亮仍被雲層遮住，她注意到陰影中有東西在移動，卻看不出來是哪一隻貓。然後那熟悉的氣味襲上鼻端，使她愣在當地。**是鴉羽！**

她拔腳想逃，但這位風族戰士已經看到了她。他走向前，微弱的星光照出他精瘦身體的輪廓，一身暗灰色的皮毛好像成了另一個影子。

「嗨，鴉羽，」葉池不太自然地說。「風族最近怎麼樣？」

「很好。」鴉羽的回答很簡短。

葉池懷疑那是實話。大集會上可以明顯看出，他有些族貓仍責怪他離開風族跟她在一起。

「我很抱歉你有這樣的麻煩……」她開口。

「麻煩？」鴉羽聳聳肩。「我說過了，一切好得很。」

與他如此接近讓葉池的心怦怦亂跳，她無法忍受看到他這麼冷漠緊繃，她明知他隱藏了多少痛苦。「我從沒有意思要傷害你。」她低聲說。

鴉羽身子僵硬起來。「我們選擇要對自己的部族忠誠。」他的聲音低而沉穩，但葉池聽出他每次呼吸裡的苦痛。「如果我們不再見面會比較好。」

葉池知道他是對的，但一股比獾牙還尖銳的心痛狠狠刺向了她。**難道連做朋友都不行嗎？**

鴉羽凝視著她的目光一陣，然後就走開了，走下湖岸到在樹橋邊等待著的幾隻貓那裡。

「再見。」葉池悄聲說，但他並沒有回頭。

ϟϟϟ

「你看看那可憐的尾巴！」黛西哀喊。

小莓在葉池窩外自己的窩裡繞圈子，想看自己斷掉的尾巴。他好像根本不認為這有什麼大不了。「我現在像個戰士了！」他自誇起來。「戰士身上都有傷，表現出他們多麼勇敢。」

黛西瑟縮了一下。「沒有辦法了嗎？」她乞求葉池。

葉池壓抑住一聲嘆息。「就連星族也沒辦法讓尾巴長回來。」她說。

「噢，我知道，我非常感激妳所做的一切。我以為他一定會死。我只希望有誰能讓他明白，那並不是一件聰明的事，而且他再也不該那麼做了。」

「小莓，這個你應該已經知道了吧？」葉池問。

小莓停止轉圈子，在藤叢間坐下，雙眼發亮。葉池簡直不敢相信他就是幾天前那隻因為痛苦和高燒而不斷哀嚎的小貓。

「呃……」他說。「我知道那樣不對，可是營地裡簡直無聊死了！我想去看那個湖。」

黛西發出恐懼的尖叫。「你去那裡會淹死的！」

「你要等到成為見習生以後才行，」葉池告訴他。「到時候你的導師就會帶你踩遍整個領域。」

小莓興奮地扭動起來。「我現在能當見習生了嗎？能不能讓棘爪當我導師？」

葉池忍住驚訝的喵嗚聲。很高興看到小莓那次恐怖的經歷並未打擊他的精神。

「不，你還太小，」她回答。「會由火星來決定你的導師是誰。」

小莓似乎有點失望，但很快又高興起來。「那我能不能回育兒室？我打賭我不在的時候，小榛和小鼠一個好遊戲都想不出來。」

黛西嘆口氣。「妳知道嗎，他說得沒錯，」她低聲對葉池說。「妳簡直無法想像一切有多平靜！」

「再過一兩天吧，」葉池對這隻小貓承諾。「你要先讓身體強壯起來。不要一天到晚到處跳，休息一下吧。」

小莓立刻盤起身子在蕨葉上趴下，還能用僅餘的一點尾巴遮住自己鼻子。他的雙眼依舊閃爍，凝望著母親和葉池。

「葉池，非常謝謝妳，」黛西說著並站起來。「能有妳當巫醫，雷族實在非常幸運。」

黛西對葉池和小莓道了再見就離開了，正好跟剛剛走過蕨葉屏風的亮心擦身而過，亮心嘴裡叼著一堆葉子茂密的貓薄荷。

「妳看！」她喊，邊把嘴裡那堆東西放在葉池的窩口附近。「貓薄荷的味道真是好聞極啦！」

雖然那氣味使她肚子翻攪起來，葉池仍低聲同意。她想從今以後這氣味都會提醒自己沒把口信傳遞給河族，以及沉步的死。

「葉池，」亮心開口，「我想恢復戰士職務，可以嗎？現在只有灰毛需要天天檢查傷口，我在這裡其實沒多少事情可做。」

葉池驚訝地看著她。過去這幾個月來，她已經習慣身邊有這隻黃白相間的母貓相伴。她幾乎想不起來自己在煤皮生前曾經多麼厭惡有她；而現在她才發覺，自己並不想當一隻孤零零的巫醫。但亮心是對的——已經沒有理由要她放下正規的職務。

「當然，」她回答。「我非常感激妳的幫忙。」

亮心低下頭，有點不好意思。「我覺得很愉快，」她說。「從妳和煤皮身上，我學到了很多，以後如果還有需要，我隨時會回來幫忙。」

「謝謝妳，亮心。」

葉池看著她消失在蕨葉後，然後轉身撿起貓薄荷帶回窩裡。她囤積的藥草和野莓有些凌亂，於是她開始整理，把一切都擺到適當的位置。

她發現有些松柏莓已經乾癟，便開始仔細把仍然能用的挑出。想到煤皮也曾經做著同樣的事，告訴葉池那些野莓已經過了使用期限而該丟棄，一陣難過震撼了她。現在雷族的巫醫只剩下她了，而她在強烈的孤寂感中掙扎。她甚至無法在窩裡聞出煤皮的氣味，空氣裡只有濃烈的藥草、苔蘚和石頭味。就好像她導師從沒來過，好像每一個巫醫都不重要，只有醫術被世代傳承下來。

如果這是真的，那麼我的感受也不重要，葉池堅決地告訴自己。**我一定會盡我所能為族服務。**

或許該是考慮訓練一位見習生的時候了；也許栗尾的哪隻小貓吧，等他們年紀夠大的時候。她希望自己也能找到像河族的柳掌那樣好的貓咪。葉池記得這位新見習生在河族有多隻貓兒中了兩腳獸的毒而生病時幫了多大的忙。**星族是否喜歡蛾翅所做的見習生選擇？**葉池猜測著。祂們一定會的。可是如果蛾翅自己都不相信星族，又要怎麼教導柳掌當隻稱職的巫醫呢？她要如何教導見習生去譯解星族傳來的徵兆和夢境，尤其她自己從未收到任何徵兆？

想到蛾翅，葉池就想起昨晚大集會結束後，蛾翅和她哥哥的尖刻爭執。他們兩個之間究竟發生了什麼事？

就在此時，她聽見身後傳來興奮的叫聲。她轉身看到小榛和小鼠在窩外嬉戲，便想張嘴警告他們不要吵到正在安靜睡著的小莓，但她還沒來得及開口，一隻蝴蝶拍翅飛進窩裡，高高在她頭頂上方，那兩隻小貓也跟著跳了進來。他們衝過葉池身邊，把細心整理好的圓柏莓弄得滿地都是，還在蝴蝶擦掌而過時發出快樂的小小喵聲。

「喂！」葉池喊著。「別亂踩！」

兩隻小貓毫不理會，跟在蝴蝶後面又跑到外面空地去了。葉池嘆口氣跟了過去，查看他們並未打擾到小莓，然後把頭探出蕨葉外，確保他們沒惹出更多麻煩，正好看見小榛和小鼠追著一隻獵物跑進生長在石牆附近的荊棘叢裡。

「這些小東西！」她咕噥著。他們很可能會被困在裡面，不然就是想爬上石牆。她追了出去，繞過茂密的荊棘枝椏時聽見一聲勝利的呼喊。

樹叢裡，那兩隻小貓正低頭看著蝴蝶，地上的蝴蝶已死，亮麗帶斑點的一邊翅膀已被扯掉。

葉池出現時，小榛抬起眼。「是我抓到的，」她誇口。「我是最厲害的獵人！」

看著那隻蝴蝶被撕裂的翅膀，葉池感到全身一陣刺痛。不知怎麼，這景象有些熟悉，但她卻想不起來以前曾經看過死掉的蝴蝶。

她還不知該怎麼回答，小鼠打斷了她的思緒。「玳瑁色毛的貓叫我們看蝴蝶的。她說我們可以去追。」

葉池困惑極了。「你是說栗尾嗎？」她朋友是族裡唯一一隻玳瑁色毛的貓，現在仍跟她的孩子們都待在育兒室裡。這隻蝴蝶應該不會飛進那裡去吧？

「不，是另一隻玳瑁貓。」小榛的語氣帶了點責備的意味，好像覺得葉池有些蠢。「是她把我們叫出育兒室的。我之前從沒見過她，可是她聞起來像是雷族的貓。」

「而且她也知道我們的名字。」小鼠也說。

那陣刺痛再度席捲葉池全身，這次比剛才更猛烈。「她現在在哪裡？」她小心翼翼地問。

小鼠聳聳肩。「不知道，走了吧。」

已經興趣盡失的兩隻小貓蹦蹦跳跳地回到空地。葉池留在原地，低頭凝視那隻被撕裂的蝴蝶。只有那隻玳瑁色毛的貓有辦法那樣去找這兩隻小貓，並且能夠毫不受注意地消失。她要他們去追蝴蝶一定有原因，但那原因是什麼？**斑葉，祢要告訴我什麼？**葉池用一隻腳掌輕碰著蝴蝶殘缺的屍體，爪子插進被扯裂的翅膀中。蝴蝶的翅膀……蛾的翅膀……蛾翅！

葉池雙眼圓睜、全身僵硬地站在當地，有幅景象開始在她腦中成形：鷹霜爪子上插著蛾的翅膀在陰影中潛行，走進舊河族營地，然後小心地把翅膀放在泥毛窩外。葉池打了個顫。河族接受這隻老巫醫選擇蛾翅作為祂見習生的決定，是因為祂在窩口處找到一隻蛾的翅膀，並認為那是星族認可決定的徵兆。但是鷹霜是故意把它放在那裡的嗎？

葉池很肯定蛾翅一直到很久以後才知道那徵兆是假的。她還記得當蛾翅第一次說起那片蛾的翅膀時，眼裡那驚訝的神色。鷹霜告訴了她以後，她一定極為震驚，但想要以巫醫身分為族服務的決心卻迫使她保守祕密。

葉池甩開爪子上的蝴蝶翅膀。她想告訴自己她錯了，不會有誰做得出這麼可怕的事，就算是鷹霜也一樣。但她也無法否認斑葉想告訴她的事；隱藏在陰影中的一切現在已完全大白了。

在大集會時，鷹霜曾威脅蛾翅要說出一個祕密，他也說過他幫她成為族裡的巫醫。顯然他用這個祕密作為把柄，迫使她捏造星族的訊息好幫他在河族取得權力。

一開始葉池還懷疑鷹霜是否值得信任，但現在這點已經無庸置疑了。她把爪子插進身前的地面，希望插進去的是鷹霜的身體。可是與他對戰於事無補。葉池考慮在大集會上與他對質，但那樣也沒有用。鷹霜只要一口否認她的指控就好，畢竟她毫無證據。而且公然譴責他也同時譴責了蛾翅。如果河族知道所謂蛾翅膀的徵兆從一開始就是假的，還會讓她繼續當巫醫嗎？

斑葉，告訴我該怎麼做。祢告訴我這件事一定是有原因的。

然後她想到了柳掌。這位年輕見習生一定像所有純種貓族的貓兒一樣相信星族；或許她能夠接手巫醫蛾翅自己無法處理的職務。如果蛾翅知道這點，或許會有勇氣對抗她那兇狠的哥哥。柳掌無法解決所有問題，但至少幫得上忙。

但我該怎麼告訴她？葉池自問。**她是蛾翅的見習生，不是我的。如果柳掌的導師不相信星族，她又該如何得知星族的事？**

第十三章

蕨葉擦過棘爪身體，他奔跑著穿過陰影樹林去會見虎星。他的肩膀現在已經完全痊癒，全身流動著精力，四隻腳也急著想對父親和鷹霜展現他的打鬥技巧。他很肯定虎星會很高興聽到他要說的事。

即將抵達他與虎星慣常的會面地點時，他陡然在一棵荊棘樹影下停步。他父親坐在中央岩石上的等待位置，低頭正對著一隻苗條的玳瑁色毛戰士說話。

褐皮！她在這裡做什麼？

好奇緊抓住他的心。他讓肚皮擦過地面，潛行繞過空地，來到靠近岩石的一叢長草下。豎起耳朵的他剛好能聽到那兩隻貓的聲音。

「我以前就說過，」褐皮反駁。「我不想參與你的野心計畫。我自有主張。」

棘爪緊張起來，沒有哪隻貓敢那樣對虎星說話！

但這隻大虎斑貓似乎沒生氣。他回答時的

語氣還頗高興，「妳有我的膽識，褐皮，也是勇敢的戰士。但有時候膽識會變成愚蠢。別不顧我的提議，我可以讓妳當上族長。」

「狐狸屎！」褐皮吼。「我是忠誠的影族貓兒，如果我真能當上副族長或族長，會是我自己爭取得到的——或是因為我的族貓和星族有此意願。你扭曲了戰士守則只想一遂心願，就跟你生前所做的一樣。」

虎星喉嚨裡發出低沉的怒吼。棘爪瞥見爪子伸出時的閃光，擔心他姊姊而緊張起來。但褐皮仍高昂著頭。「你嚇不倒我，」她冷靜地說。「我也不要你給我的任何東西。」她轉過身，大步走過空地然後直直走進棘爪藏身的草叢。

她發出驚訝地噓聲。「你在這裡做什麼？」

「我也正想問妳呢。」棘爪喝斥，視線穿過草梗以確保虎星並未看到他們。幸好，這隻大虎斑貓已轉過了頭。

褐皮凝視著她弟弟的眼神顯得冷酷。「你以前來過這裡，對吧？」她說。「以為他會給你權力。你腦子裡都是稻草嗎？你明知道他生前做了什麼事。」

「那是以前。」棘爪不安地抽動耳朵。「現在他只是幫我們——鷹霜和我——成為好戰士罷了。我們一起受訓，由虎星來教。」

「那還用說！」褐皮發出輕蔑地哼聲。「棘爪，你用用腦行不行？你已經是隻了不起的貓了，勇敢又忠誠，還有傑出的戰鬥技巧。你何必需要虎星？」不給弟弟回答的機會，她又繼續說。「我們花了這麼久時間想來脫離與父親的臍帶關係。當我們在雷族還是小貓咪時，大部分的貓兒都不信任我們。看在星族份上，連族長也不信任我們！所以我才離開去加入影族。虎星歡迎我，但後來我才明白他的領導作風，因此我很高興後來星族殺死了他。我不要跟他有任何關聯。沒有他，我也過得很好，你也一樣。」

「也許吧，」棘爪防衛似地說。「可是我還沒機會認識他，他就死了，也許現在正是我的機會。」

他姊姊的眼睛瞇了起來。「明明不是這麼回事，你知道的。」她半厭倦半惱怒地嘆了口氣。「棘爪，我認為你會是個了不起的領導者，但你必須當得名正言順。」她用鼻子碰了碰他耳朵道別，再開口時語氣多了些柔情，「想一想吧，鼠腦袋。」

棘爪看著她走遠。他納悶虎星是否也召來了另一個女兒來此見他。應該不會；蛾翅是巫醫，她的所有夢境都會花在探訪星族上。何況，巫醫無法領導貓族；他們過的是另一種生活。

棘爪心裡有一部分想聽褐皮的話。他知道如果松鼠飛知道這些會面，也會說同樣的話。但接受他父親的幫助並沒有錯，他與自己爭辯著；每位戰士都夢想著有一天能領導自己那一族。如果星族贊成他和松鼠飛的關係，那一定表示祂們也知道他的野心吧？他打碎了良心發出微弱的聲音，走出草叢踏入空地跟虎星打招呼。

⚡⚡⚡

戰士窩外傳來一聲刺耳的哀號，棘爪嚇得驚醒。他跳了起來，頸上的毛根根豎立。

「別緊張，」蛛足在他的苔蘚窩中說。「只是蕨雲罷了。她剛剛還在這裡找那隻馬場來的貓。」

「黛西嗎?她不見了?」

「嗯，蕨雲說她不在育兒室裡，」蛛足解釋。「但她一定就在附近。最不可能到處亂走的貓就是她了，自從獾群攻擊後她簡直沒離開山谷一步。」

這話倒是真的，但事情也更令人不安了。棘爪擠身穿過荊棘，看到蕨雲站在空地中央，雲尾在她身旁。

這隻白毛公貓用尾巴不自然地輕拍她肩頭想讓她鎮靜下來。「她不會走遠的，」他安慰她。「只要想想小莓走失時她有多害怕就知道了。」

「可是小貓們也不見了啊，」蕨雲煩惱地說。「她一定是有心要帶他們走的。」

棘爪朝她走過去時，身後響起另一聲吼叫。他轉身看到栗尾跳著從見習生窩走來。

「白掌和樺掌也沒看到他們，」她喘著氣。「我想他們不會在營地裡。」

棘爪站著不動，思考著。太陽還沒升上樹梢，如果黛西已離開營地，一定是在破曉時分走的。一直認為森林裡有古怪而極為驚恐的她，會有什麼事情重要得能使她走進森林去呢?

「怎麼回事?」他問蕨雲。

這隻灰毛母貓的大眼睛裡滿是憂愁。「我早上第一件事就是拿些獵物給黛西和栗尾，」她解釋。「巢穴還是溫的，但黛西和小貓們卻不見了。」

「我們整個營地都找遍了，」栗尾揮動尾巴說。「我們得派巡邏隊去找他們。」

「對，但妳不能去，」蕨雲告訴她，臉龐擦過栗尾的肩。「妳要留下來照顧小貓。」

「蕨毛跟他們在一起，」這隻年輕的玳瑁色毛貓后說。「我想幫忙找黛西。」

「對，可是——」

蕨雲話才說到一半，火紅色的毛皮一閃表示火星從擎天架上的窩出現了。這位族長走下岩石，穿過空地向他們走來。

「怎麼回事？」

蕨雲解釋起來，但她還沒說完，棘爪就發現由塵皮領隊的黎明巡邏隊剛從荊棘通道裡現身，他身後跟著松鼠飛、沙暴和亮心。

棘爪用尾巴示意他們過來。「你們出去時，有誰看到黛西嗎？」

「有，她跟在我們後面走出營地的，」塵皮一臉困惑地回答。「怎麼——有問題嗎？」

「她不見了！」塵皮的伴侶蕨雲穿過群貓來到他身邊。「你怎麼沒阻止她？」

「看在星族的份上呀！」塵皮噓聲說。「我以為她要去上廁所，阻止她幹嘛？」

「小貓們跟她在一起嗎？」雲尾問。

「我沒注意到。」塵皮回答。

「我注意到了，」沙暴說。「他們跟著她出去的。」

「小莓好像還在抱怨，」松鼠飛補充說，「但我們並沒有停下來聽。」

「那麼事情就很明顯了。」火星帶著深沉的擔憂語氣開口，每隻貓都轉過頭來看他。「這幾天黛西一直說要把小貓們帶回馬場去生活，一定是小莓掉進陷阱的事讓她下定了決心。等他康復到能夠行走，她就離開了。」

「不！」雲尾聽來惱怒至極。「獾群攻擊後，我答應過她雷族會好好照顧她的。」

「然而她的孩子卻在狐狸陷阱裡斷了半條尾巴，」火星指出。「很抱歉，雲尾，我知道你已經盡力了。」他的綠眼睛裡充滿愧疚。「有好一陣子我真以為一切都很順利，她的孩子也都適應得很好。」他抽動著耳朵。「我最好把這件事告訴全族。」

他跳往擎天架下的石堆。雲尾和棘爪交換了一個眼神，雲尾的藍眼睛裡閃動著憤怒。

「就這樣嗎？」他說。「火星就沒想到要去找黛西嗎？」

棘爪還來不及回答就聽到火星的吼叫聲。「所有能夠自行獵捕食物的成年貓在擎天架下集合！」

棘爪屈伸著爪子等候著，其他貓兒也都從各自的窩裡出來。葉池從藤葉屏風後走出，亮心朝她衝過去開始說起悄悄話，顯然是告訴她剛才發生的事。鼠毛和金花從榛樹叢後現身，分站在長尾兩邊；他們在落石堆上找到地方坐下，鼠毛露出銳利而好奇的眼神。

聽到火星的吼聲，蕨毛從育兒室裡探出頭，跳到栗尾身邊。「妳在做什麼？」他質問，一邊焦慮地舔著她耳朵。「看看妳，累得都發起抖來了！怎麼可以讓自己這麼累呢？」

栗尾靠在他肩上。棘爪可以看出她在顫抖，不過卻無法分辨究竟是疲勞還是失去黛西的沮喪造成的。

「我想我有辦法找到她，」她輕聲說。「可是她一定是回到馬場去了。」

「這樣的話，妳也幫不上忙了，」蕨毛告訴她。「回育兒室去吧。孩子們都在哀叫著呢，他們都餓了，我可沒辦法餵他們！」

「你怎麼不早說？」栗尾轉身往育兒室走去，好像完全忘了疲累似地把尾巴翹得筆直。

松鼠飛滑步走過沙暴和塵皮來找棘爪。「要是今天早上我停下來跟黛西說說話就好了，或許能說服她留下。」

「這不是妳的錯。」棘爪低聲說，一面也暗自壓抑著心底的失望。他向來對黛西有成為真正族貓的能力存疑，但失去她的孩子卻更糟糕。**那我的見習生呢？**從松鼠飛說的話看來，小莓並不想離開，這恰好證明了這隻小貓的勇氣。感謝黛西，一隻優秀的戰士就這樣離族貓而去了。

「黛西一定認為她和孩子們是屬於馬場的，」火星正解釋著。「我們都會想念她和她的孩子們，但我們必須尊重她要離開的決定。」

「那簡直是鼠腦袋！」雲尾大喊出聲。

火星凝望著他，尾巴梢抽動著；但雲尾似乎不在乎對族長表現不尊重。

「黛西在馬場絕不會比在這裡安全，」他抗議著。「她當初來這裡就是怕兩腳獸把她的孩子帶走。何況，自從上次攻擊後，我們領域裡一點獾的蹤跡也沒有。我認為我們應該去把她找回來。」

松鼠飛發出一聲輕哼。「看看亮心，」她低聲說，輕揮尾巴往那隻傷疤母貓的方向指了指。「我打賭她一定不想要黛西回來。」

棘爪迅速看了一眼。松鼠飛說得沒錯，亮心的表情混合著憤怒和煩惱。

「雲尾，」火星開口，「我們不能強迫黛西，她——」

「我們至少該去跟她談談，」雲尾插嘴說。「那樣也能確保她已安全回去。」

「我同意，」棘爪說著往前跨出一步，站在這隻白毛戰士身旁。他知道如果現在不盡力去把小莓帶回來，自己也許會後悔一輩子。「火星，如果你同意，我就跟雲尾一起去。」

松鼠飛驚訝地抽動鬍鬚。「我怎麼記得明明有誰粗魯地批評過寵物貓加入貓族的事啊？」

一陣困窘淹沒了棘爪。「對，呃，很抱歉我這樣說過，」他回答。「但雷族需要更多小貓，而黛西的孩子會成為優秀的戰士。」

「很好，」火星說。「你們可以去，但如果黛西說她想留在那裡，你們就立刻回來，不要再去煩她。最好等到黃昏再走，」他又說。「那時候沒那麼多兩腳獸。」

「太好了！」雲尾高興地把尾巴翹得筆直。

棘爪再次往亮心那裡看去，卻只看到她消失在藤葉屏風後頭走進葉池窩裡去了。

棘爪和雲尾沿著湖岸走著，太陽斜斜照在湖上，把湖水映照得一片猩紅。影族領域裡的松樹林在火紅色的天空下只剩黑色的輪廓。棘爪暗暗希望這不是他們前往馬場的不祥預兆。

他們迅速越過風族領域，謹記著保持走在水邊兩個尾巴內的距離。棘爪聞到巡邏隊的味道，但隨著太陽落到樹林，在沼地山坡蒙上陰影，他們並沒看到其他貓蹤。

他們來到馬場外時天色已開始變暗，天空布滿雲層，掩蓋了月亮。雲尾停步嚐了嚐空氣，棘爪則從兩腳獸圍籬間往內窺視。農場的另一端有個兩腳獸巢穴，一盞昏黃的小燈就在那龐然大物上頭。棘爪希望他們不需要靠近那東西。

更靠近點的地方有個稍小的建築，裡面沒有燈光。棘爪記得曾在白天時經過，當時他認為那看起來有點像大麥和烏掌住過的那座穀倉。

「也許是在這裡？」他猜測著，邊用尾巴比了比。

「對，黛西說過她和其他貓都住在穀倉裡，」雲尾回答。「我們走。」

身子緊貼著地面，他潛行從圍籬下爬過。棘爪跟在後面，感覺自己一進入這個怪異的兩腳獸領域全身都開始發痛。他跟在雲尾的一身白毛後面走進黑暗裡，一聲高亢的馬嘶響起，使他動也不敢動。一個心跳過後整個地面都在踐踏的馬蹄下震動著。

棘爪壓抑著心裡的緊張，前後張望著想看那聲音是從哪裡發出，兩匹毛色光鮮、馬蹄發亮的馬卻突然從黑暗裡衝了出來，差點踩上他身子。牠們的眼睛往後直轉，不知道是什麼讓牠們嚇得逃了出來。

雲尾發出恐懼的叫聲，棘爪衝上前。「不！往這邊走！跟緊點！」

他也不敢肯定穀倉在哪裡，那兩匹馬就像是藏進了黑暗裡，但他還聽得見轟隆的馬蹄聲。他和雲尾可能會撞上牠們，然後被踏成一片肉泥。

這時他看見有個蒼白的身影閃過農場。那是馬場裡的公貓小灰，也就是黛西孩子的父親。

「跟我來！」小灰深吸了口氣，陡然停步然後轉身往回跑。「快點！」

棘爪和雲尾跟在他身後奔跑著。棘爪又瞥到那些馬兒正放開四蹄狂奔而過，馬鬃在空中飛舞，然後牠們就消失了，小灰也慢了下來，把他們帶到穀倉牆邊。

「在裡面。」他說。

穀倉由石塊堆疊而成，門是用木板做的，底下有條窄窄的縫。小灰閃身進去，後面跟著雲尾，然後棘爪也擠了進去，感到雙肩很不容易穿過那個狹小的空間。他站著喘氣，想緩過氣來讓身上的毛再度攤平。

穀倉裡面幾乎是一片黑暗。這裡比烏掌的家還小，但棘爪可以勉強看出幾堆熟悉的乾草。他們的氣味充塞在空氣裡，還夾雜著老鼠和貓的味道。棘爪分辨出黛西和三隻小貓咪的熟悉氣味，大大鬆了口氣。至少他們安全回到了這裡。

「真沒想到會在這裡看到你。」小灰說。

「你有什麼事嗎？」另一隻貓便出現在小灰身邊，好奇地眼神凝望著這兩隻森林來的貓。她的皮毛跟黛西一樣是乳白色的，棘爪猜測她們會不會是同窩姊妹。

「這是絲兒。」小灰告訴他們。

「我是雲尾，這是棘爪。」白毛戰士對他族貓揮動尾巴。「我們來看黛西。」

聽到穀倉門外傳來沉重的腳步聲，他話聲陡然停頓。門打開時棘爪的心又開始怦怦亂跳。**是兩腳獸！**他和雲尾互看了對方一眼，衝進稻草堆裡躲了起來。

他把尾巴梢縮進幾乎無法容身的狹小空間時，棘爪聽到小灰發出興致盎然的喵嗚聲。「不需要躲，只是無毛獸而已啦。」

棘爪想辦法在這狹隘的躲藏空間裡轉身好往外窺視。一開始他幾乎什麼也看不到，因為明亮的黃色光芒直直照進他眼裡；然後那光線移開，他才看到在那盞黃光之後的黑色身影，腳掌裡拿著燈光。牠的另一隻前腳拿著一個碗，就像棘爪在前往太陽沉沒的地方的旅程中，曾在兩腳獸巢穴裡看過的那種東西。這隻兩腳獸把碗搖了搖，裡面有東西碰撞的聲音。他聽到絲兒喵嗚叫著，「晚餐！也該是時候了。」

兩腳獸把碗放在這兩隻馬場貓兒身前，然後帶著那盞刺眼的黃光走了出去。門一關上，棘爪就悄悄爬出來，感覺有點不好意思。小灰轉向他們，絲兒則一頭栽進食物碗裡。

「你們是來看黛西的？」他聽來有些驚訝。「我以為她一走，你們就不會想再見到她。」

「我們很喜歡黛西。」雲尾說。

「對，我們想確定她和孩子們都沒事。」棘爪也說。

話還沒說完，他就聽到穀倉另一頭傳來高興的尖叫。黛西的三個孩子興奮忘形地衝了出來，撲向棘爪和雲尾。

「你來了，你真的來了！」小莓尖喊。「我就說你會來的。」他在棘爪身前伏下，身上的毛膨脹起來，露出牙齒假裝要吼叫。「我在來這裡的路上還追過老鼠哦。」他自吹自擂起來。

「結果抓到了嗎？」棘爪問。

小莓一臉的垂頭喪氣。「沒有。」

「沒關係，下次就會抓到了。」

這隻年輕貓咪高興地揮動剩下的那截尾巴。「我要抓到這間穀倉裡所有的老鼠！」

「留一點給我們呀！」小榛抗議。剛才她衝向雲尾，把他撞得站不穩腳步，現在她爬在他身上。「我們也想抓老鼠。我們想成為像樺掌和白掌那樣的見習生。」

「他們已經是戰士了嗎？」小鼠問，興奮地追逐自己尾巴的他停了下來。

「戰士！」雲尾爆出嗚哇的大笑。「拜託！你們才離開了一天耶。」

「感覺像過了好幾個月！」小莓喊。「這裡無聊死了。」

「可是這裡很安全。」黛西的聲音讓棘爪抬起了頭。這隻乳白色的母貓走了過來，尾巴一捲拂過小榛的肩頭。「快點下來！這樣是對戰士尊敬的表現嗎？」

小榛跳下地來，讓雲尾站起身甩掉身上的幾根乾草。「嗨，黛西，」他說。「很高興又看到妳了。」

黛西動也不動地站在幾個尾巴外，定定地迎著他的目光。「我知道你為什麼來這裡。不要要求我回到樹林去，我已經下定決心了。」

「但每隻貓都想念妳和孩子們，」雲尾說。「雷族需要新的戰士，妳也知道我們會盡一切力量讓妳過得自在舒適。」

「我們想要回去。」小莓開口，頂著他母親的一側要博得注意。小鼠和小榛也尖叫著表示同意。

黛西搖搖頭。「不，不行。你們還太小，什麼也不懂。」

「我想不是這樣，」棘爪說。「妳當初把他們帶進樹林時，他們年紀還小，不可能記得這地方的事。營地裡的生活就是他們所知的一切。他們幾乎算是純族貓了，就跟其他戰士一樣。他們當然會想回去。」

黛西發出長長的嘆息。「那是不可能的。我一直住在無毛獸附近，習慣了規律的餵食時間，也習慣頭上有屋頂。你們戰士卻看不起那樣的生活。」

「我們沒有看不起妳，黛西。」雲尾低聲承諾著。

「但樹林裡的一切都那麼怪異！」黛西抗議。「你們的戰士守則我有一半都聽不懂，我也不覺得自己屬於那裡。」

她定定注視雲尾的大眼睛盈滿悲傷。像一道閃電，棘爪突然恍然大悟。她愛上了這位白毛戰士！她一定也知道除了亮心，他不可能跟其他貓兒在一起。他發出同情的咕嚕聲。或許黛西離開是對的，每天看到雲尾卻又明知他頂多只能做她朋友，一定非常痛苦。

雲尾卻似乎並不了解黛西的強烈感受。「我還是認為妳應該回來，」他辯駁。「雷族永遠歡迎妳，每隻貓也都想妳。我知道亮心就很想妳。」

黛西縮了一下。棘爪認為雲尾現在就提到亮心有點太過樂觀了。「但我在那裡一點用也沒有，」她說。「我覺得族裡的每隻貓都已經厭倦照顧我了。」

「才沒有。」棘爪試著安慰她。「妳不是也幫栗尾照顧她的孩子了嗎？」

「別擔心，我會照顧妳。我會保護妳不受獾群攻擊。我也會教妳所有戰士守則，」小莓向他母親保證，那截尾巴顫抖著。「等我當了見習生，我會把導師教我的全都告訴妳。」

「我們也會，」小榛也說。「拜託帶我們回去吧！我們想當戰士抓獵物，一點也不喜歡這難吃的兩腳獸食物。」

小鼠屈伸著小小的爪子。「我們想學習打鬥。」

一直安靜聆聽著的小灰走到黛西面前，與她碰了碰臉。「也許妳該回去。」他說。

黛西轉向他，眼裡充滿疑問和一點點受傷。「我以為你很想我。」

「是沒錯，我想念你們全部。但顯然我們的孩子不會在這裡住下來。自從他們踏進穀倉一步起，就不斷談著樹林的事。」這隻灰白相間的公貓熱情地對她眨眼。「他們長大以後妳隨時都可以回來。」

「你也一起來吧。」雲尾建議，這話讓棘爪瑟縮了一下。

「我？」小灰驚訝地張大雙眼。「大雨傾盆時住在曠野上，還得自己抓每餐的食物？不，謝了！而且，」他又說，「聽起來那裡的貓已經夠多了。我永遠也不會記得你們所有貓的名字的。」他回頭望著另一隻母貓，她已吃完食物，現在正用一隻腳掌洗著臉。「我也不能放著絲兒不管，對吧？」

小莓又推了推黛西。「可以回去嗎？可以嗎？」

黛西看著三個孩子。「你們真的想去住在又濕又冷、沒有適當食物、到處是獾和陷阱的樹林裡嗎？」

「對！」三隻小貓眼裡燃燒著興奮，開始跳上跳下。「對！對！」

「那，我想……」

小莓發出高亢的勝利叫喊。他們高興地直打轉，尾巴翹得老高。「我們要回到樹林了！我們要回到樹林了！」

「太好了！」雲尾看來就跟小貓們一樣高興。「他們三個正是雷族需要的，將來都會成為優秀的戰士。」

棘爪瞥見黛西眼裡閃過一絲痛苦。雲尾對小貓們可以回去一事似乎顯得比小貓的母親能夠回去一事還要高興。

他用尾巴碰著她的肩。「蕨雲和栗尾一定會非常高興見到妳的，」他說。「她們發現妳走了以後，難過得不得了呢。」

黛西對他眨眨眼，眼底深處開始綻放一絲光芒。「她們是好朋友。」她低聲說。

「我們什麼時候走？」小莓發問，停在他母親面前。「現在嗎？」

「不，不是現在。」雲尾在黛西還沒回答之前就踏出一步。「現在天都黑了。我們早上再走。」

「歡迎你們在這過夜，」小灰說。他用尾巴把有食物的碗推過去。「別客氣，吃吧。」

「兩腳獸食物？好，謝謝啦。」雲尾急切地走到碗邊，把臉探了進去。

棘爪記得聽過這位白毛戰士以前從舊營地裡溜出去吃兩腳獸食物的事，一直到後來兩腳獸把他關在牠們巢穴裡為止。後來靠著火星的幫忙，他逃回了貓族，但顯然他還是很喜歡寵物貓的食物。

「我不要，謝了，」他對小灰禮貌地點點頭。「我會自己找吃的。」

「教我們吧，」小莓哀求著，同一時間小鼠也問道，「我們能不能在旁邊看？」

「你們當上見習生以後才能學怎麼打獵，」棘爪告訴他們。「但願意的話，你們可以在旁邊看。」

三隻小貓一起趴下，睜著大眼睛望著他嚐起空氣來。他們安靜下來後，整間穀倉似乎充滿了大群老鼠的嘰喳聲和窸窣聲響。棘爪很快就發現有隻肥大的老鼠正在一堆乾草下面啃著種子。他小心翼翼地不讓爪子在穀倉的石頭地上摩擦出聲，然後悄悄走過去。**這隻老鼠我絕不能失手**，他一面這樣想著，一面撲了過去，迅捷地在老鼠頸後咬了一口。

他嘴裡叼著軟垂的獵物轉過身時，三隻小貓都興奮地尖叫起來。小莓俯身成狩獵姿勢，像棘爪那樣搖擺著後半身。他的姿勢幾乎百分之百正確。**他會是個出色的狩獵者**，棘爪心想。

「來，」他說，把老鼠放在三隻小貓面前。「如果你們母親說可以，你們三個可以一起吃。我另外再抓一隻。」

黛西同意了，看著自己孩子大口咬著這隻獵物，又輕輕搖著頭。她什麼話也沒說，不久她轉身加入雲尾，吃起碗裡的食物。

棘爪很快替自己抓到另一隻老鼠。等他吃完，黛西已召回小貓，消失在乾草堆裡。雲尾扒著乾硬的枝梗，從乾草堆裡弄出足夠的分量弄了個巢穴。「我真高興就快回營地了，」他說。「這東西還沒苔蘚舒服呢。」

剛替自己做好窩的棘爪也不得不同意這點。稻草刺進他身體，涼意從底下的石頭地面直傳上來。他蜷著身子，把鼻子藏進尾巴裡，懷念起戰士窩和裡面因族貓們的呼吸而溫暖起來的空氣。他最想念的是松鼠飛，她的甜香和輕柔的撫觸。睡意好久之後才來臨，但在這個遠離貓族的馬場上，卻沒有夢境的驚擾。

第十四章

葉池在她以苔蘚和蕨葉做成的窩裡蜷著身子，有好長一段時間都翻來覆去無法入睡，那感覺就像有許多螞蟻在她身上爬著。她要怎麼告訴柳掌，她必須自行尋找與星族的聯繫？

當她終於進入無意識狀態，她張開雙眼，發現自己站在眺望湖面的山坡頂上，距離棘爪上次坐著凝視水面的地方不遠。今夜沒看到那隻虎斑戰士的蹤影，在她身子擦過每片葉鋒都沾著銀邊的長草之後，反而是另一隻貓在湖邊等著她。那隻貓眺望著水面，星族如霜的光亮照耀著祂身體。

是斑葉？葉池加快腳步，用跑的奔過樹叢來到水邊。但當她來到岸邊更清楚地看到那隻星族貓兒時，她才發現那是暴毛的妹妹羽尾，她在前往太陽沉沒的地方的回程路上死在山裡。

這隻美麗的銀毛虎斑貓發出歡迎的咕嚕聲。「我正希望妳會來呢，葉池，」祂說。

「我們今晚有個任務，只有妳跟我。」

「什麼任務？」葉池問，興奮使她全身刺痛起來。

「星族要我幫妳到柳掌夢裡去看她。」羽尾解釋。

葉池驚訝地看著這位星族戰士。每隻巫醫都各自做著星族的夢——但他們從未出現在彼此夢裡。她一直以為只有在清醒世界裡才能見到柳掌。「那樣行嗎？」

「是的，但非常少見，也只有在極度有需要的時候。跟我來。」

祂站起身，跟葉池輕輕碰了碰臉，然後沿著湖邊跑走了。葉池跑著跟過去。她全身都在月光照耀下，感覺腳掌似乎比風還輕。她掠過風族邊界的小溪，甚至沒感覺到水浸溼了腳掌。這就是當星族戰士的感覺嗎，她想著，好像可以這樣跑一輩子，可以跳進天空中，像片閃亮的葉子搖動月亮？

這一段路可能持續了好幾個季節，也可能還不到一個心跳之久。馬場一瞬而過，她們接近河族營地時，羽尾慢了下來。她們涉過小溪，安靜地走上河對岸，葉池像在追老鼠那樣小心翼翼地踏出每一步，她雖然知道這只是個夢，仍不願驚擾熟睡中的河族戰士。

蛾翅的窩在營地另一端被溪水沖空的洞穴裡。羽尾帶頭走去時，葉池瞥見柳掌灰色的小小身形盤捲在外面的苔蘚窩裡。

羽尾用尾巴梢輕輕拂過她耳朵。「柳掌，」祂輕聲說。「柳掌，我們有話要跟妳說。」

這隻灰色小貓抽動著耳朵，身子盤得更緊了。羽尾用腳推推她，再次輕聲呼喚她的名字。這一次柳掌眨眨眼抬頭了。

「拜託好不好？」她不高興地說。「我正在追一隻又大又肥的老鼠耶！我正要一爪插進去你們就——」她忽然停頓，眼光從葉池轉到羽尾身上然後又轉回來。「我還在做夢，對吧？」她雙眼睜得老大。「妳是雷族的葉池，祢一定就是星族的戰士了。」她一臉狼狽相，用尾巴梢遮住了嘴巴。「我還罵妳們，真是對不起。」她透過毛含糊不清地說。

羽尾的藍眼睛閃爍著輕微的笑意。「親愛的，別擔心。妳很快就會習慣夢裡有訪客了，尤其妳現在是巫醫見習生。」

柳掌慌忙站了起來。「歡迎來到河族，」她一本正經地說，臉上卻滿是困惑。「祢有河族的氣味，」她對羽尾說。「但我不認識祢。」

「我叫羽尾，」這隻銀色母貓回答。「我離開前往太陽沉沒的地方時，妳還沒出生呢。」

柳掌眼裡充滿敬畏。「然而祢再也沒有回來，」她輕聲說。「祢犧牲了自己去救朋友和山區裡的部落。我聽過祢的故事。河族永遠不會忘記祢。」

羽尾滿懷愛意地眨著眼，尾巴在柳掌肩上停了一會兒。「好了，親愛的，」祂說。「我們今晚來，是要讓妳看一樣東西。」

「我？」柳掌喊。「妳們確定嗎？要不要我去找蛾翅來？」

葉池和羽尾交換了一個眼神。葉池不確定柳掌懂了多少。她知不知道自己導師跟星族完全沒有聯繫？

「不，這個徵兆是給妳的，」羽尾向她擔保。「妳醒來以後可以告訴蛾翅，但現在先跟我們來吧。」

這位年輕見習生的四隻腳不耐地在草地上動著。「我們要走很遠的路嗎？」她問。「像到太陽沉沒的地方那麼遠嗎？」

「這次不會，」葉池告訴她。「只到你們領域邊緣而已。」

想到泥毛說過在哪裡可以找到貓薄荷，葉池帶頭走過小溪，橫越河族領域來到小轟雷路。她走近時可以聞到兩腳怪獸的惡臭，還有更多在湖上划船的兩腳獸的氣味，這些氣味幾乎把兩個貓族的氣味記號蓋過了。就連在夢裡，她從轟雷路邊緣的樹叢走出去時都極為小心，但一切都黑暗而寂靜。天色一黑，兩腳怪獸們一定都回到巢穴裡去了。

葉池身後緊跟著柳掌，羽尾殿後，葉池沿著轟雷路遠離湖邊走著。她跨過邊界的氣味記號時仍沒看到泥毛所說的兩腳獸巢穴，但當她順著轟雷路繞了一個大彎後，卻在不遠的前方看到山谷裡的一盞燈光：那偏紅的光芒不像月光或星光。

想到那可能是火讓她全身起了一陣刺痛，但她卻沒感覺到熱，沒聽到燃燒的劈裂聲響，也沒有煙霧的氣味。她嚐了嚐空氣，感到有貓薄荷極微弱的氣味。

「在這裡。」她轉過頭去輕聲說。

她更小心地走著，不久就發現那光芒來自兩腳獸巢穴一邊的洞孔，光線在一層皮後亮著，就是那層皮使光線帶上了紅色。聳立在她身前的就是兩腳獸圍籬的黑暗形狀。她鼓起勇氣跳上去，在頂端穩住身體，柳掌也爬上來在她身邊，羽尾則留在下方。

貓薄荷的氣味變濃了。柳掌也聞了出來，雙眼閃著勝利的光芒。「貓薄荷！」

「沒錯，」葉池說。「對巫醫來說是非常有用的藥草，只是很難找到，除非兩腳獸肯種。」

柳掌點點頭。「對，它能治綠咳症。真希望在沉步生病的時候我們能有些貓薄荷。蛾翅和巡邏隊找遍了整個領域呢。」

葉池再次痛苦地吞下那陣愧疚。「明天她可以來這裡採，」她告訴柳掌。「但要記得警告她等到天黑，附近沒有多少兩腳獸時才來。」

仍平衡在圍籬頂端的她又嚐了嚐空氣，探尋可能的危機。「沒有寵物貓，也沒有狗，」她放心地說。「柳掌，妳知道狗的味道是怎樣嗎？」

這位見習生聳聳肩。「知道，有幾個到過湖邊的兩腳獸把牠們的狗也帶來了，難聞死了。」

「嗯，我想這裡沒有狗，但要告訴蛾翅來採貓薄荷的時候還是要檢查四周。現在我們最好回去。」她又說。

她們跳下來回到羽尾身邊，穿過河族領域走回營地。

「現在好好睡吧，」柳掌在她窩裡坐定時，羽尾告訴她。「看看那隻肥老鼠是不是還在等妳。」

柳掌抬頭看著這兩隻貓。「真高興妳們來了，」她說。「當巫醫真棒，我等不及要告訴蛾翅了！」

葉池和羽尾離開蜷起身子的柳掌，沿著湖邊來到雷族領域。這一次她們放慢腳步行走，葉池很感激這段時間能跟羽尾在一起，啜飲著這隻母貓的力量與智慧。

「謝謝妳，葉池，」羽尾說。「妳今晚做得真棒。」祂在作為雷族與風族邊界的河邊停步，眼神定定注視著葉池。「我跟斑葉談過了，」祂說。「她告訴我蝴蝶徵兆的事。」

葉池緊張起來，感覺顫抖傳遍身上每一根毛。

「妳了解的，對吧？」這隻星族貓兒繼續說。「妳知道這對蛾翅來說是什麼意思嗎？」

「我猜鷹霜一定是把一隻蛾的翅膀放在泥毛窩外，」葉池承認，這些話似乎威脅著要哽住她喉嚨。「現在我不知道該怎麼面對蛾翅，我能跟她說什麼呢？」

「什麼也別說。」羽尾的聲音很低，但卻充滿了肯定。「蛾翅得學著接受這個結果過日子。」

「那……那這是否表示蛾翅再也不是巫醫了？」葉池結結巴巴地問。「她是這麼的關心——」

「我知道，」羽尾用安慰的咕嚕聲打斷她的話。「全星族也都知道。長久以來蛾翅已證明了她的醫術和忠誠，星族要她留在這個位子，把所有知識傳授給柳掌。」

「可是她不知道星族呀，」葉池又說。「如果蛾翅無法告訴柳掌，她又該怎麼學習看懂徵兆呢？」

「那就是妳的任務了。」羽尾用尾巴梢輕碰葉池的肩。「妳還沒有見習生——也沒這個必要，」祂說。「妳還有好幾個季節的時間可以為族服務。所以妳願不願意到河族去看柳掌，在月池旁跟她說話？妳要教導所有她應該知道的事，而不用走入她夢裡。」

「嗯，當然。」葉池感到四腳都因鬆了口氣而顫抖。星族要蛾翅繼續當河族的巫醫，這表示她在哥哥要揭露真相的恐嚇下仍安全無虞。柳掌所有的巫醫訓練現在都沒問題了：蛾翅會傳授她治療技巧，而葉池則教她解讀星族傳送的徵兆。

「那鷹霜呢？」她問。

「他的命運也在星族掌握中，」羽尾回答。「斑葉引導小貓們去找蝴蝶，是因為她認為應該是妳知道真相的時候了。她覺得能夠信任妳會有智慧地運用所知，並承擔幫助柳掌的責任。」

葉池低下頭。「我會盡力。」

羽尾帶著她走過樹林前往石頭山谷。月亮仍高懸空中，將所有蕨葉和草的邊緣都洗成一片銀白。樹枝在微風中發出沙沙聲，在葉池腳邊灑下躍動的光影。她完全不知道過了多少時間，不過她猜測在清醒的世界裡，天空會是一片接近黎明的蒼白。

羽尾在荊棘通道外停步。「我要在這裡告別了，」祂與葉池碰了碰鼻子低聲說。「親愛的朋友，未來會有些坎坷，但妳要相信我會一直與妳同在。」

「坎坷？」葉池驚慌地重複。「什麼意思？」

但羽尾已經走開了。有一個心跳的時間祂的毛皮仍在陰影中閃著銀光，然後就消失了。

再度感到不安的葉池目光穿透樹林，望著燦爛如霜的銀毛星群，彷彿那些遙遠的戰士祖先會回答她。一句話也沒傳來，但在頭頂上方的枝椏間，她卻瞥見之前在夢裡遇見藍星和其他星族貓兒時曾看過的那三顆星星。它們雖然小，卻比銀毛星群的其他星星還要明亮，綻放著純白的光芒。葉池仍然不知道它們有何意義，但不知怎地她卻知道它們是為她閃耀的。她再次感到安全，並且確定無論發生什麼事，星族都在上面望著她。

⁂

葉池陡然驚醒，感覺有小小的腳掌在她身上擊打著。她大睜雙眼，小莓興奮的目光就在不到一個老鼠身長之外。

「我們回來了！」他宣布。「雲尾和棘爪帶我們回來的。」

葉池從蕨葉窩裡爬了起來。她睡過頭了，太陽已經高升，溫暖的黃色光線照進山谷，滲進她全身。

「真高興見到你，」她說。「回來的路上都好吧？你媽媽也沒事嗎？」

「她很好，」小莓告訴她。「小榛、小鼠和我一路上都在照顧她，這樣她就不會害怕了。」

「不過她一定很累了，」葉池說，「兩天內來回走了這麼遠的路。」小貓們應該也累了，不過小莓卻是一副精力充沛的模樣。「我找點東西讓她恢復力氣。」

她滑步走進窩裡，用爪子戳了幾個松柏莓然後回到小莓身邊，小莓立刻衝進空地。葉池跟過去，正好看見黛西和其他兩隻小貓消失在育兒室裡。小莓奔過去加入他們，葉池則跟在後頭慢慢地走。

就快來到育兒室門口時，她聽見亮心在喊，「不！小煤，快點回來！」

很快就有一隻毛茸茸的灰色小貓跌跌撞撞地走進空地，在陽光下眨著藍眼睛。亮心跟在她身後出現，撲了過去並輕柔地抓住她後頸。她把這隻愛冒險的小貓抓回育兒室，完全沒注意到葉池。

巫醫感到全身刺痛。亮心竟選在黛西回來的同一時間探訪栗尾，運氣實在不好。對這隻黃白相間的母貓來說，面對她心目中的對手不是件容易的事，尤其她可能早就希望黛西一去不回。

葉池在育兒室外徘徊，不知道究竟該直接走進去，還是等一下再回來。她還沒做出決定，就聽到黛西的聲音從蕨叢裡傳出來。

「亮心，真高興妳在這裡。我有話要跟妳說。」

「什麼？」亮心語氣裡飽含警惕。

「我離開的原因……其實只有一部分是因為外面的危險，自從獾群攻擊後，我一直擔心孩子們的安危，但我是他們的母親，不管我們在哪裡我都會擔心他們。我離開主要是因為，我——我在族裡沒有任何親近的朋友，沒有誰像妳和雲尾那樣。」

有一陣子緊張的靜默。葉池開始往後退，等到亮心開口回答時，她的話已經模糊得聽不見了。

「不，」黛西更清楚地回答。「雲尾對我非常和善，但他對任何有困難的貓都會那麼和善。他是位好戰士，而且他非常愛妳。」

又是一段沉默，最後亮心輕聲說，「我知道。」她用顫抖的聲音又說，「謝謝妳，黛西。真高興妳決定回來，雷族需要更多年輕貓兒，而妳的三個孩子會成為非常出色的戰士。」

黛西用極低的聲音說了什麼，一會兒之後亮心離開育兒室，經過葉池時向她點了點頭。葉池盡量做出自己才剛到這裡的樣子，但她卻沒漏掉亮心完好的那隻眼裡高興的神色，並向星族祈禱她和雲尾能變得像以前那樣親密，黛西也會成為他倆的朋友。

ϟϟϟ

葉池在給了黛西松柏莓之後離開了育兒室，亮心在獵物堆旁伏下，啃咬著一隻田鼠。雲尾在空地中央，呼叫刺爪和雨鬚去做狩獵巡邏。

葉池用尾巴跟他打招呼。他經過她身旁時，她建議，「何不帶亮心一起去呢？你們好久沒有一起打獵了。」

雲尾顯得很困惑的樣子。

鼠腦袋！葉池心想。「你還記得亮心吧？」她問他。「你的伴侶？白掌的媽媽？」

這位白毛戰士出現恍然大悟的表情。「我當然記得！噢，我懂妳的意思了！對，我就這麼做，」他說。「好主意，葉池。」

他轉身朝他伴侶走去。葉池看到他跟亮心說話，然後那隻母貓站了起來，他倆交纏著尾巴，身貼身地走向荊棘通道，刺爪和雨鬚在他們身後猛追。

「我看是有貓介入哦。」一個帶著笑意的聲音從葉池身後響起。

葉池轉過身，看到姊姊正凝視著她。「松鼠飛，妳差點把我毛都嚇飛了！妳說『介入』是什麼意思？」

松鼠飛把尾巴放在妹妹肩上。「我指的是正面的意思啦。也該是有誰把雲尾的眼睛撐開，讓他知道亮心需要他的時候了。」她目光掃視著空地，那裡有幾隻貓在溫暖的陽光下打盹，其他貓兒則在剛修好的貓窩上做最後的修補。「生活過得真好，」她滿意地說。「也許現在我們可以有點和平了。」

目前看來，雷族的麻煩是結束了。想起自己在夢裡凝視著那三顆小星星時所擁有的安全感，葉池正想張嘴表示同意，卻發現有個怪異的陰影遮蔽了她的視線。一股血腥氣味在她身邊升起，她感到黏稠猩紅的浪潮襲上了自己的四腳。一個陌生的聲音在她耳邊呼喊著那個預言，那聲音低沉、不祥而堅持：

在和平降臨之前，血，依舊要濺血，湖泊將染成血紅一片。

第十五章

黛西回來後一天，從戰士窩裡走出來的棘爪看到小莓在育兒室外跟他弟弟妹妹扭打著。他走過去觀看，小莓一掌拍向小鼠前額，把這隻體型較小的貓推到塵土中。

「幹得好，」棘爪讚賞地說。「但如果小鼠是你的敵人，你會站在那裡瞪著他看嗎？小鼠，你又會怎麼做呢？」

「攻擊他！」小鼠跳起來甩了甩身上亂七八糟的毛，就朝他哥哥衝過去。

「矮身躲過！」棘爪指導小莓。「經過他的時候絆住他。」

小莓伸出一掌，但小鼠已避到一旁，在他耳朵上擊出一拳。小莓縮起身吼叫著，撲上去抓住小鼠的尾巴。

「你們倆都很棒，」棘爪說。「你們將來都會成為好戰士。」

棘爪讓這兩隻小貓繼續扭打，轉身看到火星站在空地中央，聆聽著黎明巡邏隊的報告。

不久，巡邏隊散開來去休息和找食物，火星則用尾巴示意棘爪過去。

「塵皮報告說兩腳獸在我們邊界上。」棘爪一靠近他就開口。

棘爪感到頸上的毛開始豎起。「牠們是不是要建另一條轟雷路？」

「不，不是那樣，」火星回答。「塵皮說有不少像小窩模樣、撐在桿子上的綠皮物體，就在我們和影族之間的空地上。兩腳獸在裡面睡覺。」

棘爪睜大眼睛。「那真夠鼠腦袋的！兩腳獸自己有那麼好的巢穴，為什麼要到這裡來睡覺？」

火星聳聳肩。「兩腳獸的行為誰也不懂。但我非常擔心綠皮物體的事，」他繼續說。「我想那些東西不會永遠在那裡，因此我所煩惱的是影族對此會有何反應。誰都知道他們在找藉口入侵我們領域。」

棘爪伸出爪子。「想來就給他們好看。」

「可能的話我希望能和平解決，」火星告訴他。「聽著，我要你仔細查看空地上的一切，然後沿著湖找出兩腳獸在河族和影族邊界上有何行動。我要知道這干擾有多嚴重，以及黑星和豹星在下次大集會上要求更多領域的可能性有多大。」

棘爪知道這樣做很合理。隨著氣候愈來愈溫暖，兩腳獸也愈來愈多，牠們乘著水上怪獸或用乘風撐緊的白皮船在湖面上橫行來去。空氣裡充斥著嗡嗡聲，而當風往這邊吹來時，就連在石頭山谷裡的貓兒都可以聽見兩腳獸的叫喊和嚷嚷。

「你認為兩腳獸接下來會到這裡嗎？」他問火星。

「可能會，」火星嚴肅地回答。「但我想我們領域裡的樹林距水邊太近，牠們無法停靠水上怪獸。也許牠們會因此而不過來——但那只是我要你探查的其中一部分。仔細探查四周，千萬不要被抓。就這一次我不想讓影族或河族知道你踏入了他們領域。」

「放心吧。」棘爪承諾完就一揮尾巴出發了。穿過荊棘通道時，他感覺腦中充溢著驕傲，火星一定是信任並敬重他才會選他去做這麼重要的任務！虎星是對的：只要他遵守戰士守則對部族效忠，就能有所成就。

他橫跨雷族領域來到空地，邊界上的小溪在這一邊流過，然後轉向流進影族領域裡。這隻虎斑公貓在水邊伏下，藏身在一叢藍鐘花後窺視著。

火星所說的綠皮物體散佈在整片空地上。由於目前兩族仍以小溪為邊界，因此這些物體實際上是在影族領域裡。

「影族歡迎牠們。」他自言自語，然後又不那麼肯定了；黑星可能會把兩腳獸入侵視為擴張領域的另一個藉口。至少從棘爪所見，就看到幾隻兩腳獸爬進爬出，兩腳獸的小孩在那些小窩之間玩耍，互相丟擲某種顏色鮮艷的東西，誰接到那東西就高興地大叫。

當棘爪看到空地對面噴出的火焰，全身傳過一陣顫抖。兩腳獸真會鼠腦袋地在樹林裡生火嗎？然後他注意到那火放置在某種閃亮的兩腳獸物體內，那東西似乎能阻止火焰擴散。兩腳獸食物那怪異刺鼻的氣味飄了過來，其中還混雜著燒焦木頭的濃濃味道。

棘爪繼續看了一陣子，但卻沒有其他特別的事。最後他從水邊退開，小心不發出聲音地踏出步伐，並且不被看見地直到距離空地很遠。他已得知有關這些兩腳獸的一切，現在該展開他任務中比較危險的部分了。

一隻老鼠急忙跑過他身前的空地。棘爪閃電般伸出一爪按住牠，殺死後大口吃著。就要離開自己領域的他，可不願意冒險在河族偷竊食物。

他順著小溪下行來到湖邊，嚐嚐空氣中是否有影族巡邏隊的氣味。這裡邊界的氣味標記既濃且新，但貓的氣味卻已變淡。他猜想有巡邏隊曾在黎明時走過這裡。

他來到樹林邊緣，湖岸邊也沒有影族貓兒的蹤影。棘爪小心翼翼地涉水過溪，全身感到刺痛。黑星只是勉強同意可讓別族的貓兒經過他領域；而且火星還特地叫棘爪不要讓影族知道這趟任務。

雖然他已在水邊兩個尾巴長以內，他仍覺得每一棵黑松裡都藏著影族戰士虎視眈眈的眼神，等著要撲上來跟他打鬥。他讓肚皮的毛緊貼著石頭潛行，利用每一塊岩石和小洞不讓自己被發現，每隔幾步就停下來嚐空氣。

湖上有一艘兩腳獸的船，帶著上方撐開的大白皮無聲地滑行著。棘爪看到船上的幾隻兩腳獸，身子掛在外面的兩隻前腳在水上拖過。他走近河族邊界時，另一個兩腳獸物體——比那艘有皮的船更像個怪物——從半橋裡衝出，在湖面上留下一道白色泡沫。波浪向岸邊打來時，棘爪跳上一塊岩石免得腳掌被濺濕。

這裡兩足怪獸的臭味更濃烈，把所有貓兒的氣味都蓋過了。棘爪的目光不安地掃過一排排樹木，對任何移動都保持警覺，但他什麼也沒看見。也許影族已遷入遠離兩腳獸的樹林深處，又或許那看不見的眼睛仍在觀察他；他時時戒備著，謹防巡邏隊出現。

距離邊界不遠，棘爪得奔向樹木才能躲過站在水邊的一個兩腳獸小孩，牠邊喊邊把石頭丟進水裡。**牠們發出的聲響足以警告領域裡的任何貓兒**，棘爪心想。黑星只是利用兩腳獸當藉口。這裡多得是獵物，兩腳獸也稱不上是嚴重威脅。誰也無法想像影族真需要更多狩獵空間。

棘爪斜斜走過湖岸，貼緊地面疾奔，來到半橋附近一塊蓋滿像轟雷路上那種硬黑物質的空地。兩足怪獸肩並肩地伏在地上，幾乎佔滿了整個空間。棘爪小心從邊緣繞過，四腳因為緊張和努力維持警覺而打起顫來。

距離作為影族和河族邊界的轟雷路二、三個尾巴長之外，他來到一座小屋前，那是用像狐狸陷阱的捲鬚那種閃亮東西做成，織成一個像蜘蛛網的網狀物，裡面裝滿兩腳獸的垃圾。那股烏鴉食物的臭味讓棘爪抽動起鬍鬚，但至少他自己的氣味被掩蓋過了。

他從這個兩腳獸物體後小心往外看著。有幾個怪獸矗立在他身前，但牠們全都很安靜，因此他想牠們都睡著了。他看著另一個怪獸出現，在轟雷路上轉個彎然後停下，怪獸的吼聲也陡然中止。兩隻兩腳獸和幾個孩子從怪獸肚裡出來，孩子發出一聲尖叫就衝進半橋裡，後腳在木板上咚咚踩過。

一隻狗興奮地狂吠著跟在牠們後頭從怪獸肚內跳出，這使棘爪全身僵硬。其中一個兩腳獸抓住那隻狗，把一個色彩鮮豔的長條狀物套上狗的項圈。棘爪猜想那狗已聞到他的氣味，卻無法走近，因為那長條狀物被兩腳獸緊抓著。

不比寵物貓好多少嘛，棘爪冷笑。**我倒想看看哪隻兩腳獸能讓我套上項圈。**

他本想等著看兩腳獸接下來會做什麼，卻發現河族領域內的轟雷路對面有東西在移動而分了神。一叢蕨葉猛烈搖動了一下，一隻松鼠銜著出來跑過轟雷路。一隻精瘦的棕灰貓緊追在後。棘爪心頭大震，他認出那是溪兒。

幾乎在同一時刻，暴毛從蕨葉裡出現，站在轟雷路旁。「溪兒！不！」他喊。「快回來！」

溪兒已向松鼠撲了過去，距離影族領域幾乎不到一個尾巴遠。她用前腳迅速揮擊兩下捕到了松鼠，一口向頸部咬落。

「快回來！」暴毛急切地重複。

溪兒跳轉過身，松鼠在她嘴裡晃著。她正往回跑過轟雷路時，一隻怪獸出現了。棘爪把爪子插進地裡，閉緊雙眼，腦中浮現這隻年輕母貓被輾於怪獸圓大黑掌之下的景象。

「不！」他聽到暴毛在喊。

棘爪再度睜眼，看到那怪獸發出刺耳聲響掉頭，只差一點就壓到溪兒的尾巴，這時她已衝進了河族領域。暴毛朝她跑過去，把臉靠向她的臉。

「妳以為自己在幹嘛？」另一個聲音開口了，語氣兇暴而憤怒。棘爪抬頭看到鷹霜在轟雷路外的邊坡頂，正擠身穿過一叢蕨葉走來。他冰藍色的雙眼燃燒著憤怒，撥開草叢走下來要向暴毛和溪兒挑釁。「妳偷影族的獵物！」他對這隻年輕母貓噓聲說。

溪兒放下松鼠，轉向暴毛。「他在說什麼啊？」

「她才沒有偷，」暴毛準備解釋。「那是河族的松鼠。牠跑上轟雷路，所以溪兒就——」

鷹霜完全不理這隻灰毛戰士。「妳難道連戰士守則裡最基本的規則都不知道嗎？」他質問，頭探到距離溪兒的臉不到一隻老鼠身長之處。「妳不能偷獵物。」

「我就是要跟你說這個啊，」暴毛說。「她沒有偷，那是我們的松鼠。」

鷹霜繞著他轉圈，眼裡仍閃動著怒意。「那麼她就不該追著跨過邊界。難道她連不該闖進別族領域這件事都不知道嗎？」

「對不起，」溪兒說，但語氣聽來仍很困惑。「我並沒有踩到另一邊去——只是因為要抓松鼠所以靠得很近而已。」

鷹霜惱怒地哼了一聲。「妳顯然根本不懂得守法。要是影族巡邏隊看到妳怎麼辦？」

「哦，他們反正沒看到，所以就——」暴毛顯然有意撫平這位族貓身上倒豎的毛。

「那是她走運。」鷹霜插嘴。

「對不起，」溪兒又說。「我們住在部落時都不用擔心邊界，下次我會記得的。」

「最好不要有下次。」鷹霜反駁。

「什麼意思？」棘爪看到暴毛頸後的毛豎起。「為什麼不行？溪兒非常努力地練習成為河族戰士。」

這隻虎斑大公貓縮起嘴脣冷笑著。「她永遠當不成河族戰士啦！」他噓聲說。

棘爪緊張地吞嚥了一口。他這位同父異母的弟弟聽起來簡直跟虎星一模一樣！

「你憑什麼這樣說？」暴毛跟他槓上了。「你又管不了我們。」

有一個心跳的時間，棘爪以為鷹霜會對暴毛的臉猛揮一爪。「等我把這件事報告豹星，你們就知道了。」他吼，然後用尾巴對河族營地指了指。「快，回營地去，走！」

暴毛和溪兒互看了一眼。暴毛顯然在猶豫是否應該照做，畢竟他族貓並沒有發號施令之權。然後他聳聳肩。

「走吧，」他嘆口氣。「把事情說清楚也好。」

鷹霜大步走上邊坡，暴毛緊跟在他後面。溪兒又叼起那隻松鼠，也跟了過去。

等他們都消失在邊坡上方的蕨葉裡，棘爪才小心翼翼地橫越轟雷路跟上去。他想知道他朋友們會怎麼樣。為了避免被河族貓兒發現，他跟著足印遠遠地走在後頭。風很幫忙地往他這個方向吹，因此他們不太可能聞出他的氣味，他也一直豎著耳朵，半張著嘴，隨時戒備可能在附近的其他河族戰士。

鷹霜帶頭直接走回河族營地，在靠近蛾翅跟她見習生柳掌坐著的河岸下方凹地跳過小溪。他經過她時，鷹霜粗魯地探過頭去。「快，給我過來。」他命令道。

棘爪驚訝地抽動耳朵，完全沒想到鷹霜會這樣跟自己的妹妹說話。他藏身在一叢蘆葦中，一直等到蛾翅和其他貓兒已經離開，柳掌也忙著整理一大堆藥草。他不確定該怎麼做。如果想跟著其他貓兒直接進入河族營地，那麼他一定會被發現；但他也不能看朋友身陷困難而坐視不管就這樣回家。

河族戰士的營地就在兩條溪間的三角形地上。蛾翅的窩在較狹窄的小溪旁，距離兩溪匯流處不遠。棘爪沿著河岸走，經過標示營地邊緣的荊棘圍籬。他小心翼翼地嚐著空氣，但除了營地傳來的強烈貓兒氣味，他什麼也聞不出來。

營地裡突然響起的一聲吼叫讓他下定決心。他不能一直在這裡徘徊，暴毛和溪兒會怎麼樣實在太讓他擔心了。鷹霜說戰士守則裡不准貓兒在其他族的領域裡獵捕食物，這話是沒錯，可是豹星一定會特准對貓族生活並不熟悉的部落貓兒這麼做吧？

棘爪從河岸一躍而上溪間的石塊，腳底下的水流充滿泡沫。他再次縱躍就到了對岸，爬上一株枝椏突出於荊棘圍籬上的山毛櫸，在沙沙作響的樹葉間躡手躡腳地行走，爪子陷進樹皮好把身子穩住，棘爪凝望著下方的營地。

兩條小溪岸邊的蘆葦和樹叢生長得非常茂密，但在營地中央仍有一塊空地。河族族長豹星就站在那裡，身邊是副族長霧足，和站在她們周圍的幾隻貓兒。大家都凝視著緊依對方、四腳不安地移動著的暴毛和溪兒。棘爪並沒有看到蛾翅。

鷹霜站在族長身前，正報告著剛才發生的事。「所以這隻愚蠢的貓找到藉口，」他用尾巴朝溪兒指了指，「追逐一隻松鼠進入影族然後殺掉，回來時還差點被一隻怪獸壓扁。我只能說，給她逃過了還真可惜。」

暴毛的嘴唇往後縮起；棘爪距離太遠，聽不見他的咆哮，但卻能看到他頸後和肩上的毛都開始豎起。

「沒有必要說這樣的話。」豹星的語氣很冷靜。「溪兒，鷹霜的話是真的嗎？」

溪兒很不自然地點了點頭。「是，豹星，是真的。但我當時並不知道自己那麼做是錯的，不會再有下次了。」

「連一次都不該發生。」看到黑爪走到群眾面前，棘爪的心沉了下去。黑爪是河族最兇狠的戰士之一。「就連小貓都知道不應該跨過邊界。」

「影族的貓兒看到了嗎？」豹星問。

這一次回答的是暴毛。「我想沒有。我沒有看到他們的貓，那裡除了兩腳獸和牠們的怪獸之外，也聞不到其他氣味，所以牠們絕不會知道我們到過那裡。」

豹星點點頭，還沒開口說話，鷹霜就插嘴了。「不管影族有沒有看到她都不重要，戰士守則還是被打破了。不知道遵守戰士守則的貓在這裡都沒有立足之地。」

聆聽的貓兒間響起一陣嗡嗡聲。當棘爪發覺他們大多數聽起來都對鷹霜的話表示贊同時，爪子在樹枝裡插得更深了。

「我們應該把她送回原來的地方。」黑爪宣布。

暴毛轉身面對著他。「她走，我也走。」

黑爪沒有回答，只是張嘴無禮地打了個哈欠。暴毛伸出爪子，卻因霧足下達的尖聲命令而頓住。

「暴毛，不！」這位副族長走上前，與這隻灰毛戰士面對面。她說話時，藍眼睛裡透著愧疚。「暴毛，仔細想想，你和溪兒到底計劃在這裡待多久？我們很高興又看到你們，但或許是你們該回到部落的時候了。」

「對，甩掉她，」群眾後方有貓兒這麼說。「暴毛想要的話可以留下，但她有什麼用？」

「她連打鬥都不會，」黑爪也說。「我的見習生就可以咬掉她的毛。」

暴毛的眼睛閃爍著憤怒。「溪兒之前住的地方，有護穴貓負責戰鬥，還有狩獵貓養活整個部落。溪兒就是狩獵貓，在她到這裡之前，並沒有打鬥的必要。」

「我正在努力學習。」溪兒也說。

「妳做得很好。」暴毛用尾巴梢輕碰她的肩。「妳很快就會跟其他貓兒一樣打鬥了。」

「那也要有機會才行啊，」黑爪說。「難道你看不出，族裡並沒要她留下嗎？」

「對，蛾翅的夢不也說了嗎？」另一個聲音問。「星族說過，我們族裡有兩個外來者。」

想到蛾翅在大集會上所形容的夢境，棘爪的肚子絞扭起來。那個夢裡說，溪裡有兩顆怪異的石頭阻擋住溪水流動，只有在那兩顆石頭被沖走之後，溪水的流動才恢復正常。這個夢真的表示暴毛和溪兒不能待在河族嗎？

「蛾翅？」鷹霜往四周看著。「蛾翅，妳在哪裡？」

有隻金色的虎斑貓站了起來。一直坐在群貓身後的她，拖著腳步走上前，來到她哥哥身邊。

「星族有沒有給妳更清楚的徵兆？」鷹霜質問。

蛾翅遲疑著低下了頭。

「蛾翅，怎麼樣呢？」豹星發問，語氣裡帶著不耐。

巫醫抬起頭，迎視她哥哥的目光。她語氣平穩地回答，「沒有。星族什麼也沒說。我在大集會上就說過，我們不該驟下斷語，認為自己知道那個夢的意義——如果那真有意義的話。有時候，夢就只是個夢而已。」

族裡響起抗議的吼聲。「難道妳忘了我在大集會上跟妳說過的話？」鷹霜吼。

「沒有，可是——」蛾翅囁嚅著開口，然後被豹星打斷。

「蛾翅，妳是巫醫，妳需要告訴我們該怎麼做。」

「對不起。」蛾翅再次低下了頭。

「我認為那個夢清楚得很，」黑爪咆哮著。「不趕走這兩隻貓，河族就會諸事不順。」

空地上充斥著同意的低語。豹星看了霧足一眼，對這位副族長說了句什麼，但音量太低，因此棘爪沒聽見。同時鷹霜走向暴毛，直到他倆面對面地站著。「你顯然毫不尊重戰士守則，你們兩個都一樣，」他急躁地說。「回部落去，到屬於你的地方。」

暴毛發出極度憤怒的吼聲，向鷹霜撲了過去。他把這隻大虎斑貓打倒，然後用有力的後腳猛踢他肚子，扯下了好幾塊毛。鷹霜也用爪子插向暴毛肩頭還擊，還想咬他喉嚨。

「不！」溪兒尖叫出聲，衝進這兩隻大打出手的戰士中間。「暴毛，住手！」

棘爪的爪子在樹枝上刮過，身上的每一根毛都在告訴他要衝下樹去，加入暴毛那一方打鬥。但他必須留在原地。下去只會造成更多麻煩，如果火星知道他的戰士在別族營地裡動手攻擊，也會大發雷霆。

暴毛仍在出手，毫不理會溪兒要他住手的哀求，爪子擊向鷹霜身側。這隻虎斑戰士在暴毛的重量下不斷揮拳，卻頂多只護住了自己的臉。棘爪瞇起了眼睛；鷹霜絕對能打得更兇狠一點吧？虎星對他們的訓練已使他比樹林裡的任何貓兒——也許除了棘爪自己——還要強壯且技巧高超，但現在他卻沒有奮力打鬥，只在暴毛攻擊下左閃右躲，擊出的拳頭既無準頭也沒力氣。

棘爪對他的計劃心知肚明。

鷹霜並不想在打鬥中擊敗暴毛；他是要他永遠離開不再回來。他一定早就開始挑撥族貓們對這兩位訪客心生反感；大集會上也是他堅持要蛾翅述說夢境，還替她做出詮釋。溪兒追逐松鼠所犯的錯正好成了他的藉口，挑釁暴毛去攻擊他。

棘爪內心不免敬佩起這位同父異母弟弟的陰險奸詐和那股強烈的野心。虎星一定會感到非常驕傲。但棘爪也知道，自己永遠不會有那種勇氣，如此露骨地求取權力。這真的也在戰士守則之中嗎？

「夠了！」豹星的喝斥把棘爪的注意力拉回空地。「霧足、黑爪，把他們拉開。」

河族副族長跳上鷹霜的肩，猛力把他的頭扳回。黑爪推開溪兒，對暴毛的鼻子猛揮一爪；這隻灰毛戰士往後退開，抓住鷹霜的爪子就鬆開了。兩隻貓都掙扎著站起，喘著氣瞪視對方。血從鷹霜肚皮和身側淌下，暴毛身上則沒有明顯傷口，只除了臉上被黑爪攻擊的幾滴鮮血。

「暴毛，你竟然攻擊自己的族貓！」豹星聽來大為震撼。「你顯然忘記了戰士守則，不然就是它已對你毫無意義了。」

暴毛張嘴想要說話，但豹星卻繼續說了下去，聲音裡帶著真誠的悔意，「你必須離開河族。這裡沒有你立足之地，你現在要跟部落一起過活了。」

暴毛和溪兒驚駭地互看一眼。棘爪心裡卻想，被遣返回到溪兒所住的山區不知道有什麼好怕的。

有一個心跳的時間他以為暴毛會抗議，但這隻灰毛戰士卻驕傲地昂起了頭。「很好。」他的語氣冰冷。「我們這就走。但這是河族的損失，不是我們的。這裡已經不再是我曾待過的那族了。」

他尾巴一捲，把溪兒拉近身前，兩隻貓頭也不回地走出空地，消失在樹叢間。

鷹霜看著他們走遠，冰藍色的眼裡閃動著勝利的光芒。

棘爪小心翼翼地不讓自己被發現，他爬下樹來，再次涉水過溪，悄悄走進樹叢往湖邊走去。剛才看到的那一幕使他把火星交代的任務拋到腦後，他現在只想跟暴毛說話。

在水邊走到半路的他停下來嚐了嚐空氣，聞到暴毛和溪兒的混合氣味，那氣味濃烈而新鮮，棘爪知道他們就在附近。他爬上一個矮丘，在另一邊看見了他們，他們低垂著頭，交纏著尾巴正要往湖邊走去。

在距離河族營地這麼近的地方，棘爪不敢喊他們。他一面警惕地聆聽是否有追兵，一面跟蹤他們，從一叢蕨葉或榛樹叢掠到另一處。他在岸邊趕上他們，就在通往小島的樹橋附近。

「暴毛！」他噓聲說。「等一下！」

溪兒跳了起來，暴毛則轉身面向棘爪，伸出爪子，豎起頸後的毛。

「棘爪！」他驚喊。「我還以為你是那吃烏鴉食物的下流——」

他的話沒說完，溪兒就用尾巴輕碰他的肩。「別說，」她低語。「沒有用的。」

溪兒發出一聲嘆息，攤平了頸後和肩上的毛。「你在河族領域裡做什麼？」他問棘爪。

「這不重要，」棘爪回答。他從水邊退開，用尾巴示意暴毛和溪兒跟上，直到抵達一處扭曲的荊棘樹叢下，好在那裡說話而不被發現。「剛才的事我都看到了，」他說。「我真的非常遺憾，他們不該這樣對你的。」

「自從我回到河族，鷹霜就一直蓄意惹麻煩，」暴毛咆哮著。「他擔心如果我留下，霧足當族長時就會選我當副族長。」

棘爪並不驚訝；以前霧足被兩腳獸抓住時，鷹霜曾當過一次副族長，但那時暴毛去了太陽沉沒的地方。一旦暴毛又回到族裡，就成了棘手的競爭者。

「你現在要回山裡去了嗎？」他問。

「現在還不可能。」暴毛回答。他的語氣怪異，還不敢面對棘爪的眼光。

棘爪並沒有逼他。他懷疑那裡出了事，也想知道更多消息，但他也知道在暴毛準備要說之前，絕不會告訴他。「跟我一起回到雷族如何？」他建議。「至少今晚火星會很高興地接待你們。」

暴毛抽動著鬍鬚。「我們不能那麼做，」他說。「那樣只會引發你們和河族之間的麻煩。」

「火星的所作所為不需要別族同意，」棘爪指出這一點。如果暴毛和溪兒不能回到部落，那麼他們可能就只剩下成為獨行貓的選擇，並且在沒有貓族的保護下過活。那種日子非常艱困，對習慣與群貓同住的貓兒來說尤其如此。「來吧，」他鼓勵著。「夜晚來臨前反正也走不遠，更何況你們對這塊領域也不熟。」

暴毛轉向溪兒。「妳說呢？」

「你決定吧？」她低語，把臉埋進暴毛肩上。「你知道不管你走到哪裡，我都會隨你去。」

好像在做心理準備似的，暴毛閉上眼睛一會兒。「好吧，」再次睜開眼睛時，他對棘爪說。「我們跟你一起回去。溪兒，走吧。」

棘爪領先沿著湖岸下行，走向雷族領域，這一次他選擇經過風族。他們拖著沉重的腳步，震驚而疲累地行走時，棘爪一直想著他在河族營地裡看到與聽到的一切。

「知道嗎？」他們經過馬場時，他對暴毛說。「鷹霜也有道理。你不該攻擊他的。」

「我知道，我知道。」暴毛揮動尾巴。「但他故意激我那麼做。他就是要我攻擊他，這點你我都一樣清楚。」

棘爪不知道該如何回應。他心底清楚暴毛是對的，但他也知道鷹霜這麼做的原因。他還來不及開口，暴毛就停步面對著他。「棘爪，小心點，」他沉聲警告。「你選擇的路只會招來麻煩。」

棘爪凝視著他，一股熱辣辣的愧疚感充塞全身。暴毛絕不可能親眼見到棘爪在夢裡與鷹霜會面、或者虎星訓練他們的情景。難道他已發覺棘爪跟他同父異母弟弟的感情，比其他貓兒想像的還親近？

暴毛像要趕走一隻蒼蠅似地抽動著耳朵。他不再多說，轉身沿著湖邊走去。

棘爪的目光追隨著他。他替他朋友和溪兒被粗魯地趕出貓族感到難過，然而他也無法認定鷹霜就全盤錯誤。如果這是他取得權力的最佳方式，那麼從這角度看來，他的行為不就完全正確了嗎？

第十六章

棘爪帶領暴毛和溪兒穿過荊棘通道走回雷族營地時，太陽已經下山了。濃暗的影子蒙上石頭山谷，只有一兩隻貓仍在獵物堆旁徘徊。守衛入口的雨鬚看到暴毛和溪兒出現，驚訝地楞在當地，但當他看到棘爪跟他們在一起時，便一語不發地對他們點頭打招呼。

「我們去找火星。」棘爪建議，跳過空地走向落石堆。

當暴毛和溪兒跟在他身後來到族長窩前，他發現火星已經在洞穴後方的苔蘚巢穴上盤好身子。棘爪在空地上停步時，他抬起了頭。

「很好，你回來了，」他說著坐起身，甩掉身上的幾塊苔蘚。「你怎麼——」發現棘爪並不是單獨前來時，他話聲突然停頓。「是暴毛和溪兒嗎？」他驚訝地問。

「沒錯。」棘爪跨步走進，對族長點了點頭。「火星，對不起，發生了一點事。」

火星的尾巴一掃，示意暴毛和溪兒進到窩

裡。「跟河族發生問題了嗎?」

「也可以這麼說。」棘爪回答。他迅速把一切告訴火星,從他看到溪兒追逐松鼠起,一直說到他邀請這對被放逐的貓兒與他一起回來雷族。

「你做得沒錯,」他一說完火星就這麼說。「你不能放著暴毛和溪兒連過夜的地方都沒有。」他轉向暴毛,又說,「歡迎你們倆在這裡住,要待多久都可以。」

暴毛的耳朵抽動著。「我們只是想今晚就——」他開口。

「由你決定,」火星告訴他。「但你應該花點時間,好好思考要怎麼做。在獾群攻擊時你們幫了這麼多忙,雷族現在接待你只是略報盛情。」

「謝謝你,」暴毛說,溪兒也開口,「你的盛情我們感激不盡。」

棘爪很清楚火星會高興地歡迎暴毛和溪兒永久住在雷族。他雖然很喜歡暴毛和他的部落伴侶,卻並不肯定這個決定是正確的。其他族貓會怎麼說呢?河族發現後又會有何反應?

「棘爪,帶他們去吃點東西,再找個地方讓他們睡覺,」火星命令道。「剩下的我們明天早上再談。」

棘爪帶頭走出族長窩,下行來到空地。他這才發覺自己有多飢餓;自從早上在靠近兩腳獸綠皮附近捕到一隻老鼠後,他就沒吃過東西。獵物堆上已經沒多少東西剩下——狩獵巡邏得一早就去獵食——但棘爪只選了一隻畫眉鳥,而讓暴毛和溪兒共享一隻兔子。

他們吃完時,天色已然全黑,棘爪帶頭走向戰士窩時,銀毛星群在他們上方閃爍。荊棘樹上的新生枝葉還未蓋過獾群破壞的痕跡,戰士們也在他們的苔蘚巢穴上盤緊身體。他們大多數都已睡著，或仍昏昏沉沉地嚼舌根，剛開始根本沒有誰注意到有陌生貓兒加入。

「你確定這裡有我們的位置嗎？」他們滑步走過外面的樹枝時，暴毛問。

「多得是。」棘爪要他們放心。

他走向石牆附近的多餘空位，卻不小心踩到塵皮的尾巴。這隻棕色虎斑貓抬起頭來。「幹嘛啊？」他不高興地說。

「對不起，」棘爪低聲說。「只是暴毛和溪兒，他們要待一陣子。」

塵皮嘀咕著。「火星知道嗎？」

「當然知道。」棘爪感到憤怒，難道他會在沒問過族長的情況下，就把陌生貓兒帶進窩裡嗎？

塵皮抽動著鬍鬚又盤起身子，刻意把尾巴拉近身邊。棘爪總算安全把他朋友送到空處，沒有打擾到其他貓兒。發現松鼠飛就在附近使他鬆了口氣；棘爪接近時她抬起頭，用友善的聲音說，「嗨，暴毛、溪兒。你們在這裡做什麼？」

「我待會兒再告訴妳，」棘爪回答。「先把暴毛和溪兒安頓好。」

「當然。」松鼠飛往旁移了移讓出更多空位。雲尾睡在她旁邊，她用力在他身上戳了一下。

「過去點行不行？你佔的位置比獾還大耶。」

「獾？在哪？」雲尾站了起來，圓睜著的藍眼睛裡滿是警戒。

「沒有啦，鼠腦袋。」松鼠飛斥責他，這時又有幾隻貓翻動身子，窩裡全是探高的頭。

棘爪幫著暴毛和溪兒在苔蘚中做出巢穴，最後終於在松鼠飛身邊坐了下來。他張大嘴巴打了個大哈欠，簡直難以清醒地訴說這一切。

「真希望我也在，」松鼠飛在他說完後說道。「就可以把鷹霜的耳朵撕碎。」

「不，不可以，」棘爪回答。「不能在河族營地中央這麼做。」

松鼠飛伸出爪子。「總之他最好離我遠點。你想他們會留下嗎？」她又問，把耳朵歪向暴毛和溪兒的方向；他們已經睡著了，在苔蘚和蕨葉中緊緊依偎著對方。

「希望如此。」他又張大嘴打了個哈欠；再次開口時聲音含糊不清，「雷族需要好戰士。」

「河族的損失是我們的收穫。」松鼠飛同意。

她用舌頭舔著棘爪的耳朵；棘爪進入夢鄉前最後感覺到的就是那溫暖、規律的撫觸。

棘爪睡醒時，黎明灰白的光正穿透荊棘樹叢的樹枝灑進來。他聽見外面沙暴開始召集巡邏隊的聲音。他迅速跳起，往空地走去。

「讓暴毛和溪兒一起去黎明巡邏如何？」他對這隻黃色母貓建議道。「這樣可以讓他們開始熟悉這塊領域。」

沙暴轉動耳朵，然後點點頭。「好吧，好主意。」

「熟悉這塊領域是什麼意思？」塵皮從他身後走來，讓棘爪嚇了一跳。這隻虎斑公貓聽起來仍因昨晚被吵到而不高興。「我以為他們只待一個晚上。」

「一切都還沒決定。」棘爪回答，後悔自己對巡邏隊提出建議時應該更有技巧一點，不然就是別讓塵皮聽見。

「哦，不重要啦，」沙暴說。「他們已經在這裡了，那就不妨讓自己有用一點。」

她探頭進窩呼叫暴毛和溪兒。他們出現後，這四隻貓就一起出發了；塵皮雖然沒有說話，但他消失在荊棘通道裡時棘爪卻看到他的尾巴梢在顫動。

棘爪加入松鼠飛、雲尾和亮心做狩獵巡邏。他們帶著一大堆獵物回來時，他注意到空地上站了比平常更多隻貓，好像都在等待著什麼。不安的感覺傳遍他全身。

「怎麼回事？」松鼠飛問，在獵物堆上放下三隻老鼠和一隻田鼠。「嘿，蕨毛！」她向一隻走過的黃毛戰士揮動尾巴。「發生什麼事啦？」

「鼠毛剛剛召開族貓大會。」蕨毛解釋。

「鼠毛要召開大會？」棘爪重複道。「她可以這樣嗎？」

蕨毛聳聳肩。「她已經這麼做啦。」

「噢，很好嘛，」雲尾挖苦地說。「麻煩愈來愈多了，正是我們需要的。」

「我去問問葉池，看她是否知道些端倪。」亮心朝巫醫窩跳了過去，雲尾厭惡地揮動尾巴跟上。

棘爪的不安感愈來愈深了。他看到空地上那隻瘦削的棕毛長老站在擎天架下方，塵皮在她身旁，兩隻貓看來都很憤怒。

「看到了沒？」棘爪頂了松鼠飛一下，揮了揮尾巴要她注意。

呢？

松鼠飛點點頭。「不曉得這到底是怎麼回事，」她說，「但我應該猜得出來。」

「我也是。」棘爪往四周看著，發現暴毛和溪兒身貼身地坐在荊棘圍籬旁。他猜想，他們是在猶豫不知道是否該參加不屬於他們部族的大會，還是只想確保在事態變糟時能夠趁機逃走呢？

他向他們走過去，松鼠飛與他並肩同行。

「你們沒事吧？」他問。「有誰跟你們說了什麼嗎？」

溪兒搖搖頭。「我們沒事，」她低聲說，但眼神卻透著憂愁。

「今早的巡邏非常成功，」暴毛說。「沙暴很友善，可是塵皮──不過塵皮對哪隻貓都很粗魯，所以也不算太特殊。但我們回來時卻看到有貓兒瞪視著我們，而且幾乎沒有貓跟我們說話。我想塵皮跑去見了長老，然後鼠毛就召開這場大會了。」

鼠毛的吼聲從空地那頭傳來，他停止說話。「火星！火星！」

不久火星就出現在擎天架上。一道陽光照得他全身如火焰般紅，也把他的雙耳染成了金色。「什麼事？」他問。

「族貓需要跟你談談。」鼠毛回答。

棘爪走近了些，用尾巴示意他朋友們跟著。同時火星也跳下石堆，加入了空地上的其餘族貓。棘爪擠身來到群眾之前，以便聽清楚每一句話，並在需要時可以發言。

「鼠毛，怎麼了？」火星面對這位長老，他的綠眼睛與她平視。「這到底怎麼回事？我向來以為召開全族大會是族長的責任。」

回答的是塵皮。他抑制著憤怒，帶著深沉的嚴肅開口。「火星，我們並不是想在暗中詆損你，」他說。「但我們很擔心雷族的……烏合之眾愈來愈多。先是黛西和她的孩子，現在又有暴毛和溪兒。照這樣發展下去，我們就不再是雷族，而是一群獨行貓的集合體罷了。」

「鼠腦袋！」松鼠飛在棘爪耳邊發出噓聲。「難道他忘了火星的出身嗎？」

棘爪沒有回答，因為鼠毛也開口了。

「塵皮說的沒錯，」她宣告著。「你收容了太多陌生貓兒。這不符合我學過的戰士守則。」她又更尖銳地說，「火星，你可以處罰我，但這是我的意見。」

火星用尾巴梢輕碰著她的肩。「鼠毛，我絕不會懲罰妳的。對全族有影響的事，每隻貓都可以發表意見。但我認為妳錯了。」

鼠毛頸後的毛豎起。「為什麼？」

「因為雷族需要更多貓。在黛西來之前，我們只有兩位見習生，一隻小貓也沒有。現在我們有很多小貓了，但我們也需要強壯的戰士。妳也知道黑星和豹星在上次大集會中說了什麼，他們想要更多領域。影族想要移動邊界時，我們已經不得不跟他們開戰了。」

「而且我們知道樹林裡還有狐狸和獾。」沙暴也說。

火星動了動耳朵，贊同她出言支持。「暴毛和溪兒也能幫忙訓練年輕戰士，」他繼續說。「溪兒還會我們從沒學過的狩獵技巧。」

「如果我們的領域裡有山，那些技巧才有用。」塵皮冷漠地回答。

「我們不知道技巧什麼時候會有用，」火星反駁了。「而且我們也有必要替現在仍在育兒室裡的小貓們找導師——等到有更多小貓出生，就會需要更多導師了。」

山谷裡到處迴盪著不同意的嗡嗡聲。雨鬚的聲音拔眾而起。「有些雷族貓從來沒有見習生。」

「暴毛算是半隻雷族貓，」棘爪邊說邊上前站到火星身旁。「你可以說他有權利待在這裡。」

「沒錯。」火星感激地望了他一眼。「他在河族長大，但所有貓兒都知道他父親是雷族的貓。」

「這就難怪了。」棘爪身邊響起咕噥聲。「火星就是不計一切要讓灰紋的孩子進入族裡。」

棘爪轉過頭，發現自己面對著長尾看不見的目光。他真想把這隻虎斑戰士的毛給扒下來，但他只發出一聲輕噓。**火星聽到這句話了嗎？**他心想。**這是真的嗎？**暴毛跟他父親灰紋非常相似，擁有灰紋的勇氣以及對朋友和部族的絕對忠誠。如果火星開始喜歡暴毛誰也不會驚訝，畢竟他太想念他那位老朋友了。

「灰紋和火星是好幾個季節的朋友，」刺爪對長尾說。「他當然會覺得對灰紋的孩子有所虧欠。」他的話聲很低，棘爪分辨不出他對火星的決定究竟是贊同還是反對。

「至於溪兒，」火星繼續說，「我們看重的不是一隻貓的出身，也不是她的孩子將來會成為什麼。」

誰還能再爭辯？棘爪心想。**我們族長是寵物貓，更是樹林裡前所未有的偉大貓兒。**

「忠誠才是我們看重的，」火星宣布，「而那就是現在，而非過去。忠誠可以見證在每一天、帶回給族裡的每一個獵物、在敵人身上留下的每一個爪痕、每次的巡邏和訓練裡。」

「但如果雷族需要跟河族打鬥呢？」塵皮問。「到時候暴毛要怎麼做？」

「你說他是叛徒嗎？」棘爪怒吼。他看了他朋友一眼，但暴毛卻像事不關己似地專心研究著自己的腳掌。

「我是說他會兩邊不討好，」塵皮反駁。「難道你希望這種事發生嗎？」

棘爪必須承認這隻虎斑戰士的話是對的。當初暴毛決定拋下河族跟溪兒住在山裡時，就已經感受過那種痛苦了，現在他一定又有那種感覺，要被趕出他生長的部族。但是他有其他選擇嗎？

「暴毛是我們的朋友。」松鼠飛在爭論中開口說話。「他也去了太陽沉沒的地方。溪兒的部落在我們行經山區時還接待了我們。沒有他們，你們有多少貓現在還能活著？這就是你們對她報恩的方式嗎？」

「那不一樣！」雨鬚喊。「我們從沒有想在那裡住一輩子。」

「何況，那也不是目前的問題，」鼠毛說。「我們必須想想雷族的未來。」

「夠了！」火星一揮尾巴。「我聽了各位的意見，但我不會改變心意。如果暴毛和溪兒決定要離開，那麼我們就盡力幫忙。如果他們想要留下，那我們就要好好待客。大會結束！」他轉頭大步走回上通窩裡的亂石堆。

有一個心跳的時間，全族都因驚嚇而沉默。火星從未如此喝斥著下達命令，對他意見不合的戰士也從來沒有生氣過。棘爪猜想這次集會對他意義更加重大，是因為他寵物貓的出身，也因為對灰紋的兒子提供幫助是他能為這位離去的老友所做的最後一件事。

火星消失在窩裡後，其餘族貓散成好幾個小團體，各自說起悄悄話來。有些貓兒都對暴毛和溪兒投去惡意的目光；棘爪看得出來，對火星的決定感到不滿的不只是塵皮和鼠毛而已。

棘爪與松鼠飛一起走向他的朋友。暴毛對他抬起頭，琥珀色眼睛裡充滿痛苦。

「我們會走，」他說。「我們不能造成這樣的內訌。」

「你哪裡都不能去，」棘爪說。「我不會讓族貓們趕你出去。」**不會像河族那樣**，他暗自在心裡說。「我去跟火星談談，我們會想出辦法的。」

他不等暴毛同意，就往擎天架走去。他聽到身後的松鼠飛說，「來場狩獵如何？上次我發現一個獵食的好地方，到處爬滿老鼠。」

棘爪探頭進入火星的窩裡時，這位族長正坐在巢穴裡，雙眼茫然地凝視石牆。棘爪的出現讓他嚇了一跳。

「噢，是你，」他說。「進來吧。」他說話時眼神依舊遙遠，「我只是想到了暴毛出生的情景。灰紋帶著他和羽尾去河族，因為他認為那裡比較安全。」

棘爪發出同情的聲音。他不記得那麼久遠的事，那時候的他只是一隻小小貓，跟姊姊褐皮一起在育兒室裡。她也離開了，成為影族的戰士。霎時寂寞像爪子般掐住他的喉嚨，使他深切體會到火星的痛苦。

「火星，我得跟你談談。」他遲疑地開口。

「什麼事？」火星眼裡又出現老舊的火焰。「我以為你要暴毛和溪兒留下？」

「是的，我認為你說族裡需要新戰士的話完全正確。可是……」他的爪子在窩裡的硬石地上刮著。「我覺得你的用詞並不妥當。」

他以為自己耳朵會被猛拍一下，因為出言太過魯莽；但火星並沒有移動，只是用看穿一切的綠色眼神望著他。

「繼續說。」

「雷族的每一隻貓都很忠誠。在必要之時，他們全都願意為雷族犧牲。被獾群攻擊的時候我們都看到了這點。」

「但他們還是要跟我爭辯！」火星說，他的尾巴梢晃動著。「他們召開集會要告訴我我錯了。」

「對——因為對雷族效忠並不一定等於對你效忠。」長尾對火星想留下灰紋兒子的譏諷閃過棘爪腦海，但他知道自己絕不能把這話告訴火星。「塵皮和鼠毛永遠也不會背叛族貓。但是他們覺得——每隻貓都覺得——站在護衛全族的立場，他們必須堅持己見。」

「那你有何建議？」火星低吼。「就這樣讓步？把兩位優秀的戰士趕出去，就因為族裡的貓不喜歡他們的出身？」

「不，但你必須表現出雷族有強勢的領導。這樣無論發生什麼事，雷族都會團結在一起。」

火星瞇起眼睛。「所以你建議我怎麼做呢？」

棘爪吞了一口口水。儘管那些話像頑固的食物塊哽在喉嚨，他知道仍然必須說出口。在他腦海某處，在那產生夢境的地方，他似乎聽見虎星在狂怒中對他尖喊。但這些都無關緊要。他對部族的忠誠必須放在第一位。

「你需要任命一位新的副族長。」

火星凝視著他，棘爪可以從那搜索的眼神裡看出，火星清楚知道他的要求。

但這位族長唯一的回應卻是，「為什麼？」

「因為團結的領導——由兩隻忠誠的貓管理——能夠說服全族，即使有獾群攻擊，我們依舊強壯。難道你不知道那些像黑星的戰士都嘲笑我們、認為我們很弱？」

火星頸後和肩上的毛都豎了起來，聲音變成了低吼。「弱？我倒希望黑星有膽就在我面前說說看。」

「弱，」棘爪重複道，深深吸了口氣。「沒有副族長的部族顯得脆弱，因為如果其他族將這視為弱點，就更有可能攻擊我們。影族已經嘗試把他們的氣味記號設在我們領域裡了，讓一切維持現狀非常危險。火星，大家都知道你對灰紋的事有多難過，但你必須任命一位新的副族長。」

火星的綠眼睛定定地注視窩牆，彷彿他的視線能夠穿過石頭，看到棘爪猜也猜不著的景象。「你記不記得，」他輕聲開口，「你剛當上戰士時，我必須離開族裡一陣子？那時候灰紋承諾說他會保障全族的安全。『我會等你回來』他這樣跟我說。『不管多久我都會等你。』難道你認為我不該為他做同樣的事嗎？」

「不，火星。」聽到火星回想起他老友堅定不移的忠貞時語氣裡的傷痛，棘爪感到無比愧疚。「但如果你在半路上死亡，即使是灰紋也必須接受事實，這是遲早的事。」

火星一揮尾巴。「灰紋沒死！除非我得到星族的某些徵兆說他已不在人世，否則我絕不放棄希望。」

「星族不能看到一切。」

第三者的聲音使火星僵在當地。棘爪轉頭看到沙暴就站在窩口。她說的沒錯。在山區，徘徊在天際的是殺無盡部落，那些路徑星族就不熟悉。如果灰紋仍然活著，或許他也走在另一個天空下，而星族並不知曉他的命運。

沙暴進入窩裡走向火星，與他碰了碰臉。「我知道這很困難，」她說。「灰紋也是我的朋友。但現在或許是接受他不會再回來的時候了。」

火星的目光在她身上停了一會兒，然後移向棘爪，眼中滿是受傷與背叛的神色。「你們兩個怎麼都懷疑我？你們也會這麼快就對我放棄希望嗎？」

坐在他身邊的沙暴動了動尾巴，示意棘爪該離開了。棘爪點點頭然後退了出去。他心裡有一部分尊敬沙暴的智慧，希望她能說服這隻既是伴侶又是全族族長的貓，接受他最好的朋友再也不會回來的事實；另一部分的他卻因為火星如此盲目而滿腹沮喪。**每一隻貓都能清楚看出雷族需要一位副族長，如果火星繼續拒絕承認這點，**棘爪陰鬱地想，**到時候反抗他的就不只是意料之外的全族大會而已了。**

第十七章

大會結束後，葉池回到她的窩，忙著替抱怨肉趾裂開的金花做著草糊。不安感像霧一樣圍繞著她。火星從未經歷過像這次對他領導作風的質疑。雷族對他的信任，那曾經帶領他們走過漫漫長路來到新家的信任已變了嗎？他們難道真的忘了火星為他們做過的一切？

她也有其他憂慮，那更令人深深煩惱的疑心。她記得羽尾的警告，也記得藍星曾在夢裡告訴她，她的命運將在無法預知的情況下改變。**這不可能是真的**，她告訴自己。**但如果是真的，我該怎麼做？**

她堅決地把這些惱人的思緒拋開，挖出一點著草糊放在葉子上準備拿去長老窩，卻突然聽見藤葉屏風外傳來腳步聲。以為會見到一隻病貓或是傷貓的她探頭出去，卻發現自己面對著父親。

「火星！」她喊。「你生病了嗎？」他看來病懨懨的，綠眼睛毫無神采，尾巴也垂著。

火星搖搖頭。「我很好，」他的話一點也沒有說服力。「妳母親說我應該來找妳談談。」

葉池示意他在窩口外的蕨葉上坐下。這裡有陽光照耀所以很溫暖，蕨葉屏風也將他們與營地其他地方做了阻隔。她坐在他身旁，尾巴整齊地盤在腳上，低聲說，「你有需要的時候我都在這裡。我會盡力幫忙的。」

火星嘆了口氣。「棘爪跟我談過。他認為灰紋已死，我應該任命一位新的副族長。沙暴也同意。妳認為他們對嗎？」

葉池感到一陣刺痛。不管她多想漠視自己的個人感受，她仍然覺得難以信任棘爪，尤其在陰暗森林裡看到他跟鷹霜和虎星以後。但她怎麼能把這件事告訴火星？而火星又能怎麼做？畢竟在清醒世界裡，棘爪是一位忠誠而活力充沛的雷族戰士。何況，跨出星族之外又怎麼能算真正的巫醫？透露她在陰暗森林裡所看到的一切，又怎麼會是她職責所在？

她猜想，棘爪現在提出這件事，不知道是否因為他希望火星會選他為新的副族長。她曾在他的琥珀色眼裡看到閃動的野心，她也知道他想要掌權。但她也提醒自己，棘爪不可能當副族長，因為他從來沒有見習生。他一定是為了全族著想而暫時拋下了自己的野心；或許在她刻意尋找他身上的黑暗面時，對他做了不公平的判斷。

火星等著聽答案，綠眼睛耐心地凝視著她。「灰紋已經沒有希望了嗎？」他突然問。「星族還沒有給妳任何有關他的徵兆嗎？」

葉池搖搖頭。但她知道這一次她相信了自己內心的聲音。「我想你應該接受灰紋已經走了。」她告訴父親，看到他眼中的痛苦，她的聲音也顫抖起來。

「我們已經失去了許多貓兒，」他喃喃自語。「包括煤皮在內。我的悲痛難道不夠，妳還要再加上灰紋的一份嗎？」

「全族都會替他悲痛，」葉池告訴他。「包括暴毛。」

似乎是這句話把暴毛叫來了似的，她瞥見這位灰毛戰士跟松鼠飛和溪兒走過空地，把獵物放上獵物堆。

「在這裡等我一下。」她告訴父親，然後跳出去見他。

她趕過去時，暴毛剛把獵物放進堆裡。「我要你過來跟火星談談，」她說。「我想他需要你。他……他想決定究竟該任命新的副族長，還是該繼續等灰紋回來。」

暴毛有些遲疑，眼裡蒙上一層困惑。然後他點點頭。「妳在這可以嗎？」他問溪兒。

這隻部落貓兒點點頭。「別擔心，我不會有事。」

「她當然不會有事嘍，」松鼠飛也說。「我們要到空地去練習一些打鬥動作。」

暴毛一直等到這兩隻母貓走出營地，才跟在葉池身旁走回她的窩。火星仍在蕨葉上坐著，雙眼茫然。

「灰紋是我遇見的第一隻族貓，」他心不在焉地說。「我從主人家的花園亂逛出去時，他跳到我面前。我聽過很多住在樹林裡的野貓傳說，卻從來沒親眼看過。他是我最好的朋友。」

「也是我的好父親。」暴毛看了葉池一眼，表示已完全明白怎麼回事，然後就在火星身邊坐下。「但他已經死了，不是嗎？如果他還活著，就連星族也無法阻止他回來找我們。」

「可能是兩腳獸把他關起來了，」火星爭辯著。「我絕不相信我會再也看不到他。」

暴毛把尾梢放在火星肩上。「我知道這很困難。我跟所有貓兒一樣希望灰紋還活著，但我們不能永遠活在希望裡。生活總要繼續。」

火星沉默了一陣子，然後轉過頭直視暴毛。「你認為我應該任命另一位副族長嗎？」

暴毛凝視著他。「你必須做你認為最好的事，」他開口。「但我知道一件事：對灰紋來說最重要的，就是你的友誼和這個族。就連他還在河族的時候，他都渴望著回家。他會想看到雷族強盛壯大，即使這表示接受他無法回來的事實。」

葉池感覺自己的心都碎了。想像灰紋已死竟然這麼、這麼困難。

火星發出長長的嘆息。「知道嗎，你就跟他一樣。」他對暴毛說。

驕傲在暴毛眼中閃動。「真希望我能這樣相信，但我永遠也及不上父親的一半。」然後他抽動耳朵，像要打消那些灰暗念頭似地坐得更直了。「火星，很抱歉，」他說。「溪兒和我給你添麻煩了。我們並無意永久待在雷族。」

「我知道，」火星回答，「但你們願意住多久就住多久。我知道你有其他效忠對象，但在你認為返回部落的時機來臨之前，這裡就是你的部族。」

暴毛低下了頭。「謝謝你。」

火星站了起來。他把臉靠在暴毛頭上一會兒，好像在任命一位新戰士。然後他弓起背做了個大伸展，接著走上空地。

「所有能夠自行獵捕食物的成年貓在擎天架下集合！」

火星的吼聲自信滿滿，但葉池知道這麼做一定讓他非常痛苦。她和暴毛跟在後面走出蕨葉屏風。太陽正要下山，石頭山谷裡滿是血紅色的光。火星站在中央，全身閃閃發亮，等待他的族貓集合。他已經走下擎天架面對族貓們的挑戰，現在他要為自己不得不說的事與他們一起同擔悲痛。

葉池看著貓兒在空地上聚集。棘爪是第一個走出戰士窩的，他身後緊跟著塵皮、雲尾和亮心。灰毛從新鮮獵物堆上抬起頭，站在後方。蕨毛和蕨雲都從育兒室出來，黛西則跟她的孩子們留在門口。兩位見習生都跟他們導師在一起。長老們從榛樹叢下的窩裡走出來；金花一跛一跛地領著長尾，葉池這才愧疚地想起根本還沒送過去的耆草糊。

最後是松鼠飛和溪兒，她們從荊棘通道衝進來跑到葉池和暴毛身邊。

「我們聽到火星在空地上呼喊，」松鼠飛喘著氣說。「出了什麼事？」

「妳聽。」緊張得無法解釋的葉池只能這麼回答。

火星等到全族都在他身邊集合才開口。「雷族眾貓們，」他說，「我一直不想面對的這天終於來臨了。你們全都知道當兩腳獸在舊森林裡抓住灰紋，他就不會再回來了。從那時起我一直想相信他還活著，而且有一天會回到我們身邊。可是現在——」

他的聲音開始顫抖，於是他低下頭站了一會兒才繼續說。等他再次抬起頭來，聲音卻更堅定了。

「我必須面對一個事實，那就是雷族不能繼續沒有副族長下去。」他仰望著逐漸變暗的天空，那裡只出現一位星族戰士，就在空地上方。「灰紋已經死了。」

全族一片寂靜。除了樹枝發出的沙沙聲，葉池什麼也沒聽到。雷族戰士們彼此互望，震驚的眼神裡充滿悲痛。然後一陣輕柔的低語聲響起，滿載著同情與接受。葉池看到包括鼠毛在內的幾隻貓兒在悲傷的認同中點著頭。他們相信火星是對的。他又得到大家的支持了，但葉池明白這代價有多大。

「今夜我們將替灰紋守夜，」火星繼續說。「我將在午夜之時任命一位新副族長。」

貓兒們移動到空地中央伏下，白晝的最後一道光在群貓身上閃動。葉池幾乎感覺彷彿能看到灰紋強壯的灰色屍體躺在他們中間。

「他當過我導師，」蕨毛說。「我從他身上學到的東西比其他貓兒能教的還多。」

「我們一起受訓過，」塵皮也說。「我們曾一起打鬥和狩獵，或許我們也偶有不和，但我總知道自己能信任他。」

「只要能保障部族的安全，他就絕不放棄。」沙暴說。

火星並沒有離開擎天架下的位置，但他也附和了這些話。「他忠貞不二，是任何貓兒能擁有最真誠的朋友。星族將帶著榮耀接納他。」他的聲音又顫抖起來，這一次他卻沒試著壓抑，只說，「再見了，灰紋。願星族指引你的道路。」

他低下頭，緩緩走向落石堆，準備爬回自己窩裡獨自飲淚。

葉池跟其餘族貓在沙沙的耳語聲中蜷伏著，夜色愈來愈深，星族也聚集在天際。祂們是否在歡迎新到的戰士？上次她與星族相會是在月池，那時候也沒有灰紋的蹤影。或許灰紋不只是走在不同的天空下，或許他根本就沒死。

她不安地翻身，目光注視著通往火星窩裡的石牆裂縫。她是否該把自己的疑慮告訴父親？

可是他才剛剛放棄灰紋還會回來的最後希望，現在要他重燃希望就太殘酷了。何況，葉池非常肯定雷族需要一位新的副族長。不管灰紋是生是死，他都不在這裡履行職務、為族付出。

她抬眼望向頭頂上閃爍的銀毛星群。「求求祢，給我一個徵兆吧。」她喃喃自語，然後閉上眼睛，等待星族傳送夢境。

她發現自己在樹林裡，那是一個新葉季的晴朗天氣，金黃色的陽光在苔蘚和蕨葉上舞動。她以為自己在山谷附近，但當她沿著本該通往入口處的小徑走去，卻發現前方矗立著一座厚厚的蕨牆。

空氣裡滿是雷族貓兒的氣味，在那一大叢蕨葉中間，她似乎聽見小貓咪們玩耍的快樂尖叫。她好奇地跳上最近的一棵樹，一直爬到能夠看見蕨葉另一邊景象的高度。

從上方俯視著雷族營地的她，看到了幾個熟悉的窩、堆得老高的獵物堆，和前後走動或懶洋洋躺在陽光下的族貓們。但圍繞空地的卻不是石牆，而是高聳的藤葉圍籬。

葉池忽然發覺自己從樹枝上滑落，像隻鳥似的變成在最高的捲鬚上方飄浮。從那裡她可以直接望進盤結糾纏的枝椏牆內。每根枝椏都長滿了刺，葉池仔細一看才發現那些原來不是刺，而是堅實、彎曲且朝外伸出的貓爪，阻隔入侵雷族的敵人。

藤葉之爪！棘爪會保障全族安全。

這個體認使她突然驚醒。她身邊的貓兒仍然在替灰紋守靈，銀毛星群在天上閃耀著，月亮掠過樹枝，在空地上灑下白色的光。午夜時分就要到了，火星很快就要擇定副族長人選。

葉池打著顫坐起身，用腳掌蓋住了臉。她祈求星族給徵兆，現在星族對她的祈禱已做出無比清晰的回應：棘爪就是祂們心目中能夠保護雷族的貓。就算他從來沒有見習生，就算這些星光戰士都一定知道他與鷹霜和虎星的會面，祂們仍然選擇他。

靜悄悄地以免打擾到哀慟的族貓，葉池站起身探出前腳伸了個大懶腰。然後走向父親的窩。

她來到窩前，發現火星把腳縮在身下蜷伏在巢穴裡。她欣慰地看到他眼中那懾人的哀痛神色已經消失，他沉浸在深思裡，在她出聲呼叫時嚇了一跳。

「葉池，是妳？有什麼事嗎？」

「火星，我必須跟你談談。星族給了我一個徵兆。」知道月亮正穩定地在營地上方升起，葉池倉促地把自己的夢境告訴他。

「棘爪？」她說完後，火星重複著。「對，他是位優秀的戰士，會成為一位出色的副族長。」他在苔蘚和蕨葉上換了個姿勢。「我差點就要決定任命蕨毛了，」他繼續說。「他也會是優秀的副族長。但我不能忘記自己並不只是選擇副族長而已，我是在選可能成為下一位雷族族長的貓。而不知怎麼……我並不肯定那會是蕨毛。」

「棘爪可以，」葉池說。「我知道他還沒有見習生，但我想如果星族認為此事重要，就不會傳送那個徵兆給我。這是異乎尋常的時間點——雷族從沒有過那麼多見習生。我……我真心相信棘爪是個好選擇。」儘管有著種種疑慮，她仍不能忽視這隻虎斑公貓的勇氣和戰士技巧，以及帶領他的貓兒同伴前往太陽沉沒的地方，然後又帶著拯救全族的預言把他們帶回家的那份決心。星族那時候就選定他了；這可能是祂們要他做的下一步。

火星深思著點頭。「謝謝妳，葉池。」他站起來，迅速梳理好自己。「走吧，時候到了。」

他走出窩外，來到擎天架上。葉池跟過去與他並肩而站，俯視著下方的空地。族貓已在下方集合，大家都知道午夜時刻即將來臨。他們仰頭凝望礁岩時，眼睛在月光下閃著白光。

「現在該為雷族任命新副族長了，」火星宣布。「我向星族祈求，我們祖先的靈魂和灰紋杳然無蹤的靈魂能夠聽到並贊同我的決定。」

他頓了頓，彷彿就連現在他仍在猶豫是否要放棄灰紋還會回來的最後希望。但當他再度開口時，聲音卻更加沉穩。

「棘爪將是雷族的新副族長。」

驚訝的呼喊聲從下方眾貓中響起。「什麼？那個愛發號施令的毛球？」蛛足喊道，然後因為自己說話太大聲而一臉窘相。

葉池可以看到每隻貓兒臉上都反映出震驚的神色，但棘爪自己才是其中最震驚的。他張大嘴吸氣，圓睜著的琥珀色眼裡滿是驚嚇。「但我根本還沒有見習生呀！」他叫了出來。

「這不符合戰士守則。」塵皮尖聲澄清。

「火星，你以為可以隨心所欲地做事嗎？」鼠毛瘦削的身體因憤怒而緊繃。「我們要一位副族長好讓本族強盛，而不是一位我們無法信任的青澀戰士。」

「誰說我們不能信任他？」松鼠飛質問。

「安靜！」火星一揮尾巴。「棘爪在森林中的經驗少有貓兒能及。至於他缺乏見習生這點，很快就可以修正。黛西的孩子就快需要導師了，等那天來臨，棘爪就當小莓的導師。」

葉池周圍的氣氛雖然緊繃，但聽見育兒室方向傳來的響亮尖叫時，她仍得壓抑著不發出高興的喵嗚聲。她轉過脖子從枝椏間望去，看到小莓在興奮中瘋狂地追逐著自己尾巴。

「但這並非我選擇棘爪的唯一理由，」火星繼續說。「葉池，請把妳的夢境告訴大家。」

葉池走上前到擎天架邊緣，描述著星族傳送給她的徵兆，和那保障全族安全的藤葉圈。她說完後，看到塵皮低下了頭。

「我不能跟星族爭吵。」他說。

「但是我可以！」出乎葉池意料的，這句挑釁之言發自灰毛。他大步走上前站在擎天架正下方，月光把他一身的灰毛染成了銀色。他的說話對象不是族長，反而轉身面對全族。「你們難道不認為松鼠飛是棘爪的伴侶、而本族巫醫又是松鼠飛妹妹這件事很怪異嗎？她當然可以順水推舟地在此刻得到有關棘爪的徵兆，不是嗎？」

葉池感到頸後的毛都豎了起來。灰毛竟敢影射她捏造徵兆以便幫助姊姊的伴侶成為副族長！就算他因為松鼠飛棄他並愛上棘爪而感到酸苦，也不該暗示巫醫會說謊。

「灰毛，你——」她開口。

她的話被松鼠飛發出的狂怒吼聲蓋過。「有膽就再說一次，狐狸屎！」

這隻黃毛戰士衝向灰毛，卻被棘爪拉住，他把她推到一旁，用尾巴圈住她脖子。他對她迅速而急切地說話，但音量低得葉池無法聽見。

「有其他貓兒贊同灰毛的話嗎？」火星冷靜地問。

葉池看到蛛足不安地往左右張望，張嘴想要說話，顯然又改變了主意。

「我們都不贊同，」蕨毛喊了出來。「如果星族選擇棘爪，這理由對我們就已足夠。我認為他會是個了不起的副族長。」

棘爪警告似地看了松鼠飛最後一眼，然後退開。他對蕨毛點點頭，然後對火星深深鞠了個躬。「謝謝你，」他說。「我知道我不能填補灰紋的缺，但我會盡力當好雷族的副族長。」

族貓們來到棘爪身邊恭喜他，靠向他並呼喊著他的名字，葉池的緊張感才放鬆下來。暴毛和溪兒是第一個上前恭喜的，連鼠毛也在群貓之中。唯一沒有上前的是灰毛，他獨自走向戰士窩。

貓兒逐漸從空地離開，有些回到窩裡，有些繼續替灰紋守靈，這時葉池看到另一隻貓圍在棘爪身邊。那是隻壯碩的公貓，肩膀寬闊，卻擁有相同的深暗虎斑毛色。他的身形幾乎立刻就消失了，但葉池卻及時捕捉到那彎曲而有力的爪子和他琥珀色眼裡的勝利光芒。

虎星仍陰魂不散地跟著他兒子，而且在火星選他當副族長時就已經在他身邊。

第十八章

棘爪在林間疾奔，他感到身上每一部分和每一根毛都充滿了精力。他等不及要告訴父親和鷹霜這個消息：副族長！火星這麼宣布時，他簡直不敢相信，但那卻是真的。不只是火星，連星族自己都選擇了他。現在他終於有機會在全雷族面前大展所能，而且會盡心盡力地為他們服務。

他衝進空地，虎星坐在那塊石頭上等待，鷹霜則坐在旁邊地上。「虎星！」他喘著氣喊。「大消息！」

虎星用琥珀色的眼睛凝視著他，眼神裡閃著驕傲與滿足，棘爪這才明白他早已知道了。「雷族的副族長，」他說。「你幹得很好。」

「副族長！」鷹霜喊。棘爪看出他冰藍色的眼裡閃著嫉妒。「卻沒有見習生？」

「是星族選上我的，」棘爪解釋。「祂們傳了個徵兆給葉池。」

虎星尖銳地說，「別在這裡提到星族。你

得到這個職位，憑藉的是你自己的技巧以及從我這裡學到的一切。只不過當權力即將落入你掌中時，你卻差點讓它溜掉了。」他的眼神變得陰沉，棘爪只有鼓起勇氣不讓自己退縮。「你為什麼要提醒火星，說你沒有見習生？」

「對不起，」棘爪說。「我當時實在驚訝得不敢相信他在說什麼。」

幸好，虎星點了點頭。「也許也不算太蠢，這樣雷族裡就沒有誰會怪你以不公平的手段求取權力。」他的舌頭舔過嘴邊，轉向鷹霜。「至於你，時機會來臨的。」

鷹霜縮起嘴唇，露出尖利的牙齒。「我很懷疑。我看豹星和霧足還可以活上大半輩子。」

虎星一揮尾巴。「我的兒子不准輕言失敗。豹星是四個族長中最老的一位，當她加入星族的行列，霧足能選誰當副族長？別忘了你就曾當過副族長。」

鷹霜點點頭，一副努力想擺脫不爽情緒的模樣。「恭喜你。」他對棘爪說。

「謝謝，」棘爪回答。「我想輪到你應該也不會太久了。」

「夠了，」虎星揮動尾巴說。「我們還有更多計畫要做。你們倆注定要統治整座森林，讓每一隻貓都俯首聽令，沒有你們的命令，誰都不能咬獵物一口。」

鷹霜的雙眼發光，但棘爪卻退後一步。虎星在說什麼？從一族的副族長到統治整座森林，這一步跨得實在太大了。

「什麼意思？」他問。「怎麼能——？」

虎星的咆哮使他閉上了嘴。「等你們倆都當上族長之後，鷹霜會統領影族和河族，因為我當過他們的族長，而他是我兒子，因此他們會歡迎他；至於棘爪你則在率領雷族的同時，也領導風族。」

「但領導風族的是一星呀！」棘爪說。「好幾個季節以來，他們一直是雷族的盟友。」

虎星的尾巴梢抽動著。「所以控制他們才毫不費力氣。風族那些軟弱的蠢蛋太習慣聽從雷族的命令，根本分不出有何差別。」

棘爪仰頭看著父親，他琥珀色眼睛裡燃燒的肯定使棘爪大感畏懼。「可是向來都是四個部族。」他反對著，心裡知道這些話聽起來多麼無力。

「過去在舊森林裡是如此。」虎星抽動耳朵，一口駁斥了貓族的舊家園。「但現在既然一切都變了，或許那個也該改變。事情會變的，只要你有那個實力。」

有一陣子，棘爪也陷進他父親對未來的展望裡。想像自己能控制廣闊的領土，手下還有兩族強壯而有力的戰士實在很有誘惑力。他知道自己能夠好好領導。星族選擇他為雷族的副族長，也許這只是走向他璀璨命運的第一小步而已。

「我們當然有實力，」鷹霜說。「下次大集會時，我們就應該開始在新的那族裡交朋友，這樣併吞的時候就會得到他們的支持。」

虎星點著頭，但鷹霜的話卻讓棘爪非常困擾。他在風族已經有朋友了，如果他想併吞風族，他們並不會支持，只會認為他背叛了他們。他看了顯然在等他回答的鷹霜一眼，然後含糊不清地應了一聲。在還沒有時間把事情想清楚之前，他不要同意任何事。

「大集會是取得權力的好地方，」鷹霜繼續說，他的雙眼發光。「棘爪，等到你我都成為族長，我們就會選擇族裡最強壯的貓兒一起去大集會——」

「應該選擇會毫不猶豫就聽令行事的貓兒。」虎星補充說，一面對鷹霜點點頭，好像他已猜到他兒子的計畫而且頗為贊同。

「當然。然後我們就殺掉其他族長，趁他們困在島上時將之併吞。」

「什麼？」棘爪感到頸後的毛開始豎起。他不敢相信自己聽到的話。「在大集會上？」

「對——這正是巧妙之處，」鷹霜解釋。「誰都不會想到會出狀況。」

「而你只要兩位強壯的戰士守住樹橋出口就行，」虎星補充。「誰都逃不出去。」

棘爪退後一步。「你怎麼會想在大集會上打鬥、殺貓？如果我們破壞協定，星族會生氣的。」

鷹霜聳聳肩。「上次大集會發生打鬥——或在吠臉發言時，星族就生氣了。但我可沒看到有誰因此受傷。」

「一切都有可能。」虎星的吼聲從胸腔深處發出，他琥珀色的眼裡露出威脅之意，怒目瞪視著棘爪。「如果你繼續唯星族是從，或者害怕在爪子上沾染鮮血，就永遠不會成為強力的領導者。」

「我什麼都不怕，」棘爪反駁。「但我不要在大集會上殺貓。」

鷹霜走向他，尾巴拂過棘爪的肩。「別怕嘛，」他說。「只是個點子罷了。如果你不喜歡，還有其他辦法。」

「最好是有。」棘爪並不想繼續談這個話題，但卻發覺在虎星不祥的琥珀色目光下，自己簡直無法隨心所欲地發言甚至思考。

「這件事情應該詳加計畫。」棘爪嚇了一跳，他同父異母的弟弟竟然說出了他的想法。「不如我們在清醒時見個面吧？」

那樣應該沒關係，棘爪決定。沒有父親在旁聆聽每一句話，也許他能夠跟這位同父異母的弟弟好好討論事情，把所有的想法在腦中理清。他搞不好還能說服鷹霜，領導自己的部族就已足夠，而不需要併吞其他兩族。

「好，」他說。「在哪裡？」

「就在你們領域裡吧，」鷹霜回答。「你既然當了副族長，我要脫身應該比你容易。」

棘爪點點頭，這樣的確有道理。「那就在湖邊，影族邊界外那塊延伸到水邊的林地。我們在那裡見。」這樣的話，他在心裡暗想，鷹霜在距離岸邊兩個尾巴以內的協定範圍內，就沒有誰能夠責怪他們不對。

「很好，」鷹霜同意。「就約在兩天後的日出時分。你會需要明天一整天來熟悉新職務。」他一面友善地揮動尾巴，一面這麼說。

「太好了。」虎星的聲音在喉間轟隆著，那是這隻兇惡的貓最接近滿足咕嚕聲的聲音。「現在走吧。我們很快會再見面，討論你們所訂的計劃。」

棘爪轉身要走，聽到鷹霜喊他名字又再回頭。這位同父異母的弟弟冰藍色的炯炯目光定定注視著他。

「你不會忘記我們的見面之約吧？」鷹霜說。

「不，當然不會。」

「記住，求取權力之路總是艱難的。」虎星警告。

他目光堅定地凝視棘爪。好一陣子棘爪覺得自己像個獵物，不確定究竟該往哪裡逃，但肯定終會被抓。

「我不怕，」他盡量讓聲音聽來充滿信心。「別擔心，我會赴約的。」

ϟϟϟ

「嘿，快醒來！」一隻腳掌用力地戳著棘爪身體。「你準備一直睡到禿葉季嗎？要開始整隊巡邏了啦。」

棘爪眨眨眼睜開，看到松鼠飛站在面前。「你現在是副族長了，」她提醒他。「還是你忘了這回事？」

棘爪一骨碌站了起來，抖落身上的苔蘚和蕨葉殘片。為了掩飾自己的困惑，他在胸前的毛上迅速舔了幾下。自從遷移到新家起，副族長的職責都由資深戰士們分頭承擔；現在這些都是他的責任了。

我可以處理，他告訴自己。

濛濛的光已開始照滿戰士窩，黎明巡邏隊必須立刻出發了。

「好，」棘爪說。「我來率領黎明巡邏隊。松鼠飛，妳跟我來好嗎？雲尾，你也一起去，還有雨鬚。」

雲尾張開嘴巴打了個大哈欠，含糊地說，「馬上來。」然後用尾巴梢在這位年紀較輕的戰士鼻尖搔癢把他叫醒。雨鬚猛然直身坐起，雙眼亂瞄著好像搞不清楚究竟是什麼在騷擾他。

「沙暴，」棘爪繼續說，同時因為對資深戰士發號施令而感到不習慣。「請妳去召集狩獵巡邏隊好嗎？」

這隻黃色的母貓點頭同意。「看來用兩隻貓是好主意，你說呢？」她建議。「你想要哪一隻來領導？」

「呃……塵皮？」棘爪本來準備看到這隻虎斑公貓會因為必須聽從年輕貓兒的命令而大發雷霆，但他卻只伸了個懶腰，低聲說，「好。」

「棘爪，你知道嗎？」沙暴的語氣裡帶著一絲笑意。「你下命令的時候沒什麼好擔心的。你是副族長，光這點就夠了。」

「謝謝妳，」棘爪回答。為了想讓自己聽來更有說服力，他又補充說，「只要我還有一口氣能夠打鬥，我都會對雷族效忠。」

他率領巡邏隊走過荊棘通道，上坡走向影族邊界時，不斷在腦中重複著這句話。這是真的。對他來說，再沒有比能讓雷族舒服度日更重要的事。他可以展現給全森林裡的貓兒看，自己是一位多棒的副族長。他只覺得有點可惜，下次大集會還要等超過半個月，到時候火星才會向其他貓族宣布他的副族長之職，而他就能跟霧足、灰足和枯毛一起坐在橡樹根上。

他們來到邊界，他暗自希望會遇到影族巡邏隊，這樣他就可以提及自己的新職位，但那裡卻一片寂靜。影族貓兒的氣味已經開始消逝，表示他們的黎明巡邏隊經過這裡已經有一段時間了。棘爪全身因為不耐煩而刺痛著。他多麼想把這個消息告訴其他貓兒！那感覺就像即使有隻老鼠從面前跑過，他都會警告他雷族副族長準備將牠貶為獵物。

黎明巡邏隊回去時，正好是狩獵巡邏隊要把獵物帶回營地的時候。棘爪派樺掌和白掌把食物拿去給長老、火星和葉池。然後又召集起身邊的貓兒，開始指派明天的巡邏工作。他可不想再像今天早上那樣被叫醒了；而且，他也想確保能夠得空去見鷹霜。

棘爪還在說話，小莓就從育兒室衝出來，在他面前一個急煞車停住。「我要去巡邏，」他表示。「可以嗎？」

「不行，」棘爪堅定地告訴他。「等你當上見習生才可以。」

「到時候你會帶我去，對不對？」

「那當然。」

小莓的雙眼發光。「我會成為副族長的見習生唷。」他對在附近的每一隻貓這樣宣布。

棘爪用腳掌友善地推了他一下，然後繼續指派任務。

「嘿，跛扈掌。」松鼠飛的聲音裡藏著笑意，用尾巴梢拂過他耳朵。「你已經派蕨雲去狩獵巡邏，就不能也讓她去做黎明巡邏呀。」

「對不起，」棘爪對一臉困惑的蕨雲低聲說。「妳跟塵皮一起狩獵。我另外找貓去做黎明巡邏。」

「待會兒再找也可以，」松鼠飛告訴他。「你可以先過來吃點東西。」她讓出通往獵物堆的路，轉過頭又加了句，「副族長應該也吃東西吧？他們不會一天到晚都在執勤吧？」

棘爪放鬆了下來。雖然這些是取笑之言，松鼠飛的綠眼睛裡卻帶著溫暖的關愛光芒。但松鼠飛是否還會願意靠近他、她的雙眼是否仍會閃閃發光，如果她知道他已安排明天跟鷹霜見面？

他知道答案是什麼。如果被她發現，他將永遠失去松鼠飛。此外還會失去什麼呢？當火星發現虎星陰謀殺害藍星的計畫時，虎星的副族長職位就被卸除，然後遭到放逐。如果他與鷹霜和虎星見面的事情被揭穿，同樣的事是否也會發生在他身上呢？

棘爪試著告訴自己這件事絕不會被誰發現，但在新葉季溫暖的陽光下，他仍然全身顫抖。

我沒有要殺掉任何貓兒，他告訴自己。他只希望雷族能夠再度強盛，他的族貓們沒有副族長已經太久了；現在他們有了副族長，棘爪知道自己會盡心盡力去做，才對得起火星和星族對他的信任。

第十九章

葉池正準備出發前往月池，全身卻起了一陣不安的刺痛。棘爪當副族長的第一天過得很順利；他發號施令時保持低調，在他自己做巡邏時也比任何貓兒還要賣力。但她卻忘不了當火星宣布棘爪將成為副族長時，自己曾看到籠罩在棘爪身邊的虎星幻影。不知怎麼，她就是知道棘爪仍然跟他的殺手父親保持聯繫。而這表示整個雷族可能都有危險。

她暗自希望在月池與星族交談時能夠得到徵兆，一面走進樹林，然後現身在溪邊樹下，溪水在踏腳石旁滾滾奔流著。吠臉和蛾翅正在等她，在微弱星光中葉池只能勉強看出還有另一隻體型較小的貓——是柳掌！葉池已經忘記今晚就是這隻小灰貓正式被星族接受、成為蛾翅見習生的日子。

「嗨，」她跳上去對他們說。「柳掌，真高興見到妳。」

柳掌害羞地埋起了頭。她的雙眼發光，看

來簡直興奮得連話都不會說了。「嗨，葉池，」她說。「能來這裡真好。」

葉池鬆了口氣，這位見習生並未提到她們共有的那個夢，她和羽尾在夢裡告訴柳掌在哪裡可以找到貓薄荷。吠臉如果在無意中聽到由另一族的巫醫來指導蛾翅的見習生一定覺得很怪。

「小雲呢？」葉池問。「他向來很準時的。」

吠臉聳聳肩。「不知道。也許他先走了。」

「那我們也快走吧。月亮很快就要升上來了。」蛾翅也說。

葉池看出她朋友緊張得全身緊繃，也可以理解為什麼。蛾翅就要把她的見習生呈現給星族了，而她自己卻根本不相信祂們。她一定很擔心即將發生的事，也許星族會因為柳掌的導師無法接觸祂們，而根本不接受柳掌。

不會的，葉池安慰自己。**羽尾到我夢裡去找柳掌，還答應她將來會有很多星族的夢。**

她真希望自己能夠安慰蛾翅，但在吠臉面前，她根本連有這個問題的存在都不能承認。

四隻貓走過雷族邊界時，聽到身後傳來一聲嚎叫，然後小雲追了上來。

「對不起，」他喘著氣。「我正要走，杉心就來了，要我治療他腳上的刺。歡迎，」他對柳掌點點頭，加了這句。「今晚妳不用緊張，不會有事的。妳有一位了不起的導師呢。」

蛾翅什麼也沒說，但葉池卻沒錯過她眼裡閃過的驚慌。

巫醫們穿過樹叢圍籬站在山谷頂端時，月亮也已高掛天空。柳掌高興地看著銀色的小溪沖激她面前的石頭，看著那似乎盛滿星光的月池在冒著泡泡。

「真美！」她低語。

吠臉領先走下凹凸不平的小徑來到水邊。蛾翅帶著身後的柳掌跟過去，葉池和小雲則殿後。

在水池邊，蛾翅轉身面對她的見習生。「柳掌，」她說，「以巫醫的身分走進星族的神祕世界，是妳的希望嗎？」無論她私下相信什麼，這場儀式該說的話她都已深諳於心——也說得煞有其事的模樣。

柳掌一身灰毛在月光下成了銀色，興奮的她全身的毛都蓬鬆起來，把尾巴翹得又直又高。帶著敬畏的眼神，她莊嚴地回答，「是的。」

「那就走上前。」

柳掌走向她，直到她們都站在月池邊緣。蛾翅仰頭凝視著銀毛星群，葉池猜不出她在那裡看到了什麼。她繼續進行這場儀式，音調拔高了，話聲也顫抖起來；她看來比她的見習生還要緊張。

「星族的戰士們，我把這位見習生呈現在祢們面前。她選擇了巫醫的生涯，請賜予她祢們的智慧與遠見，好讓她領會祢們，並遵循祢們的意願來救治她的部族。」

葉池的心因為同情她朋友而絞扭著，她知道她說出每一個字的代價有多大。她每天都生活在謊言中，但這次卻比以往更嚴重，她必須在所有巫醫都能聽到的情形下，呼叫著她並不相信的星光靈魂。

蛾翅對柳掌晃動尾巴。「伏下來喝池裡的水。」

柳掌眨眨眼照辦了。她導師和其他巫醫也都來到池邊，趴下來在銀色水池裡舔了幾口。

在葉池口中，那水嚐起來就像液體的星光，冰涼透骨。當水滴碰上她舌頭，她便陷入了黑暗，似乎有幾個心跳的時間都在虛無裡飄。

然後她睜開眼，發現自己伏在池邊，池裡的水閃爍著銀毛星群的倒影，但那卻不是月池。這座池在林間空地上，池邊和草間到處長滿了蕨葉和花朵，閃著蒼白的光。

葉池仰頭上看，吸入夜晚的冷冽空氣，裡面還帶著風和草的淳樸氣息。她感覺似乎只要一小步就能讓她飛進天空，在星族的領域裡跟祂們交換訊息。

然後就在她頭頂上方，她看到之前曾在夢裡見過兩次的那三顆小星星。它們似乎比以往更加明亮。

在葉池身邊，柳掌盤著身體熟睡，池對面則坐了一隻美麗的玳瑁色母貓，祂凝視著見習生的雙眼溫柔地閃著光芒。

「斑葉！」葉池喊道。

她奔向那個星光靈魂，啜飲著那熟悉的甜香，把自己埋進斑葉柔軟的玳瑁色身體。「見到祢真高興！能不能告訴我那三顆星星的事？」她用尾巴往上指了指。「那應該表示有三位戰士已經死了，但卻不是這樣！」

斑葉搖搖頭。「親愛的，那些星星是個徵兆，但現在還沒到讓妳知道其中含意的時候。」

葉池張嘴想要抗議。但她知道星族比她更有智慧，祂們會在適當時機把她該知道的告訴她。葉池嚥下自己的失望，開口說，「至少祢把蛾翅的祕密告訴了我，那個有關飛蛾翅膀的徵兆。謝謝祢。」

「我認為妳該知道的時候到了，」斑葉告訴她。「妳是她的好朋友，她會需要妳的支持。」

「我還沒跟她談過這件事，」葉池說。「祢覺得我應該說嗎？」

斑葉在她耳朵上溫柔又關懷地舔了一下。「除非妳自己想說，或者除非蛾翅她自己提到此事，否則不必。星族只是要妳去讓她放心，讓她知道她可以成為出色的巫醫，以及她應該在族貓間保留目前的職位。」

「那簡單，」葉池說。「蛾翅的確是出色的巫醫，她比任何貓兒都關心河族。她更討厭鷹霜要她做的事。」

斑葉點點頭，美麗的眼裡蒙上一層陰影。「鷹霜的命運也在星族掌握之中，」祂低語。「妳不必管他。」

祂站起身走到池畔，葉池跟過去，直到她們來到熟睡的見習生身邊。

「星族很感謝妳，」斑葉繼續說。「感謝妳對柳掌的幫助。一旦她成長為真正的巫醫，對妳的需要就會像需要蛾翅那麼多。我知道妳會讓訓練她一事繼續保密——妳已經證明了在妳願意時可以噤聲不語。」

「謝謝祢，斑葉，」葉池說，很感激星族貓兒的信任。她遲疑了一下，又繼續說。「我真希望能看到煤皮。祂從來沒找過我，可是我非常想祂！祢確定祂沒有生我的氣？」

斑葉用鼻子輕碰葉池頭頂，讓她覺得自己好像又變成小貓，正安全地跟母親待在育兒室裡。「我很確定。不要再擔心煤皮的事了，親愛的。祂比妳想的離妳還近呢。要我證明給妳看嗎？」

葉池眨眼。「噢，斑葉，那就真的太棒了！」

斑葉彎下頭在閃耀的水裡舔了一口，然後抽動雙耳要葉池也照做。敬畏感從耳到尾傳遍葉池全身，她彎下頭也舔了幾口水。這並不是月池裡那能讓她進入夢鄉的冰水，而是帶著有療效藥草芬芳氣息的涼水。葉池感覺那水流遍全身每個部位，給了她力量和勇氣。

「現在跟我來吧。」斑葉說。

葉池跟著祂的腳印走過空地進入樹林。她突然發覺自己回到那熟悉的樹林裡，還看到通往雷族營地的荊棘圍籬就矗立在面前。

「祢為什麼把我帶來這裡？」她問。

斑葉沒有回答。祂帶頭走進荊棘通道，穿越營地進了育兒室。入口處躺著黛西跟她的三個孩子，全都盤起了身子熟睡著。葉池從他們身邊走過，即使知道這只是在作夢，她仍像在追逐老鼠似地小心輕放每一步。

這隻前巫醫帶她走到育兒室的另一個角落，栗尾正在那裡睡著。她四個孩子的臉龐緊靠在她肚子上。其中三隻都在熟睡，但葉池卻發現小煤抬起頭來，眨了眨藍色的雙眼，她凝視葉池的目光熱切得使葉池無法轉開頭去。

「親愛的，現在妳懂了嗎？」斑葉發出咕嚕聲。

「這……這不可能是真的，」葉池輕聲說。「為什麼……怎麼會？」

「這是真的，」斑葉向她保證。「以後妳就會知道更多。但現在，妳得到安慰就夠了。」

「噢，是的！」葉池輕喊。「謝謝祢，斑葉！」

「我們必須回去了，」斑葉說。「現在該讓柳掌成為真正的巫醫見習生了。」

小煤張嘴打了個大哈欠，露出粉紅色的舌頭和幾顆小尖牙。她眼睛再度闔上，睡進母親的毛裡。葉池彎下頭，直到小貓蓬鬆的灰毛弄得她鼻子癢癢的，並且能聞到她溫暖的小貓氣味，才轉身跟著斑葉走出育兒室。**再見了，煤皮**，荊棘枝椏在身後闔起時她對自己喃喃自語。

她們離開營地時不知怎麼又走過了通往夢中樹林的邊界。柳掌仍然睡在池邊，斑葉走了過去，在她耳邊輕輕吹氣。見習生眨著眼清醒，抬頭望著這位前巫醫。

「祢是星族的戰士，對吧？」她說。「我可以在祢身上看到星星。」

「是的，小東西。我的名字叫斑葉，這是妳的朋友葉池。」

柳掌慌忙站起。「嗨，葉池。蛾翅跟妳在一起嗎？」她邊問邊往四周看著。

「沒有，妳不會在這個夢裡看到她。」斑葉回答。

想到蛾翅不能在這裡看著她見習生邁向前往星族世界的步伐，一陣悲哀刺進葉池心裡。**但這件事總要有誰來做**，她告訴自己。**蛾翅做不到，因此星族選了我。**

「我們在哪裡？為什麼要在這裡？」柳掌問。她轉了一圈，想把空地上的一切納入眼裡。

「我們來跟妳分享一個星族的徵兆，」斑葉回答。「妳準備好了嗎？」

柳掌的雙眼發光。「好了！」說著她還小跳了一下，讓葉池想起好久以前還是小貓咪的自己。「噢，真是刺激！當上見習生以前，我從沒做過這樣的夢。」

「妳還會有更多這種夢呢，」斑葉告訴她。「無論妳要走到哪裡去，都不會孤單。」

斑葉用尾巴示意柳掌舔池裡的水。祂也在見習生身邊伏下，凝視著遠方；葉池在柳掌的另一邊坐下。

「妳看到了什麼？」斑葉問。

池水很平靜，反映出天上的星星。那些星光漸漸隱沒，葉池發覺自己能夠看到水面下翻騰的灰雲。一陣猛烈的冷風吹起，把樹木吹得嘎吱作響，也翻攪著那一池水。風吹打著葉池身上的毛，使她不得不把爪子插進地裡，就怕自己會被吹走。她聽見柳掌發出驚恐的喊叫。

「別害怕！」斑葉的聲音蓋過了呼呼作響的風。「什麼都傷害不了妳，有我在這裡。」

在強風吹颳下，葉池緊緊閉上眼，感到爪子被拉出了地面；然後她眨眨眼在月池邊清醒過來，心還在狂跳著。在她頭頂上方，月亮掛在無雲的天空裡，連一絲吹動雲朵或吹攪池水的微風都沒有。柳掌蜷伏在水邊，雙眼仍閉著，呼吸輕而淺。池邊再過去一點，是仍在夢境裡的小雲和吠臉。蛾翅坐在柳掌的另一邊，尾巴裹在收攏的四腳外，她凝視著星光閃閃的水面，那眼神痛苦得讓葉池以為自己都會因同情而心碎。

「蛾翅。」她低語，把剛才那場暴風的幻象暫時拋開，等到時間更多之時再想。

蛾翅轉頭看著她。「我好怕，」她輕聲說。「妳想她會做那種正確的夢嗎?她的導師根本不相信星族，她要怎麼當巫醫？」

葉池站起來，繞過熟睡中的見習生走近她朋友，在她耳畔舔了幾下。「斑葉去找她了，」她安慰蛾翅。「我也在，我也看到了她。」

蛾翅搖搖頭，張嘴發出無聲的苦惱嚎叫。「只是作夢罷了。」

葉池靠向她，想用自己堅定的信仰加強她的信心。「妳會知道的。不會有事。」

蛾翅抽身跳開。「不，不，不可能。噢，葉池，我不能再繼續撒謊下去了！我必須要跟其他貓說。」她睜大那雙藍眼睛注視著葉池。「妳以為星族選了我，但事實並非如此。泥毛窩外那片飛蛾翅膀並不是祂們給的徵兆，是鷹霜放在那裡的！但葉池，我對妳發誓，我發誓我當時真的毫不知情。」

葉池凝視著她。想到這位朋友是如此信任自己才願意說出實話，一陣溫暖流遍她全身。但隨之而來的卻是冰冷的恐懼。**噢，星族，讓我說出適當的話吧！**

葉池還在遲疑，蛾翅卻往後退縮。「妳現在要怎麼做？」她抽噎著。「妳會告訴其他貓兒嗎？我是不是不能再當巫醫了？」

「當然不是。」葉池再次靠向她朋友，用鼻子碰著她耳朵。「蛾翅，我早就知道了。」

蛾翅的雙眼睜得更大了。「妳早就知道？怎麼會？」

「斑葉送了個徵兆給我。而且……上次大集會後我也聽到鷹霜跟妳說的話。」

「鷹霜！」蛾翅的語調苦澀。「如果我不照他的話做，他就威脅要告訴所有貓兒。他要我在大集會上撒謊，而我從來沒做過那個夢——但這點妳也知道了，對吧？」

葉池點點頭。

「我是多麼想成為巫醫！一開始我試著要相信星族，我也真的相信過。泥毛帶我去月石的時候，我就以為自己做了個夢，夢裡我遇見幾隻星族的貓，祂們還告訴我一些森林裡發生的事。但當我回到河族，鷹霜卻告訴我飛蛾翅膀是他放的，我才明白星族只不過是個故事，而我剛才看到的一切也只是普通的夢而已。因為如果星族真的存在，祂們就不會讓他做出這種醜事，不會讓他這樣折磨我！」

葉池用尾巴梢輕輕撫摸蛾翅的肩。她肚裡翻攪著憤怒，但她卻奮力壓抑著不讓她朋友知道。現在她確知自己不信任鷹霜是對的了。他粉碎了他妹妹的信仰，在她有著許多治療技巧的時候打擊了她身為巫醫的自信。

「沒關係，」她低聲說。「相信我，一切都會順利的。」

「怎麼可能？」蛾翅抗議。「我本來該立刻告訴大家實話的，但卻捨不得巫醫的身分。我那麼喜歡治療，想幫助族貓們，但現在一切都太遲了。如果我把實情告訴大家，他們會把我趕出去，我就走投無路了。」

「妳不會走投無路，」葉池答應她。「斑葉告訴我，星族要妳留在原位繼續做分內的事。她說妳可以成為了不起的巫醫，而且也該在月池占有一席之地。」

有一剎那希望在蛾翅眼中燃燒，似乎她想相信葉池所說的話。然後她搖搖頭。「謝謝妳安慰我，但我知道那不是真的。噢，我不是說妳在撒謊，」她急切地補充，「但那只是個夢罷了。」她嘆口氣。「可是如果妳真的認為我該繼續，那麼我就照辦。但我該怎麼教導柳掌呢？我不知道該怎麼告訴她星族的事。」

「但我知道，」葉池說。「我來教她這方面她需要知道的事，在夢裡引導她。妳可以教她認識所有藥草和藥草的使用方式。」

蛾翅的頭垂了下來。「我配不上她，」她輕聲說。一會兒之後她又抬起頭，眼裡有了新的決心。「但我會試試看。我不會再聽鷹霜的話了，我要提醒他如果被人知道他對星族徵兆的事撒謊，他就絕對當不成副族長。」

「這是好主意，」葉池說。「但也要小心——」

她無法把話說完，因為在池對岸的小雲抬頭並站了起來，弓起背伸了個大懶腰。吠臉也開始有了動作，柳掌則一清醒就跳了起來，啪嗒啪嗒地踏著生滿苔蘚的岩石向她導師走來。

「很可怕——但是太棒了！」她喊著，然後又壓低了聲音，「真希望妳也在。」葉池看出柳掌已了解蛾翅並未與星族相見，對這位見習生的尊敬又增添了幾分。看到星族世界的幻象並未使柳掌因害怕而麻痺，反而使她大為興奮，這點也讓葉池鬆了口氣。

「我也希望我能在那裡。」蛾翅回答。

「也許是以後？」柳掌說。

蛾翅並沒有回答，但葉池看出她並沒見習生那麼有信心。

「葉池，妳想那徵兆是什麼意思？」柳掌擔憂地問。「暴風雲！妳想那表示貓族會有麻煩嗎？」

葉池用尾巴梢掩住柳掌的嘴，偷看吠臉和小雲確保他們沒聽見。

「巫醫不會談論各自的徵兆，」她解釋。「要到適當時機才會對族貓詮釋。是的，我認為那表示麻煩，」她補充。「但即使如此，也不必對其他貓兒說。在事情明朗化之前，沒必要引發緊張。」

柳掌嚴肅地點頭，但葉池卻感到一股愧疚，因為她對這位年輕見習生並未全盤托出。小雲和吠臉並未露出做了惱人夢境的模樣；斑葉的徵兆顯然僅僅針對雷族和河族，而只有一隻貓和這兩族都有關：棘爪同父異母的弟弟鷹霜！

葉池順著出谷的小徑走，暗自感謝星族讓蛾翅願意信任自己並說出鷹霜造假的事。但不論蛾翅怎麼說，她仍不確定蛾翅有勇氣對抗她哥哥。她要損失的東西太多了。

葉池來到小徑盡頭時，一片陰影蒙上了山谷。她抬頭看到有片雲遮住了月亮。一陣冷風掃過那圈樹叢使她全身刺痛，她再次感到夢裡那陣暴風。她很確定麻煩就要來臨——而鷹霜一定脫不了關係。

第二十章

棘爪站在空地上，看著狩獵巡邏隊穿過荊棘通道離開。黎明巡邏隊已經出發了，清晨的薄霧也開始消散，天空是一片淡而遙遠的藍色，表示今天會是個溫暖的好日子。太陽很快就會升起了。

這隻虎斑貓往四周看了看，焦慮地想確定所有職務都已在進行中。獵物堆還不夠高，但狩獵巡邏隊會負責堆滿。黛西在育兒室門口打呵欠，看著她的孩子在面前玩耍打鬧。葉池走過營地來到長老窩前，鼠毛正好從那裡出來，在空地邊緣坐下，用一隻後腿用力撓著耳朵。每隻貓看起來都健壯而飽足，就連纖瘦的葉池都長出了不少贅肉。舊家園的那場飢荒現在只成了一次不愉快的回憶。

棘爪身後的戰士窩枝椏發出窸窣聲，他回頭看到灰毛滑步出來，又停下來把身上的毛迅速梳理一遍。

棘爪走向他。白掌已經跟她導師蕨毛去做

狩獵巡邏了，所以見習生們今天不會在一起訓練。

「樺掌呢？」他問。「現在是展開訓練的好時候。」

灰毛瞇起眼睛。「要怎樣教導見習生由我來決定，」他說。「而且我已安排他今天接受測驗。」

「嗯，那很好，」棘爪回答。「記得提醒他狐狸陷阱的事，好嗎？」

灰毛沒有回答，只大步往見習生窩走去。聽到導師呼叫，樺掌就走了出來，一面聆聽導師教導，四腳一面在地上不耐地蹭來蹭去。然後他走向營地入口，中途停下來跟嘴裡叼著新鮮獵物、剛從荊棘通道裡出來的刺爪短暫交談幾句，就高翹著尾巴離開了。灰毛臨走前還對棘爪怨恨地望了一眼。

棘爪提醒自己處事應該再圓滑些；可是如果到時候灰毛的態度還是不改善，就派他去找老鼠膽汁替長老驅除蝨子算了。

他忽然愣在當地。一直埋頭執行副族長職務的他，差點忘了要跟鷹霜會面。日出就快來臨，他就要遲到了。他走向荊棘圍籬，卻聽到松鼠飛在身後喊自己，他只好停步，心裡暗暗抱怨。

「嘿，棘爪！你要去哪裡？」

棘爪轉頭面對她，看到她跳過空地朝他走來。並未獲派任何黎明巡邏工作的松鼠飛，不會了解自己為什麼不想跟她在一起，畢竟他自己也沒有參與任何巡邏。

「你要去哪裡？」她來到面前時又重複了一遍。「狩獵嗎？太棒了！我們一起去。」

「我要去──」棘爪不自然地開口，話沒說完就看到黛西的三個孩子由小莓帶頭，衝過空地消失在遮擋葉池窩的藤葉後方。

「那些沒用的小貓們！」松鼠飛喊。「記不記得他們上次搞得一團亂？我最好去看看葉池在不在裡面。」

她跑開了。棘爪暗暗在心中感謝星族，滑步穿過通道，然後跑向森林準備到湖邊去。

現在太陽已經升起，閃耀著露水的草葉披上了樹木長長的影子，每個樹叢上都有著發光的蜘蛛網。沒有其他貓兒的蹤影，他必須確保狩獵巡邏隊沒有走進領域裡的其他地方。

他在森林邊緣停下，能夠聽到幾個尾巴之外湖水輕輕拍擊的聲響，也能透過生長在岸邊的厚厚蕨叢瞥到閃閃發光的水面。他張開嘴嚐了嚐空氣，認為自己嚐到了河族的氣味，還有意料之外的影族氣息，但卻沒看到那位同父異母的弟弟。「鷹霜？」他謹慎地喊。

沒有回音。就在面前一個狐狸身長外，棘爪看見有隻歌鶇正把一隻蟲拉出地面。這讓他想起自己早上還沒吃東西，於是直覺地低下身子成狩獵蜷伏姿勢。就在同一時間有個重物壓上他身體，把他撞得四腳朝天。他發出警戒地低吼，那隻歌鶇就尖叫著飛走了。棘爪轉身面對攻擊者，卻看到鷹霜冰藍色的眼裡閃著笑意凝望著他。

「拜託好不好？」棘爪呸了一口。「你想讓雷族每隻貓都知道你在這裡嗎？」

鷹霜聳聳肩。「有什麼關係。只要我待在湖邊就沒有犯規。」

棘爪站了起來，舔了幾下身子把弄亂的毛順了順。鷹霜說得沒錯，但如果被他族貓發現他在跟弟弟交談，解釋起來仍需大費口舌。他希望自己也有鷹霜的自信，然後又提醒自己已經是副族長了，在各方面都能跟河族的戰士分庭抗禮。

「到蕨葉裡來吧。」他說，揮動尾巴向鷹霜示意。

他們挨著身子坐在彎曲的葉子下，棘爪又聞到影族的氣味。他皺了皺鼻子。「你身上有影族的味道。」他說。

鷹霜瞇起眼睛。「一定是在經過他們領域時沾到那臭味了，」他沉聲說。「別管那個了，我們在浪費時間。」

棘爪點頭，深深吸了口氣，希望自己能找出適當的詞句讓鷹霜知道他對虎星所提未來的疑惑，而不會讓鷹霜以為自己想當族長的意願不夠強烈。「虎星那個要我們併吞影族和風族的點子，」他開口。「我想不會成功。星族已注定會有四族。」

鷹霜揮動著尾巴梢。「正如虎星所說，那是在森林裡的情形。棘爪你聽好，影族向來很討厭，難道你不覺得如果他們都聽從一位能確保大家都遵守戰士守則的族長，這樣的生活對大家都好嗎？難道你不認為由你來領導風族會做得比一星還好？只要我們同心協力，就能讓森林裡的每隻貓都強壯快樂，再也沒有戰爭，沒有領域的爭執……」

「嗯……可能吧。」棘爪無法跟鷹霜爭論他的理想。為了眾貓福祉而讓強勢的領導統治森林，一定是對的。他想起小莓被困在狐狸陷阱中哀叫求援的時候，影族戰士是如何袖手旁觀。**如果讓我統治**，他心想，**我絕不讓任何貓兒眼見小貓受苦而不伸出援手，無論這隻小貓的出身是什麼**。他要森林裡的每隻貓都受到照顧，但最重要的是把雷族照顧好。「可是——」一聲微弱的喊叫打斷了他。「那是什麼？」

鷹霜聳聳肩。「某個運氣不好的獵物吧。」

那喊叫又出現了。「不！」棘爪喊。「是貓兒有麻煩了，快來！」

他衝出蕨葉，朝著喊聲的方向沿著湖岸疾奔。喊聲又響了，這次更近也更微弱，是種恐怖的窒悶聲音。棘爪跳過一處樹根，發現在自己面前的竟是火星。

這位雷族族長側躺在兩叢茂密蕨葉中間的小徑上，四肢無力地抽動著，雙眼渙散，嘴角淌出白沫。在他頸上，半埋在那火焰般紅毛裡的，是一圈薄而閃亮的捲鬚，連到插進地裡的一根棍子。火星被困進了狐狸陷阱！

棘爪跳上前去幫忙，卻被鷹霜有力的肩膀撞開。

「鼠腦袋！」這位河族戰士噓聲說。「棘爪，這是你的機會呀！你現在是副族長，火星一死，你就是族長了。」

棘爪不可置信地望著他。**為什麼叫他這麼做？**然後他發現火星有話要說。

「樺掌告訴我……黑星在我們領域裡等……必須獨自前來……」

鷹霜眼裡閃著勝利的光芒走到火星身邊，彎下頭來在他耳邊低語。「可是黑星不在，只有我們。你這個笨蛋！火星，你太好騙了。」

棘爪感到地面陷進了爪下；他還無法釐清細節，只知道黑星的缺席和鷹霜身上的影族氣味，加起來是件血腥的邪惡陰謀。「是你幹的，」他對這位同父異母的弟弟說。「你故意安排火星到有狐狸陷阱的地方來。」

「當然。」鷹霜語帶輕蔑。「我是為你做的。」

奮力想要說話的火星，身側上下起伏，他的目光從鷹霜轉到棘爪身上，然後又轉回來。棘爪看出除非他立刻鬆開纜繩，否則他族長就會喪失一條命——或許更多。

鷹霜往後退。「勇敢的雷族族長，」他譏嘲著。「現在沒那麼厲害了吧？快，棘爪，把他幹掉。」

棘爪感覺四腳好像跟赤裸的地面凝凍在一起。他身上每根毛都豎立起來，聽著虎星在他耳邊輕語：**殺了他，不會有誰知道。你會成為一族之主，可以擁有所有想要的一切。**

鷹霜憤怒地揮動尾巴，用力推了他一下，使他站不穩腳步。「你在等什麼？這是我們一直在計畫的事，記得嗎？現在就殺了他！」

第二十一章

「他們都很好，」葉池說著並從檢查栗尾小貓的地方站起來。「妳一定感到非常驕傲。」

栗尾吞下一口葉池帶來的歌鶇。「對，但我也確定他們再大些就會惹出一堆麻煩，甚至比黛西的孩子還糟。」她琥珀色的眼神閃著笑意。「小煤已經需要時時看緊了呢。」

葉池低頭看著小貓們，他們躺成一堆，懶洋洋地發出咕嚕聲響。想到斑葉讓她看到的景象，溫暖充塞葉池全身。還要多久全族才會發覺小煤的真相？葉池真想把知道這一切的喜悅跟大家分享，但她知道時候還沒到。

「那妳就必須盡量休息，」她告訴栗尾。「保持體力，一次照顧四隻小貓是很大的責任。」

「我知道。葉池，我真高興有妳在。」

葉池閉上眼睛一會，試著回憶那個曾讓她考慮棄族而去的強烈感覺。那就像她體內的陰影，只是捉摸不到。但現在那感覺卻開始膨脹，充塞整個腦海，她試著想把它甩掉，但那陰暗的感覺卻似乎在她體內越堆越高，這股愧疚轉成了鮮血和嘶吼的幻象，淹沒了栗尾孩子們發出的輕柔聲音，和育兒室裡溫暖的乳香。

獾！噢，星族呀，不會又來了吧！

她跌跌撞撞地盲目走上空地，毫不理會身後栗尾驚訝的呼喊。她一來到外頭，就發現一切都很平靜，空地上幾乎杳無貓蹤，大多數的貓兒都已出外巡邏，明亮的陽光從只有幾絲白雲的蔚藍天空照下。

但葉池知道有件可怕的事情發生了，如果不在這裡，那麼就是在森林裡。她狂奔過空地，沒理會正在獵物堆旁的雲尾和亮心摸不著頭緒的表情。她衝出荊棘通道，差點撞上松鼠飛。

「嘿！」她姊姊喊。「冷靜點，怎麼回事？」

「有可怕的事，」葉池喘著氣。「獾——兩腳獸——我不知道。妳看見了什麼嗎？」

「沒有啊。」松鼠飛把尾巴放在她妹妹肩上安撫她。「一點事也沒有。我正在找棘爪，那個討厭的毛球竟然拋下我先走了。我想追蹤他的氣味，但卻追丟了。」

「不，不可能一點事也沒有。」那股無庸置疑的恐懼像漣漪般傳遍葉池全身，使她冷進了骨子裡。「雷族有絕大的危險。跟我來好不好？」

「當然好，可是我們要去哪裡？」

「我不知道！」葉池的聲音變成了哀號。「噢，星族，引導我們吧！」

她話才剛說完，就聽到貓兒跌跌撞撞穿過樹叢的聲響。蕨葉猛烈抖動一陣，灰毛就衝了出來，全身毛都豎立著，圓睜的藍眼睛裡充滿恐懼。

「葉池！」他喊。「火星……他被困在狐狸陷阱裡了。」

「在哪裡！你怎麼不救他出來？」松鼠飛質問，綠眼睛燃燒著。

「因為他……棘爪也在那裡。」灰毛大口吸氣，好像才剛費力從深水裡爬出。「鷹霜跟他在一起——一隻河族的貓在我們領域裡。我沒辦法同時對抗他們兩個，只好回來找救兵。」他用尾巴指著湖的方向。「去那邊，快點！可怕的事情就要發生了。」

第二十二章

棘爪低頭凝望著他的族長。他仍然沒有動彈。他知道自己只需要拉緊火星脖子上的絞索，他的六條命就會一起喪失。他的目光迎上了火星的，這位族長無助地躺在他身前，但那雙綠眼睛裡卻沒有懇求乞憐，只有一個殘酷高傲的疑問：**棘爪，你會怎麼做？這是你的決定。**

棘爪想到火星和虎星是如何一次次地互相抗爭。兩貓都為了彼此的立場，捍衛自己對於部族的理想。但火星從來不需要置虎星於死地；兇狠的血族族長鞭子——還是虎星自己引進森林的——只揮出一掌就殺死了他。

看來這一次虎星會贏。棘爪清楚感覺到父親的靈魂就在身邊，催促著他：**傻瓜！快殺了他！**

棘爪閉上眼，想起在四喬木的那片空地上，一下子失去九條命的虎星，使草地浸滿了泉湧的鮮血。他看到鞭子在冰冷的勝利中俯視著他抽動著的屍體，這就是鷹霜和虎星要他得到的下場嗎？

「六條命……」他喃喃自語。六條命橫亙在他和雷族族長之間。

「沒錯，」鷹霜噓聲說。「這是我們為了父親的死向火星報仇的機會。當時火星可以阻止鞭子，但他卻只站在那裡，一次又一次又一次地看著虎星死亡。」

報仇？棘爪的目光從火星轉移到弟弟身上。這才不是為了報仇，他非常清楚是虎星的自作自受才走上這條殘暴的不歸路。

我只想要領導雷族，他想著。**但不是像這樣**。他的效忠對象不只是雷族而已，也是對火星，這位曾經教導他、即使他本身與虎星是世仇卻仍接納他、最後甚至信任他、讓他當上副族長的貓。他曾告訴火星，對族效忠並不一定代表對族長效忠；但這話不對，火星就是雷族。

「不，」他對鷹霜說，同時驚訝地發現自己的語氣竟然堅決而沉穩。「我不動手。」

他想起小莓的尾巴被狐狸陷阱卡住時，溪兒和松鼠飛是怎樣把他救了出來。於是他跳到火星身旁，開始猛扒泥土，想掘出那根棍子，好鬆開棍子上纏住他族長脖子的捲鬚。「火星，你別動，」他在泥土四散中說。「我馬上就讓你脫身。」

他耳邊響起一聲抗議的怒吼；他不確定聲音是來自鷹霜，還是發自那一心想復仇的虎星靈魂。鷹霜撲過來撞向他身體，把他撞得四腳朝天。棘爪被他壓在身下，鷹霜冰藍色的眼睛燃燒進他眼裡。

「懦夫！」鷹霜怒吼。「你走開，我來把他解決。」

你妄想！棘爪用後腿對鷹霜的肚子猛踢，把他踢開。趁這位同父異母的弟弟在喘氣，他又再次衝向棍子，用嘴巴咬住。他之前的挖掘已使棍子鬆動，現在一拔就完全出來，纏在火星脖子上的捲鬚也鬆脫了。他聽見族長大大吸了口氣。

身後一聲兇猛的怒吼使他轉過身，看到鷹霜朝自己撲來。棘爪往一旁避開，嘴裡的棍子也掉在地上。鷹霜跳過他身邊時，他感到爪子在身上熱辣辣地刮過。

轉過身，棘爪再次面對鷹霜，在這位河族貓兒冰藍色的眼眸裡看到一簇冰冷的火焰。

「叛徒！」鷹霜呸了一口。「你背叛了我們父親計畫下的一切！你永遠沒辦法像他那樣堅強。」

「我不想跟他一樣。」棘爪反駁。

「那你就是個傻瓜，」鷹霜譏嘲。「而且蠢得很。你從來沒想到這是個測驗對吧？是虎星的主意，他說如果你真的有資格得權，你就會不擇手段去爭取。」

「即使要殺掉我的族長嗎？」

「沒錯。但你就跟虎星所擔憂的一樣懦弱。他和我，我們對森林有龐大的計劃，而你原本可以是計畫中的一分子。但現在我們不需要你了。」

棘爪清楚知道他弟弟在說什麼，現在他什麼都明白了。鷹霜絕不會讓他或火星活下來，這一定是一開始就計畫好的。

他朝鷹霜走上一步。「回河族去。你是我弟弟，我不想傷害你。」

「因為你太軟弱，」鷹霜出言奚落。「你關心同族勝過關心權力。但我可不會。」

他再次向棘爪撲來，把棘爪撞翻然後壓住。他燃燒著的冰藍色眼眸就在棘爪眼前。棘爪感覺尖利的爪子深深刺進身體，又看到一口尖牙張合著咬向他喉際。他徒然掙扎著用後腿對鷹霜的肚子猛踢，感覺自己的死期正逐步逼近。為了救自己、救火星，現在他只能做一件事。

棘爪左右扭動身體，瞥見狐狸陷阱的那根棍子半壓在自己肩下。他伸脖子過去，設法用嘴咬住。趁鷹霜朝他撲下時，他用力拉過棍子，感到棍子尖端刺進了鷹霜喉嚨。鷹霜全身僵直，然後虛軟地倒下，重重落在棘爪胸前。

棘爪嚇得發不出任何聲音，從弟弟的身體下掙扎脫身，放下嘴裡的棍子。棍子掉在地上，鷹霜喉間卻留下一個參差不齊的傷口。猩紅色的血灑在地上，血愈流愈快，最後開始流向湖邊。

「鷹霜！」棘爪驚喊。「弟弟……這不是我的本意。」

令他驚訝的是，這位同父異母的弟弟竟然站了起來，搖搖晃晃地走向他。棘爪嚴加戒備，不知道即將來臨的是另一次攻擊還是哀告求援。

「傻瓜！」鷹霜吼，他用力擠出這句話，鮮血更迅速地從那可怕的傷口流出。「你以為這是我自己幹的嗎？你以為在自己族裡就安全了嗎？」他咳嗽著，濺出更多血塊，然後又加了句，「你再想想吧！」

「什麼？」棘爪朝他走近一步，前腳踏進猩紅色的血池。鷹霜是在控告某位雷族戰士故意把火星引入陷阱？「什麼意思？告訴我，鷹霜！你在說誰？」

但鷹霜眼裡那股冰冷的火焰已開始消逝，他轉身背對棘爪，在蕨葉間搖搖晃晃地走了幾步，然後就癱倒在湖邊，下半身垂在水裡。小小的波浪拍擊著他的身體，鮮血像猩紅色的雲朵散了開來。

棘爪低頭看著他。他還有那麼多事想要知道——但鷹霜卻死了。有一陣子弟弟的聲音仍然在他耳邊輕聲迴盪：**我們還會再見面的。這件事還沒了結。**

「棘爪。」火星仍然側躺著，脖子上的毛因為傷口而染上血跡。虛弱的他凝視棘爪的眼神卻很堅定。

「火星——」棘爪說不下去了。他已經沒什麼好說的。火星已經看到自己的副族長竟然在想殺掉他的衝動中掙扎，他再也不會信任棘爪了。他怎麼還能當雷族的副族長？棘爪低頭而站，等待著要把他放逐的那句話。

「棘爪，你做得很好。」

棘爪抬頭，驚訝地看著他族長。

「你的道路很困難，」火星的聲音沙啞。「但這一仗打得很好，而且你贏了。你非常適合當雷族的副族長。」

最後幾個字已說得有些顫抖。他累得再次垂下頭去，閉上雙眼。

棘爪站著看，腳上還沾著自己弟弟的黏稠鮮血，鼻子也聞著那股腥味。**是的，我贏了，他想。但現在我父親會怎樣對付我呢？**

第二十三章

松鼠飛一揮尾巴。「回營地去，」她命令灰毛。「去叫更多幫手來。」

她話還沒說完，葉池就已疾奔過樹叢，毫不在乎蔓生的蕨葉刮在她身上。松鼠飛與她並肩往前跑。她們誰都沒有說話。灰毛跑來時的恐懼氣味依然濃烈，能夠指引她們怎麼走。

葉池的肚子絞痛著。現在她明白在育兒室裡將她淹沒的危險徵兆是什麼了。還有什麼比喪失他們的族長、她摯愛的父親——火星更嚴重的事？

她對棘爪的不信任膨脹成一股巨大的浪濤，威脅著要垮下來使她滅頂。這隻虎斑戰士強健勇猛，但虎星對他的邪惡影響畢竟太深了。

湖泊尚未映入眼簾，她已聞到貓兒的氣味，但更濃烈的卻是血腥味。她的心臟似乎停止了，沒有貓兒能夠喪失那麼多血還能活下來。

她滑步繞過樹根，在靠近湖畔處停步。火星動也不動地側躺在她身前，棘爪就站在旁邊，四隻腳沾滿了血。

我是對的！棘爪是叛徒，他謀殺了我父親好讓自己成為族長。

她還沒開口，火星就動了動睜開眼。「葉池，」他輕聲說。「沒事了。鷹霜對我布下陷阱，但棘爪殺了他。」

他移動一隻前腳，露出斷裂的狐狸陷阱，葉池再仔細看著火星，才發現他脖子上雖然傷痕累累，卻沒有血流如注，不可能造成自己腳下那攤猩紅的血池。棘爪腳上的鮮血也不是她父親的；反而，他的爪子沾滿泥土而且指甲斷裂，顯示他一定是奮力掘出了那根棍子，救了她父親的性命。不過他眼中卻沒有驕傲或滿足，反而蒙著一層恐懼的陰影；他似乎在聆聽某種其他貓兒都聽不見的聲音。

松鼠飛躍過葉池飛撲過去，蜷伏在她父親身邊，用鼻子從耳朵到尾巴梢擦著他。「棘爪，謝謝你。你救了他的命！」

棘爪眨眨眼，好像現在才發覺她在那裡。「我只是做了該做的事。」

葉池走過她父親，感到肉趾間的鮮血又濕又黏。**這麼多血是從哪來的？**

一條小徑從蕨葉間通往湖畔，上面的枝椏都被壓扁弄碎——而且全都沾了血。從草間望去，葉池看到鷹霜黝暗的虎斑屍體動也不動地躺在湖邊的陰影裡。鮮血仍然從他喉間的傷口湧出，把湖水染成一片血紅。波浪重重地拍擊岸邊，把石頭都染成紅色。

「在和平降臨之前，血，依舊要濺血，而湖水將會染成血紅一片。」她輕聲說。

然後葉池懂了。棘爪和鷹霜有血緣關係，血的確濺灑出血，棘爪為了救火星而殺了他同父異母的弟弟。她對鷹霜的看法是對的——他太有野心，太像他父親虎星了——但她從未想到阻止他的會是棘爪。

纏著她這麼久的預言終於兌現了。現在各族終於能夠期待它所承諾的和平。既然鷹霜已死，蛾翅也可以從他想控制她的企圖中解脫，那片飛蛾翅膀徵兆的祕密再也不怕洩漏。

葉池轉身背對著鷹霜的屍體，走去加入她父親和松鼠飛。火星靠在松鼠飛肩上，勉強坐了起來。棘爪安靜地站在他們身邊，顯然還沒從震驚中恢復，甚至沒想到要把腳上鷹霜的鮮血弄乾淨。

「結束了，」葉池低聲告訴他們。「都結束了，和平已經來了。」

國家圖書館出版品預編目資料

貓戰士二部曲新預言. 六, 日落和平 / 艾琳．杭特（Erin Hunter）著；約翰．韋伯（Johannes Wiebel）繪；韓宜辰譯. -- 三版. -- 臺中市：晨星, 2022.10
面； 公分. --（Warriors；12）
暢銷紀念版
譯自：Warriors : The New Prophecy. 6, Sunset
ISBN 978-626-320-062-3（平裝）
873.59 110022150

貓戰士暢銷紀念版二部曲新預言之VI

日落和平 Sunset

作者	艾琳．杭特（Erin Hunter）
繪者	約翰．韋伯（Johannes Wiebel）
譯者	韓宜辰
責任編輯	陳涵紀、謝宜真
文字編輯	郭玟君、陳品蓉、陳彥琪
文字校對	渣渣、曾怡菁、程研寧、蔡雅莉
封面設計	陳柔含
美術設計	張蘊方
創辦人	陳銘民
發行所	晨星出版有限公司 台中市407工業區30路1號 TEL：04-23595820 FAX：04-23550581 E-mail: service@morningstar.com.tw http://www.morningstar.com.tw 行政院新聞局局版台業字第2500號
法律顧問	陳思成律師
初版	西元2009年08月30日
三版	西元2023年08月15日（二刷）
讀者訂購專線	TEL：（02）23672044 /（04）23595819#212
讀者傳真專線	FAX：（02）23635741 /（04）23595493
讀者專用信箱	service@morningstar.com.tw
網路書店	http://www.morningstar.com.tw
郵政劃撥	15060393（知己圖書股份有限公司）
印刷	上好印刷股份有限公司

定價250元

（缺頁或破損的書，請寄回更換）

ISBN 978-626-320-062-3

☐ 我已經是會員，卡號 ____________

☐ 我不是會員，我要加入貓戰士會員

姓　名：__________ 性 別：______ 生 日：__________

e-mail：______________________________

地　址：☐☐☐ ______ 縣／市 ______ 鄉／鎮／市／區 ______ 路／街

______ 段 ______ 巷 ______ 弄 ______ 號 ______ 樓／室

電　話：______________________________

☐ 我要收到貓戰士最新消息

貓戰士鐵製鉛筆盒抽獎活動

將兩個貓爪和一顆蘋果一起貼在本回函並寄回，就可以獲得晨星出版獨家設計「貓戰士鐵製鉛筆盒」乙個！

貓爪在貓戰士書籍的書腰上，本書也有喔！蘋果則是在晨星出版蘋果文庫的書籍書腰上！

哪些書有蘋果？科學怪人、簡愛、法布爾昆蟲記、成語四格漫畫...更多請洽少年晨星官方Line ID：@api6044d

點數黏貼處

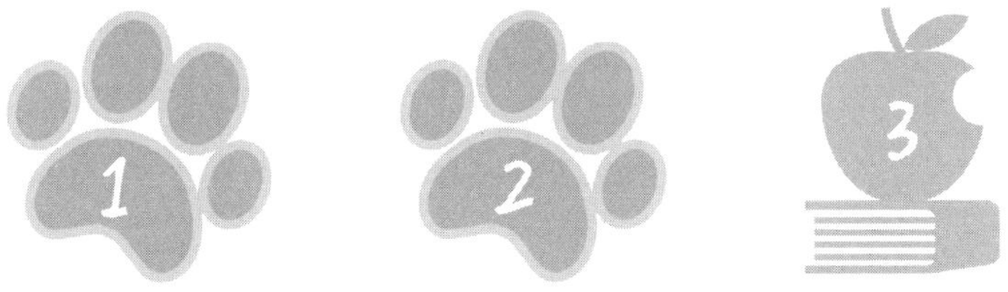

請填妥後對折裝訂，再貼妥郵票寄出

請黏貼
8 元郵票

407

台中市工業區30路1號

晨星出版有限公司

TEL：（04）23595820　FAX：（04）23550581
e-mail：service@morningstar.com.tw
http://www.morningstar.com.tw

請沿虛線摺下裝訂，謝謝！

加入貓戰士俱樂部

【貓戰士會員優惠】

憑卡號在晨星出版社購書可享優惠、擁有限定商品、還能獲得最新消息等會員福利。

【三方法擇一，加入貓戰士會員】

1. 填妥本張回函，並寄回此回函。
2. 拍照本回函資料，加入官方Line@，再以Line傳送。
3. 掃描後方「線上填寫」QR Code，立即填寫會員資料。

Line ID：api6044d

「線上填寫」QR Code

★寄回回函後，因郵寄與處理時間，需2～3週。